诸葛堡子

廖建华 ◎ 著

中国出版集团

中译出版社

图书在版编目（CIP)数据

诸葛堡子 / 廖建华著． -- 北京 ：中译出版社，
2022.7
ISBN 978-7-5001-7049-5

Ⅰ．①诸… Ⅱ．①廖… Ⅲ．①散文集－中国－当代
Ⅳ．①I267

中国版本图书馆 CIP 数据核字（2022）第 047862 号

诸葛堡子
ZHUGE BUZI

作者：廖建华
责任编辑：温晓芳 / 策划编辑：蒯燕
封面设计/内文排版：四川悟阅文化传播有限公司

出版发行：中译出版社
地址：北京市西城区新街口外大街28号普天德胜大厦主楼4层
电话：(010) 68002926 / 邮编：100044
电子邮箱：book@ctph.com.cn / 网址：http://www.ctph.com.cn
印刷：成都市兴雅致印务有限责任公司 / 经销：新华书店

规格：787mm×1092mm　1 / 16
印张：15 / 字数：254千字
版次：2022年7月第1版 / 印次：2022年7月第1次
ISBN：978-7-5001-7049-5
定价：69.80元

中 译 出 版 社

谨以此书献给湮没在历史长河中的村庄记忆

廖建华散文印象

黄　薇

　　廖建华是攀枝花盐边县作家，几年前还是一家公司的会计，为了生计离开攀枝花，白天四处奔波，晚上静下来的时候会打开电脑写点东西，写得最多的是散文，可见他对这种文体的情有独钟。

　　廖建华的写作姿态是积极的，或许对故乡凉山州西昌白里堡子那方土地的怀念和寄托，或许从他加入作家协会后就有一种志向，那就是"用心写作"，可惜很多人写着写着就忘了写作的初心和初衷。这个"用心"就是廖建华在繁华的写作现场还能够保持一份纯粹和沉稳，不迎合、不跟风、不浮躁、不轻易放弃；这个"用心"最大的变化就是廖建华能够折回起点，校正自己，重返现场，在自己的写作坐标系中找到了写作方向，经过日复一日试炼的初心，变得坚韧而光滑。

　　两年间，廖建华抛开俗事，集中精力写故乡"诸葛堡子"系列，这些文字经过他精心构思，认真打磨，呈现在大家眼前的便是这部沉甸甸的散文集《诸葛堡子》。

　　堡子，是指有围墙的村镇，泛指村庄。廖建华散文中写到的"诸葛堡子"，位于四川省凉山彝族自治州西昌市，那里有一个四川省的第二大淡水湖邛海，邛海沿岸散布着大大小小渔村，"诸葛堡子"就是邛海边的小渔村。生活在邛海边的人，善良、纯朴，自古以来过着半农耕半渔猎的生活。廖建华在这片土地土生土长，写邛海渔村可谓得风借水，他笔下的文字原汁原味，像是从土地中生长出来的，从湖里捕捞上来的。

　　散文集《诸葛堡子》系列的创作使廖建华的散文创作有了新的进步，细读进去，你会发现那个曾经将散文写得浮光掠影的作家已经有了明显的变化，字里行间不再是灵秀、轻盈、朗笑的一派冰雪聪明，而是向深沉的生活伏下身子，切肤地体会到了人生之酸甜苦辣，使作品获得了扎实的内容，从而催生出真切的情致。

散文，讲究的就是文火熬煮之功，需要用岁月的鼎镬，慢慢地细烹，不断加入作者的才情、阅历、见识、胸怀，它不是爆发，而是积淀，不是一朝一夕之功，而是时光的恩赐和成全。从《堡子口·堡子尾》《诸葛梨园》《冬雪上梁》等篇什中我们看到，那些被时光覆盖的故乡风物，在他生动详实而妙趣横生的叙述中，一点一点地被激活，变得不再冰冷，而是有血有肉，可触可感；那些远去的农事，一点一点地被复原，变得栩栩如生，有呼吸有表情。

廖建华是农村生活的亲历者，有很丰富的生活阅历，故乡的农事、民间的人物、鲜活的植物、灵性的飞鸟、节气的嬗变，都在他或悲或喜的回望中，既有着对过往的惆怅与珍惜，也饱含着回眸岁月的真诚与深情。

廖建华这部散文集质量整齐，细节真实，结构绵密，文字利落，叙事的节奏，把握得恰到好处，使得他的文章读起来充满韵律感，饱含着抒写的张力、天性的率真与温厚，向读者展示出一幅幅生动形象的乡村世相图，有了高级的艺术表现力，我们看到了他在散文创作中自觉地追求叙事和意境之美，用真切的情感撑起了文字之魂。

从"诸葛堡子"系列的写作中，我们发现廖建华已经初步确立了自己的艺术观念和写作思想，有体察事物和人情世态的独特角度，有自己的语言系统和语言味道。写作，是一种坚守，散文的写作，更是一种跋涉中的坚守，廖建华的写作还在路上，山一程水一程，都向着散文那畔行，到达多远并不重要，重要的是这种向着散文写作高度与难度出发的姿态和勇气。

是为序。

目 录
CONTENTS

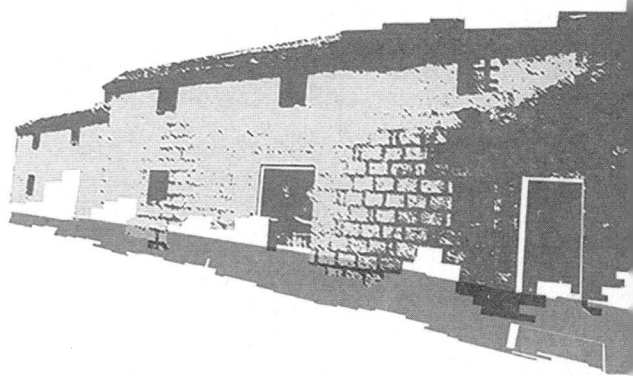

001 － 引子

第一辑　草木情深
004 － 堡子口·堡子尾
008 － 从河沟到邛海
012 － 诸葛梨园
016 － 一棵枣树
018 － 风吹白杨
020 － 几味中药
023 － 胡豆花开
025 － 稻花香
028 － 有竹的日子
031 － 发芽的麦子
033 － 我家的菜园地
036 － 灯草席
039 － 红椿树

第二辑　人间百态
042 － 大屋子

053 － 改名换姓
054 － 远去的婚事
058 － 丧事
060 － 照壁轶事
063 － 下象棋的表爷
065 － 上锁的院子
068 － 穿过堡子的路
071 － 没落的倒沟
074 － 跟包爷放牛的日子
076 － 那时的民兵
078 － 怪大爷
081 － 练家子
084 － 爱哭的姑娘
086 － 三笑少年
088 － 捡稻靶的小知青
091 － 老秀才
093 － 钓黄鳝的燕青
095 － 天妒英才
097 － 外来匠

101 – 万元户

104 – 懵懂时光

106 – 缤纷小学

110 – 父亲的娘家人

114 – 暖阳下游古城

第三辑 如烟往事

120 – 诸葛土城

123 – 母亲的哭声

127 – 父亲腿上的疤

130 – 米粉坊

134 – 勒紧裤腰带

136 – 逼出来的手艺

139 – 大圆墓

142 – 水碾坊

145 – 马驴娃

148 – 我们堡子的"阿庆嫂"

151 – 战鼠记

153 – 小妹当家

155 – 豪猪的叫声

158 – 豹子下山

161 – 槐树上的观音菌

164 – 堡子口的那片田

167 – 王家怪事

第四辑 土味生活

172 – 冬雪上梁

174 – 过年印迹

179 – 坝坝电影

182 – 风生水起的晒场

186 – 土地庙

188 – 放秧水

191 – 甘蔗熟了

194 – 抓松茅

197 – 灶头记

199 – 义结金兰

202 – 父亲发火

205 – 遗念

208 – 鸡罩

209 – 霸道的渔具

212 – 儿时的清明

215 – 鬼天气

217 – 我家的那亩海田

219 – 换工

221 – "文明进步"匾

225 – 乡音

227 – **恍然如梦（后记）**

引子

　　进出从寨门，四面围高墙，能防贼可御敌，这样的村庄叫堡子。历史的车轮碾过，留下多少动人传说。老屋埋藏银子，牛儿在田埂上睡觉，骗匠的锣声自远方飘来。鸭子迈着花旦般的碎步，竹林里的麻雀在梦中讲着聊斋。悠悠岁月，石榴花开，树上的红果子摇曳着几分回甜。清澈的溪水托着梨花漂泊半生，天井的雨水，和着燕子的呢喃。坝子里的电影开幕了，上演的是诸葛堡子的故事……

第一辑

草木情深

堡子口·堡子尾

一

我老家的堡子以前为了防匪，寨门建成碉楼。碉楼上、中两层住人，底层为门。

堡子有了碉楼、高墙和武装，土匪进不来，只能照着寨门噼噼啪啪乱放枪，然后悻悻而退，在寨门和寨墙上留下洞洞眼眼作纪念。娃娃们爱用稻草捅洞底，把耳朵贴在洞口听动静，一旦洞中传出嗡嗡声，就面露喜色，里面藏着土蜂呢。有些土蜂狡猾，草秆捅进洞中，忍着疼痛，不发出丝毫响声，希望逃过一劫。土蜂再狡猾也比不过人，有经验的娃娃会反复试探。土蜂在草秆的撩拨下按捺不住，倒退着身子不情愿爬出来，露出黄褐色的翅膀和纺锤形的肚皮，噗的一声，掉进洞口边的玻璃瓶。泥墙洞中不仅藏有土蜂，偶尔还能挖出破损的子弹头，那是多年前土匪骚扰的证据。小孩把子弹头用红毛线绑着，沉甸甸地挂在脖颈，俨然立功受奖的士兵，也如骑马夸官的状元，在村中走来走去，得意至极。

春来时，寨门外的篱笆墙上爬满牵牛花。花儿或紫或红或雪白，不事张扬幽幽地开着。我们把牵牛花又叫喇叭花或打破碗花。这花奇怪，牵连倒是真的，但却没有牛。难道牵的是蜗牛？打破碗的说法也不知从何而来，喇叭的形状倒是逼真至极。男孩一般不摘花，我却非常喜欢开在细细藤蔓上的小喇叭。花开时，看见女孩摘来染指甲，我也去摘一朵，含在口中吹。喇叭花只是形状酷似喇叭，哪能吹得响呢？鼓足腮帮一使劲，喇叭花扑哧一声，飞出老远。

开春时，村口的梨园开花，星星点点，繁花烁烁。和风吹拂，开谢的梨花落进小溪漂至村口。爱美的姑娘看见，捞一些回家烧水洗脸，美白养颜。

村妇们喜欢村口清澈的溪水，经常邀约贴心的姐妹一起洗衣物。边用棒槌"啷啷啷"捶打水边青石板上的厚棉衣，边有滋有味地拉家常。有些男人路过，总爱嬉皮笑脸跟她们调侃几句。泼辣辣的妇女发出爽朗的笑声；羞涩的村姑脸变绯红。花花绿绿、大红大紫的被面和衣服，洗好后晾晒在机耕路边杨树的麻绳上，任和风暖阳吹着晒着，也如此时，主人的心情馨香舒服。

寨门外有块空坝，坝子上有口石砌的水井。晨昏时，井边络绎不绝，洗衣、冲澡、挑水，男男女女，老老少少，人来人往。打井水没有辘轳，全靠自己用麻绳和小桶。打井水是技术活，手笨的须重复几次，而行家一次成功。技巧是把桶晃荡到井壁，再迅疾一扯，小桶扑哧一声翻入水中，瞬间灌满，左右手交替拉绳，三两下提出井口，哗啦一声倒进铁皮挑水桶。在附近田埂上摘两片南瓜叶丢在桶面，悠哉游哉挑着往家走。夏秋暮色，劳作归来的男人浑身溅泥，光着身子穿条短裤站在井边，把一桶桶清亮的井水，劈头盖脸浇向古铜色的身体，脸上露出自豪的神情。九十年代初，堡子里安了水管，用上了水库的自来水，水井从此废弃，孤独如空巢老人，井口变成堆草的场地。外来人根本想不到，在高高的草堆下面，还覆压着一口繁华落幕、幽深的水井。

井边打着光滑平整的三合土，娃娃们爱在这里玩泥巴。附近泥沼田中的泥土乌黑光亮，捏着绵软舒服，感觉像捏面团。抓一块黏土在三合土上不断搓揉，揉至发亮绵稠，抠出窝头状，开口朝下猛地灌向地面，"砰"的一声爆响，炸出一朵泥花，参加游戏的另一个小孩挖自己的泥巴填补窟窿。这个赌泥巴的游戏，叫"女娲补天"。

村口的荸荠秆长得密密麻麻，又直又尖宛如利箭，手指一捏，发出啵啵的响。荸荠成熟后，割下的荸荠秆既不能当燃料，又不能喂牲口，堆在田间待干燥后烧灰肥田。星光月影下，我们喜欢在田里厚厚铺一层，钻进去睡半宿。大多数荸荠像听话的孩子，规规矩矩地长在差不多深的地方。一锄头下去，翻开泥土，圆溜溜又长蒂的荸荠们扑面而来，排成队伍镶嵌泥间，十分养眼。偶尔有一两个调皮躲在深处，要用小锄头抠出。

马家这年在收割了稻子的田里砌土砖。为了方便晾晒，土砖被团团堆码起来，像一个个镂空的"碉堡"。这些"碉堡"自然又成了儿童乐园。我们玩抓特务，爬进爬出。有时用力过猛或失去重心，轰的一声，好端端的碉堡突然倒塌。土砖断裂，惨不忍睹，马大叔看见伤心，怒目臭骂。我是砌土砖师傅的儿子，他瞪我两眼，没有骂我。

农历六月二十四这天，是火把节。关于打火把的盛况，明朝洪武时期被贬到云南戍边的杨升庵状元路过此地时，有过精彩的描绘。那天，杨状元住在川南胜景的泸山，晚上居高临下大饱了眼福，兴致挥毫，写下脍炙人口的"老夫今夜宿泸山，惊破天门夜未关。谁把太空敲粉碎，满天星斗落人间"的优美诗篇。

火把节这天，不只山上的彝族打火把，我们堡子里的汉族娃娃也要打。我们打着长长的陈艾火把，到堡子口或堡子尾的稻田埂上烧害虫。干燥的火把一点就燃，潮湿的需要插引火的松明。遇上火把将熄，挥动几下，头上又见火红。田埂上火光摇曳，黑夜里人影绰绰，飞虫扑火，散发着艾香和烧焦的味道。害虫不能烧尽，点火把只是一种仪式，背后隐藏着的，是农人对粮食丰收的期许。

麻雀会算日子！粮食快成熟时成群结队，不请自来。生产队安排专人驱赶，田间和田埂插着稻草人。稻草人穿褴褛衣服，戴破烂草帽，胳膊上绑长条红布，在风中呼啦啦地响。赶鸟人时不时走到田埂上，用铜锣和竹竿吓唬。恫吓伎俩开始管用，麻雀吓得远远飞走。过一阵，又飞回来。生产队买来两枝火药枪，惊天动地的枪声才把麻雀赶走。火药枪不是我们生产队独有，我们队放枪，其他队也放。放来放去，麻雀赶过去又赶过来，最终只是浪费火药和铁砂。无奈，开始用干粉农药。打药人戴着口罩和草帽，背着喷药机，摇动手柄，机器发出巨大的嗡嗡声，像飞机在头顶轰鸣。干粉农药药性大，使用一年后，国家就禁用，麻雀也随之销声匿迹。有人说麻雀跑去了资本主义国家，偷吃资本主义的粮食去了。麻雀是否飞去了资本主义国家，我们无法考证。印象中，起码在十多年后，才又看见麻雀的身影，重现林间地头。

二

堡子尾有个竹园，平时上锁，大门紧闭。

园中有几棵梨树，是土黄色的麻点馍馍梨和翠翠的鸭梨。有年生产队砍竹子开启大门时，我进去看过两回：梨树上白乎乎地开花，沉甸甸地挂果。但到了秋天收获的时候，果子只剩下稀稀拉拉的几个。大门和院墙关不住偷嘴的小孩！

有天我和一个玩伴随大人进去砍竹子，发现潮湿的地上长着几朵菌子。灰白色的菌子呈网状，宛如蛇蜕。我怕蛇，心里忐忑，不敢触碰。若干年后方明白，当时错过的是人间美味——羊肚菌。

园子的深处有一块地，长了几丛魔芋和蕉芋，不知是野生的还是谁家偷种的。芋头们的叶子宽大舒张，绿茵茵葳蕤的模样，让人感到勃勃生机。美中不足，魔芋秆上有黑白相间的花斑，宛如花麻蛇，十分吓人；蕉芋的秆却是嫩红色，像美人蕉，好看多了。

以往我吃过的芋头都有麻嘴的感觉，玩伴却说蕉芋是甜的，我不信。他家就在墙外，他也不跟我争辩，一溜烟跑去拿来小锄头，挖了几个疙瘩样的芋头送我，让我回家去验证。事实胜于雄辩！果然，其貌不扬的蕉芋煮熟后的味道非同一般，像荸荠和山药混合，又甜又沙又糯，滋味可口不可名状。

堡子尾的稻谷扬花时，散发着清香。夜晚，稻田和机耕路上飘着点点星光。起先稀疏，只有寥寥几个。很快越来越多，忽高忽低，飞来飞去，让人眼花缭乱，就像熠熠光辉的绿灯笼，那是一只只诱人的萤火虫。它们起舞弄影，自由翩跹，缥缥缈缈，给夜幕制造出一幅朦胧幻境。我呆呆地看着，完全陶醉，仿佛进入了童话世界。

看够了眼前的忽明忽闪，我想抓一只细看，以为随便一抓，就会在稠密处捕获一只。摊开手来，哪里有萤火虫的影子？这些诱人的闪光绿色精灵，在我手掌还没有合拢的时候，早就机警地躲过风声，掠过我的头顶了。

从河沟到邛海

再温顺的河流也有暴戾的时候。

浅浅的河沟，表面看似平静，水下其实暗涌。有次，一位玩伴在我们堡子小沟里洗澡，水刚淹过屁股，他竟然慌乱溺水，被路过的一个男人救起。溺水小孩被倒提着身子上下抖动，哇啦哇啦，鼻子嘴巴汩汩冒水。下河洗澡十分危险，道理大家都晓得，但娃娃是水里来，又在水中长，天生喜欢在水中扑腾。戏水的冲动总是盖过父母的叮嘱。过一阵子，又把爹妈的禁令当耳旁风，不管不顾，又光着屁股偷偷下河。父母有父母的事，也没有闲工夫随时把娃娃看着守着。娃娃天性好动，一旦放出去野，天王老子都管不着。有些家长也有办法：等娃娃归家，用指甲划其肚皮。一旦白痕明显，边打屁股边骂：三天不打，上房揭瓦。道高一尺魔高一丈！有些娃娃随身带一小块肥皂，出水后用肥皂清洗身子，指甲测试就失灵。

农村娃游泳，大多无师自通。要说游泳无老师似乎有点绝对。看看他们的泳姿，不言而喻，应该是向狗儿学习的。我曾看过几次狗儿落水。不管水再深再浑，都临危不乱扬着脑袋，身子伏在水面，四脚当桨，劈波前行。游泳的技巧关键在闭气和放松。上小学前，我跟着堡子里的大男孩下了几次水，几天后也能把身子浮在水面不下沉，闭一口气在水中也能潜行七八米。学会了游泳，也就获得了在水中的自由。游了一阵，我也开始跟随堡子里的大娃娃从小沟游向宽河，又从宽河游到湖泊。

我老家堡子分为上堡子、中堡子和下堡子。上堡子又叫臼里堡子，说明地势低洼形如石臼；中堡子又叫下陈所，村民大多姓陈，元朝时是驻军所在地；下堡子全部姓王，叫王家堡，靠近金沙滩，在川南胜景的邛海边。

邛海虽叫海，其实是湖。关于湖的来历，我听下堡子的一个老人讲过一个传说。她说从前有个樵夫，每次上山砍柴途中，必定在一个水井边磨刀和吃饭团。一天磨刀时不慎割破手指，滴血下井，变为蚯蚓，樵夫发现，每次吃饭时必掰一块饭团丢下井。天长日久，蚯蚓被喂大变成青龙。有晚青龙向其托梦要报恩，让他打开房门。翌日晚上狂风大作，屋内窸窸窣窣作响，硕大的青龙张开鳞甲，抖落一地稻谷。反复数次，屋内终于平静如初。稻谷满仓，他家高兴，地主家却愁眉，有几块稻田的谷子不翼而飞。地主报官，捕快派人挨家查访，樵夫和母亲娘俩被锁拿。樵夫如实交代前因后果，县令骂樵夫信口雌黄，喝令严刑拷打。晚上青龙又来托梦：后悔本想报恩，反给惹祸，明天再审时，县令如再喊用刑，公堂上会冒三根竹笋，要樵夫和母亲扳断中间那根，抱住剩下的两根就能获救。第二天果然梦境再现，娘俩依计而行。笋口扳断，大水漫涌，很快淹没县衙。水位越升越高，樵夫和母亲抱住的竹笋也越长越长，就像孙悟空的如意金箍棒。当地变成一片汪洋，青龙驮着樵夫和樵夫娘回到岸边。

我后来想：青龙报恩，虽救了两人，却殃及万千无辜百姓，与《白蛇传》里的法海和尚捉白蛇、水漫金山的副作用如出一辙。心头有点梗塞。

传说毕竟是传说，邛海的形成，实际是沧海桑田，地壳下陷，千万年前地质已经形成。

传说仍然在继续，我要说的是湖边生长着的那片诱人的菱角。

这里的菱角很特别，不是牛角菱，而是指头般大酷似袖珍粽子的四角菱。粽子菱虽小，角上却生着芒刺，外地人望而生畏，不敢下口，本地人则有办法，吃得津津有味。捏着尖角小心翼翼放在门牙中间，上下一扎，咔嚓咬掉，再如法炮制，咬下另外两只，舌尖牙齿轻轻一挤，清甜的白肉乖乖跑出来。

说来奇怪，临近下堡子几十平方公里阔大的邛海湖面，其他地方都是水天一色，光秃秃一片，唯独下堡子湖边绿意盎然，翠叶长满。这个谜题难我多年，直到参加工作后，才把它解开。有天我回堡子，散步至湖边，看见浑浊的河水注入湖里，入湖口泾渭分明，终于明白原因。原来那里河汊较多，淤泥沉积，大自然才选摘那片水域播下菱角，赐予我们堡子长在湖里的水果。

听老人们说，二十世纪有段时期生活困难，这片菱角还救过许多人的命，是不折不扣的功臣。那几年自然灾害闹饥荒，粮食吃完，草根树皮剥光，靠近湖边住的人，捞菱角和菱角藤，填补饥肠辘辘的肚子。

夏秋交际时，天气伏热，菱角已经饱满成熟，下堡子的妇孺早就按捺不住，个个脸露喜色。她们扛着轮胎船出来，坐在船上，聚在湖面，笑声盈盈，边摘菱角边拉家常。家长聊得盎然，也不用管小孩，随其呼朋引伴，下湖戏水。娃娃们大把捞菱角叶和菱角藤，在水面厚厚堆上一层，光着身子爬上去，噼噼啪啪地扑打，宛如欢快的哪吒。

轮胎船的制作很简单。买两个汽车轮胎，充满气，再绑上两块木板，这样的轮胎船，下堡子家家都有。轮胎船制作简单，划起来却考手艺，生手大多无法驾驭，忙得手忙脚乱，依然原地打转；湖边的村民，却是驾轻就熟，左划一桨，右撑一竿，来去自如，如杂技表演。

下堡子的人不止划轮胎船娴熟，摘菱角的动作也好看。一手快速提起翠叶，迅速翻面，眼睛跟着扫瞄；另一手往菱角泡中间一掐一甩，嫩紫色的菱角就带着噗噗的欢声，愉快飞进盆中。夕阳落下西山，满盆的菱角也已装满。划船回到岸边，把菱角倒进筲箕，就着清澈的湖水洗净夹带的浮萍。吃过晚饭，大锅大火煮熟，待第二天上市叫卖。

天色还未亮明，卖菱角的人已经在路上奔走。背背篼，跨竹篮，端秤盘，进城或逛周边的堡子。"卖菱角耳……"又长又重的乡音，在街头巷尾，声声响起。

菱角好吃，紫红色筷子般粗的菱角藤味道也鲜美，是一道难得的海菜。除去杂须，掐掉底端的老根和顶部的泡叶，切成细节，加泡菜炒熟，清爽中带点涩味，下饭得很。

菱角叶翠翠带着紫红，下面结着纺锤形的空心小泡，呈花瓣状平平展展浮在水面。细细长长的紫藤从水面梦幻般插入水底，一直连到泥土里。菱角叶层层叠叠，密不透风遮盖着湖面。海风吹来，绿浪翻涌，仿佛在跳舞。

生长菱角的水面，常有麻灰色的野鸭出没。鸭子们成群结队，集体觅食，有时嘎嘎叫唤，声音随风低沉。野鸭警觉赛过老鼠，很难逮住。它们天生小心翼翼，吃几口虫食就抬头四顾。稍有风吹草动，扑棱棱扇动翅膀，突然腾空飞向远处。

湖边有几百亩茂盛的茭白（我们那里叫高笋）。高笋的叶子翠绿宽大，小孩喜欢在长满高笋的湖边捕鱼捞虾。

有天，一个大男孩带着我悄悄钻进去。他搬下一棵高笋，剥去绿皮，露出茭白让我吃。我咬下一口，嘎嘣嘎嘣嚼起来，感觉有点淡淡的甜。吃够了高笋，我们又漂在水面，张开四肢学青蛙晒肚皮，潜入水里看小鱼。鱼儿圆鼓鼓的小眼睛，也在水里呆呆打量不速之客。水底不仅有成群结队来回游弋的呆萌小鱼，沙中还有许多蛤蚌，直愣愣地栽着。蛤蚌们纹丝不动大张着嘴巴，正在守株待兔，捕食蜉蝣。蜉蝣、蛤蚌、小孩，水底下相映成趣，演绎着一场黄雀捕蝉螳螂在后的把戏。我的手指刚触碰蛤蚌的开口，蛤蚌立马反应，突然闭合，把我的指头夹出胀麻的感觉。脚底慌乱，搅得黑乎乎的淤泥升腾翻卷，慢慢包围清水。浓墨渲染，宛如中央电视台的艺术栏目开头放慢镜。不能再犹豫了，速战速决，拔出蛤蚌，钻出水面，把水底的收获放进浮在头顶的瓷盆。混浊只是短暂的，时间涤荡一切。要不了几分钟，黑泥开始沉积，湖水又恢复了清澈，眼前又浮现出斑斓的海草、活鲜鲜的小鱼、闷声不响的蛤蚌。愉快的打捞又重新开始。

家长看见娃娃端回满满一盆海鲜，恼怒之心烟消云散，手掌也变得绵软，功过相抵，责罚小孩偷偷下水的念头早就抛于脑后。好多天没有打牙祭了，大人们咧嘴呵呵一笑：蚌肉正好！

回想起来，我的童年，有时散落在河边，有时游弋在湖面。

诸葛梨园

二十世纪六十年代初，困难时期结束后，我们堡子很快恢复元气，娃娃们如雨后春笋般降生。堡子里的果树就那么寥寥几棵，娃娃众多，结的果子不够小孩塞牙缝。

队上准备建个果园。但良田不能占用，又没有合适的山地，大家苦闷许久。

后来有人提议：堡子头上的那片坟地，茅草遍地，狼虫出没，耗子游荡，土坟无人照管，也没有扫过墓的痕迹，干脆荡平建果园。有人强烈反对：挖坟掘墓，要折寿的。

建果园的事僵持起来。

公社书记是无神论者，听说这事，连夜来生产队给大家开会。他说道，既然是无主坟，平了做果园，谁来骂人？人死如灯灭，不如一捧土，你们也不长脑壳，婆婆妈妈的。是孩子的生长重要，还是被人骂的面子重要？过几天外地要拉来果树苗，考虑好了赶快报名定数量。

说实话，哪家不想吃梨呢？第二天，队上的社员全体出动，带上锄头、钉耙、砍刀，三下五除二，挖掉茅草，砍倒灌木，荡平土坟，平整出一大块果园地。

几天后，果园地种上了水冬瓜，苍溪梨、馍馍梨、鸭梨等甜梨树和酸梨树。队上安排懂技术的社员管理，牛粪、猪粪大担小桶往梨园挑。土质肥沃，营养给足，几年后梨树枝繁叶茂，长大挂果。

梨园四面靠秋田，中间有通道。林子大了，啥鸟都有，看见诱人的果子，自制力差的难免要偷。为了看护这些金贵的梨子，才到六月，果子半大时，园中三个进出口就安排上三个"忠诚卫士"。梨树上拴着铁丝，铁丝上挂着可以滑动的狗链子。园中一旦风吹草动，狗儿就狂吠，顺着铁丝哗啦啦扑上去，吓得偷梨子的人拔脚就逃。除了狗儿保卫，队上又在梨园的最高处修建了一座碉楼。碉楼共两层，底楼放工具，二楼住人，四处开孔，楼上安着探照灯。看园人透过碉楼的小窗户，俯瞰整个园地。一旦发现异常，探照灯照过去，瞬间恍如白昼，偷梨人无处遁形。

看梨园是个抢手的活，好多社员都想干。但管护梨园需要技术，更需要人品，不是谁想干就能干的。看园人大多是退下来的队长，他们是生产队的能人，值得社员信赖。第一届守园人是刘队长，由他看管梨园是众望所归。刘队长之后是郑大爷，也是位高风亮节之人。果子成熟后，风吹或自落，他会全部捡起来，一个不剩交给队长。队长也不会私吞，端着竹篮，挨家挨户散给堡子里的娃娃解馋。

风吹落下的梨子毕竟有限，堡子里的小孩太多，吃不过瘾，个个眼巴巴望着梨树上汁水饱满摇摇晃晃的梨子，希望梨子早日成熟、下树、进口。其实不只是娃娃们打望梨子，堡子里的大人也在眼馋，扳指头，数日子。

中秋前后梨子终于成熟了，惊喜的日子终于到来，队长急促快活的哨音响彻堡子。

篾匠们先到堡子中间的竹园砍下十几根慈竹，消去痂结，砍破竹尖，在顶端编好碗口大的采摘工具——竹篓。其他男人挑起箩篼，妇女儿童带上提篼，倾巢而出，争先恐后，涌向梨园。

看园子的狗早就撤退，拦路的篱笆也已搬开。阳光照耀着梨园，散发出喜悦的光彩。

摘梨的这天破除平日的规矩，每个人都可以放开肚皮，吃法任性。娃娃学孙悟空的样子在蟠桃园这里摘一个，那里啃一口；掉了牙的老人把梨子摔成几瓣，似猪八戒吸吸呼呼囫囵吞枣；淑女们则精挑细选，细嚼慢咽，汁水浓甜。

牙帮嚼酸，肚皮吃饱，犒劳了味蕾和肚肠，摘梨的战斗终于打响。

低处用手摘，高处用竹篓，年轻人似猿猴般上树，老年人伸手接篮。七手八脚，半天工夫，树上的果子下了树，装满渴望的箩筐，挑到堡子里的办公室过秤计量，按照人头分配。

我家人多，分到两筐。酸梨全部放进泡菜坛，选一些最好的甜梨送亲戚，剩下的水缸中贮藏一些，箩筐中留一些，任随我们几姊妹自由自在地吃拿。

队上摘梨这天不可能摘得干干净净，高处总有几个漏网之梨。一旦家中的梨子吃完，有些娃娃就跑到梨园地毯式搜索。想吃树上藏着的梨不容易，树叶上潜伏着辣毛虫呢，叮在皮肤上火烙式地痛。吃一口梨，流一滴泪，这是难免的。听说孕妇的奶水最治辣虫痛，母亲领我去讨过一次，真的管用。

靠近碉楼的地方有一团荆棘，丛生摇曳，长着黄泡。看样子荆棘应该是野生的，不像家种，家种的一般种在路边作为篱笆。这丛黄泡成熟时，刺叶下结满黄灿灿的果子，飘着果香，很是馋人。每次路过，我都想去采摘，但保卫园子的狗总在附近逡巡，只能望泡兴叹，恨得牙痒。

"庄稼一枝花，全靠粪当家。"梨园的进口有块空地，是生产队堆积肥料的地方。肥料堆积如山，牛粪、马粪、猪粪以及家禽粪，这些都是好粪，更多的却是冶炼厂搬来的矿渣。那个时候还没有用化肥，为庄稼集肥也是生产队的一项劳动。找来的肥料，按斤头折算工分。满堡子的人，男女老少都在四处寻肥料，为了等候一泡牛屎，我曾看见有人提着篼篼，不厌其烦跟在牛屁股后面走了一两公里。大家都在集肥，僧多粥少，柏油路边的草皮也在劫难逃，被当成肥料厚厚铲走一层。有人看见卫生院对面铁工厂排放的黢黑尾矿渣，也说是肥料，也挥起锄头挖。堆积在工厂背后高坎边的矿渣到底是不是肥料，大家搞不清楚，反正大人背，娃娃也去背。有人太着急，把刚出锅不久的尾矿铲进背篼。走着走着，背脊越来越热，后背突然烟雾尘尘，背篼起火了。

一背篼尾矿最多上百斤，而有家人心大，用架子车拉，一车上千斤，抵十个社员一趟的工分。他家效率太高，看得社员眼热，纷纷反映不合理，架子车的工分值才被降低。

有次父亲背着肥料赤脚走过垃圾堆，脚底被碎玻璃划破，鲜血淋漓。没有钱打破伤风针，他用土法疗伤，撒尿消毒，然后用淤泥糊住伤口，自己走回家中。大姐看见问他痛不痛。父亲若无其事，笑笑说：不痛，这点小伤算不了啥。

有几年，看园人马大叔在梨园空地种了一畦缨红的高粱。这款来自北方的庄稼，身材修长，叶子翠亮，顶端的高粱成熟后，弯下红缨，在风中摇曳，好看之极。据说高粱酒最好喝，但马大叔不饮酒，种高粱是给子女当水果。高粱秆的汁水浓郁清甜，介于甘蔗和苞谷秆之间。马大叔的儿子是我的玩伴，他吃高粱秆，我也沾光。

梨园的另外一头有个空坝，坝子上建了一个装牛粪的水泥大粪池。漂在水面的牛粪长满锅巴草，牵连不断地长，半人多高，几乎覆盖了整个池子。大风吹来，粪团上载着茅草随风移动，竹竿轻轻一推，茅草摇摇晃晃，优哉游哉游弋起来，有种说不出的逍遥味道。我每次路过，总爱在边上站一会儿，浮想联翩，有种想到草上踩踩的冲动。我在那里发呆，可能是想到了八仙过海？抑或是想到了红军长征踩过的草地？印象中草都长在土中，即便是水草也有根与土相连，眼前的茂草却长在粪团上，我有点费解，觉得神奇。我猜粪团上的种子从何而来。难道是牛粪自带？鸟儿啄来？是大风的杰作？还是看梨园人丢的？遐想许久，想不明白。

包产到户的时候，梨园也拿出来承包，马家包了三年，据说赚了几千块钱。他家承包期满后，我怂恿父亲去竞争。父亲摇头，说梨树已老，产量不高。我家没有当成园主，我失望很久。

一棵枣树

小时我们堡子的梨园边上有个水塘，塘边长了棵枣树，孤零零形单影只。不知这树是哪年种下的。树干碗口粗，一丈多高，枝丫少叶子稀，缺乏生气。

队上每年都要给梨树施肥，距离树根一米远的地方挖个圆圈，施家畜肥，天干时还要灌水。但印象中，好像从来没有人管过那棵枣树，不知是忘记它的存在，还是故意视而不见，反正枣树就像是旧社会小妈生的，跟梨树相比，待遇总是差了一大截，只能干巴巴地靠雨露恩泽。我有点纳闷，心里替它叫屈。

有年，大人们给梨树施肥时，我也在梨园玩耍。趁他们中途抽烟休息时，我拿了粪桶和瓜瓢偷偷给枣树补充营养，期望它繁花烁烁，果压枝头。但这年枣树仍然没给我争气，依然"外甥打灯笼——照舅（旧）"，还是象征性地结那么几个。父亲说可能是水土不服。

同样是水果，长在同一块土地，梨树每年硕果累累，枣树却稀稀拉拉，看着让人可怜。成熟的枣子更少，红红的十多个，点缀在树叶间，证明自己还算一棵枣树。枣子还没变红，许多小孩的眼睛已经来回盯着，稍不注意，就会落入垂涎欲滴的嘴巴。

屈指可数的枣子，不但小孩的眼睛在打望，鸟儿也在惦记。我曾看见过几回，天空盘旋的几只鸟儿按下翅膀，停在树上，搜寻枣子的身影。找不到果实，鸟儿们叽叽喳喳，发了一通牢骚才振翅飞走。

我寻思：难道这棵枣子是鸟儿种下的？不然为何它们如此愤懑？也许这棵枣树真是这些精灵种下的呢！我推测它们种树的过程可能是这样的。

有天它们从远方叼来几个枣子，飞累了落在这片地上歇息，愉快地吃起枣肉，然后走到水塘边喝了几口凉水。有只鸟儿提了个废物利用的建议，鸟儿们叽叽喳喳商量了一通，然后举脚赞成，用锋利的爪子在土里刨了个小坑，埋下种子，然后挨个撅起屁股拉屎，最后用脚爪把土盖上。就这样，有颗枣核获得了新生。春天到来，吸收养分，破土发芽。三年后枣树长到一人多高，开黄黄的花引来蜜蜂采蜜，枣树成功受粉，结下几十个大小不一的青枣。

枣树结果的这年，鸟儿再次光临。它们没有忘记，曾经在这里有过一次光荣的劳动。故地重游，落下查看枣子的长势。看见满树青枣，鸟儿们围拢在树边歌唱。之后又来关注过几回。它们晓得青枣的味道不如红枣，始终克制住嘴巴。由于枣树挂果太多太早，宛如未成年人负重过早未老先衰。这棵枣树，由于鸟儿的忍嘴和不懂科学，第一年没有给它疏果，以后再也长不出更多的枣子了。

当然，这棵枣树不一定是鸟儿种的，也许是马家。

有次我也想去摘，提前把计划告诉了玩伴马小三。他是看园人的儿子，立马阻止了我的行动。他一本正经地说，那棵枣树是他爸栽的。我犹豫不决，伸出去的手终于还是缩回来。地虽然是集体的，但树是他爸种的。认真说来，枣树一半还是应该姓马，我不好意思下手了。晚上吃饭时想起这事，又有点狐疑。询问父亲："梨园的那棵枣树不是队上的吧？"父亲反问我："不是队上是谁的？"我说："是马家的，马小三说树是他爹种的。"父亲看我一眼呵呵一笑："你这个娃娃太老实。他蒙你的，可能是想留枣子自己吃。"

马小三如此狡猾，我对他产生了恨意，疏远了他好一阵。有几次路过这棵枣树时，我还想拿刀把它砍掉。我想：砍了树子，没有老鸦叫。

有时我也在想，枣树种得真不是地方。为何不种在梨园的中央？不事张扬悄悄藏着长，哪怕全身披红挂绿，也不会让人眼馋。种在路边，招摇过市，可恶地诱惑我们这些馋嘴的小孩。诱人的果子却又只结那么可怜兮兮的几个，让人不忍下手。再说摘一个就明显少一个，容易被守园人发现，一旦盘诘起来，背负偷盗的骂名，实在不值。这样一想，枣树的罪孽实在不轻！真的该砍！

后来生产队把那块空地补种了些梨树。有人建议把这棵"站着茅坑不拉屎"的枣树砍掉。队上无人反对，马家也没有发表意见。

砍树的那天，我看了看天空，没有鸟儿来观瞻。或者是，发过牢骚的鸟儿早就对这棵枣树不寄厚望了，懒得理它了，砍就砍呗。

风吹白杨

风吹白杨的声音，我最后一次听，还是读高中时的事情。

风吹来的时候，我家河坎上那排白杨树，发出哗啦哗啦的响声，如同旗子迎风呼鸣。站在树边，耳朵里充斥着动人心弦的激越。

这排白杨树是父亲和我种下的。

土地承包到户的第二年，乡政府号召村民种树，免费提供树苗和果苗。果苗有梨和桃，树苗是白杨。农村人一般房前屋后都种点桃木李果，自给自足，我家却一棵果树都没有。我家房屋四周没有空地，房前是公用天井，屋后是其他人家的院坝，左邻右舍背靠背，墙挨墙，无地可栽。自留地离住房远，怕偷也不敢种。

那时候，我们这些小孩能吃到的东西实在太少了。菜地里拔根莴笋剥去皮，摘下嫩青椒蘸盐巴，也吃得津津有味，更别说看见村子里谁家果树上垂吊的水果，更是眼巴巴地望着，不忍离去，羡慕得要命。我还发现凡是有果树的人家，大人脸上都容光焕发，小孩的脸上也洋溢着幸福的笑容。真的不仅眼馋水果，还渴望这种有果树的感觉，我是多么希望父亲这次能种几棵果树，了却我多年的夙愿啊。报名领树苗时，父亲却犹豫起来，儿女们没有水果吃，的确是个大问题。但梨树虽好，种在远离村庄的地方，多半是帮人，几棵梨树，不可能派人日夜守护，不看护又怕辛苦一场，纠结得很。最后，父亲还是放弃了果树，让我们忍嘴，种白杨树，保护河坎。

我陪父亲提前在河坎上挖了十几个深坑，施足了化肥。几天后父亲到乡政府扛来树苗，我们一起栽种。白杨种在河边，浇水很方便，十天半月，我就去伺候它们一回。

树苗接风生长，不经意才过几年，就枝叶繁茂，碗口般大，我欣喜起来，父亲却一脸沉郁。他有点后悔了，说河坎上种树太密，枝叶太稠，再过几年遮挡阳光，庄稼要吃亏。果然，两年后，白杨树又拔高了几米。浓荫密布，树叶如伞，挡风的同时，自然也挡住本来属于庄稼的阳光。光照不好，庄稼的长势令人忧心，父亲摇头叹息，我和父亲面面相觑。

砍吧，砍回去做木料卖。我劝父亲。

白杨树是泡木，不撑重，不能做梁，换不了啥钱，父亲摇摇头。再说内心深处，也舍不得砍。树木也像人类的孩子啊，凝结着父亲和我的心血，他犯难了。

粮食重要赛过树木。当时我家也没有修房造屋的能力。终于，父亲挥斧伐了两棵，再让我爬上剩余的树去修枝砍尖。

砍树枝时，我尽量爬高，希望少砍一截，多留一点枝叶，害怕把树弄死。父亲站在地上，令我不要吝惜，只管狠砍。还说"野火烧不尽，春风吹又生"，只要不伤根毁皮，树死不了的。爬近树梢，我才发现，有棵树尖的树杈上搭着一个硕大的鸟窝。平时也没有在意，不知道暖巢属于乌鸦还是喜鹊。我在树上犹豫起来。开弓没有回头箭，最后还是咬牙下了狠心。我抱着树干使劲摇晃，庆幸没有听到鸟啼，才放心下刀。砍了一天，杨树尖终于全被砍断，大部分枝丫也被砍下。河坎上终于恢复了明亮。

第二年开春，光秃秃的白杨树果然又冒芽吐绿，树叶从枝丫间噗噗噗往外长，翠翠地惹人爱。白杨树，果然命硬，活力四射。风吹来的时候，树叶子们又发出欢快的叫声，似乎比从前还要响亮。难道是故意叫给我听的？我站在树下，愣怔起来。

过了一年，有天周末我放学回家，去大田干活。我发现河坎变得光秃了，只留下十几棵新鲜又雪白的树桩，在风中凄凄惨惨。我以为树被歹人盗伐，愤怒回家告诉父亲。父亲看我一眼，告诉了我实情。

原来，白杨树是我家亲戚砍走的。一位外村的亲戚建房，四处买不到木料，想起了我家田坎上的这排白杨树。也许是母亲平时在他面前抱怨过白杨树的不是，或是他平时进城时路过，早就相中了这排英姿飒爽的树。他一开口，母亲就慷慨赠送。

我在城里读书，平时住校。送树和砍树，我浑然不知。

多好的树啊，说砍就砍了，那年死里逃生，今秋难逃厄运。树砍不能复生，我闷闷不乐，向河坎走去。

几味中药

小时候我认识的中药材品种不多，似乎只认得鱼腥草、金银花、车前草、马鞭草、落地金钱和豆蔻。

很奇怪，我晓得的这几味中药，除了豆蔻，其他的都清热解毒、利尿消肿。

鱼腥草，我们当地又喊侧耳根或泥鳅串。最长的超过一米，根上长满胡须。侧耳根爱往侧处长，不断分蘖，牵连不断，故名侧耳根。侧耳根的名字不难理解，泥鳅串的名字却有点怪。莫非是形容鱼腥草的钻地能力如泥鳅般强悍？鱼腥草清热解毒，不但是药，也可入菜。我们当地喜欢拿来凉拌，或者炖猪脚炖小肠。

金银花，喜欢攀爬围墙或篱笆。花期很长，从入夏一直开到秋末。花开时或红或黄或白，成团结串，一束束地开，热闹至极。金银花苦，败火解毒，叶子也不错。热火上蹿时，我就去那些人家的墙边掐几把叶子泡茶饮。

最好的败火中药好像还不是金银花，而是悄悄长在路边或山坡上的马鞭草。马鞭草，父亲叫它黄马鞭梢。名字的来历，可能是长得像马尾，开的又是黄花吧？父亲喜欢喝酒，胃火重，经常牙疼。牙疼不是病，疼起来不要命。有几次父亲坐在灶门前，抱着腮帮，大汗淋漓。看得我也眉头紧锁，站在旁边干着急。

有年父亲被公社抽调去建水库。休息时，逛到山坡，发现许多黄马鞭梢，挖回家洗净晾干，用麻绳垂吊在屋檐下。牙疼时，折几枝熬药水，倒在土碗里咕咚咕咚喝下去。几碗药水下肚，牙疼就被止住。看见父亲喝得如此爽快，我也想尝尝黄马鞭梢的滋味。但父亲说黄马鞭梢极苦，不让我尝。药虽苦，但父亲却从不皱眉头。我想，也许是吃苦比吃痛强。

父亲喊的落地金钱是毒药，也是治疗跌打损伤的良材。

落地金钱的名字真好听，给它取名的人一定有文气。我后来看过它的叶，名字可能来自它铜钱般的形。但落地金钱草晒干后收缩成拇指般大的藤条，中间露出一圈一圈的褐色花纹。铡刀切成片，落在地上宛如一枚枚铜钱，名字从这而来，也有可能。

堡子里的人买不起膏药，就用落地金钱治疗脚痛手肿。父亲在里面靠墙床脚下藏着雪茄烟般大小的一截，用油纸包裹着。一旦有人脚崴了，拖着臃肿或紫黑的脚背来找父亲，父亲就取出那截宝贝，拿一个粗糙的土碗倒点白酒，将硬如铜铁的落地金钱在碗底"沙沙沙"地来回摩擦。待药酒研磨浓稠成漂浮物时，用手掌舀起涂抹在病人的肿胀处，来回搓揉，待伤处发热时住手。经过几次落地金钱药酒的舒筋活血，几天后，来人的伤处淤血散去，疼痛消失。

一次我陪父亲去盐源县城购花椒。我们逛街时，看见一位老乡背着背篼晃晃悠悠不紧不慢在前面走。她的背篼中装满新鲜的植株，一两尺长，有根有叶还有小白花。父亲说是落地金钱。问了问，相当便宜，一背篼只要十元钱。我想，这草药既然治疗跌打损伤如此神效，劝父亲干脆全部买回去。父亲摇摇头，担忧这东西毒性太大，卖给人后，万一哪家发生家庭矛盾，想不通的人吃出人命，他负不起责任。父亲最后只买了几株带回家，悄悄藏着用。

车前草又叫发汗散。这药最贱，堡子周边的田坎上随处可见。绿中带红的叶子层层叠叠相拥抱团，深绿带紫红，匍匐在地。中间有两三根小尾巴，结满芝麻粒般大的种子，在风中摇曳，看起来生动别致。

听说车前草可以卖钱，我上初中那阵，和四妹五妹经常拿小锄头去堡子周边的田埂上挖。挖回后洗净，或摊在门口的簸箕上，或晾晒在生产队的晒场。挖了整整一月，我们才晾晒了十多斤。车前草被我们晒得太干，同样大的编织袋，过秤时我才发现，我们那袋的重量只有其他人的一半！

卖药的那天，我独自去上街，我背着那袋发汗散到城里的土产公司卖。手中有了三块钱，我就春风满面，得意扬扬起来。先是去电影院看了一场精彩的武打电影，然后在新华书店买了两本精美的连环画，最后心满意足地去馆子吃馄饨打牙祭。当我抹抹嘴巴，准备抬腿打道回府时，才猛然想起：家里还有两个比我小几岁的妹妹。她们还在家中翘首以盼，等待卖药的哥哥回去。我开始汗颜起来。我也无奈呀，手中只剩区区五角钱，想了想，给她们买了两根黄鳝皮的甘蔗带回家，勉强敷衍过去。

一九九二年参加工作后，我到成都市的新都县学习。逛农贸市场时，发现箱包店卖的女挎包很好看。二十元买了两个，回老家后把包包送给两位妹妹，算是对十年前卖车前草的补偿。不过，时过境迁，两个挎包的补偿，无论如何也补不回我年少时的自私了。

豆蔻，代指年华，形容青春勃发十三四岁的少女。

豆蔻是药，可以消痰化气、除腹胀，还是炖肉的香料。清炖时放两颗，香气馥郁，胃口大开。

印象中豆蔻喜欢阴凉，大多长在农村的房前屋后或大树下。豆蔻苍翠茂盛，每一丛箭秆至少几十株。苗叶舒张似生姜，花开时雪白，成束装，幽幽长在箭秆间，夜幕降临时亮眼得很。繁华落幕后，结出一串袖珍的玲珑绿珠子。种子成熟后，皮壳开口露着雪白的"牙齿"。豆蔻的不同状态，总是招人喜欢。如果说豆蔻是少女，枝枝挺拔团团保护豆蔻籽的叶秆就是她们的兄弟，是众星捧月。

母亲炖肉时，喜欢加豆蔻。我家住处没有地盘，自留地太远又怕有劳无获，故没有栽种。但不远处，一队亲戚祖婆婆家院坝却栽种了两丛，每次炖肉时，母亲总会去要几颗。

我成家后，下厨做菜，也喜欢往红烧或清炖的菜里放几粒。豆蔻下锅，香气四溢，我又闻到儿时的味道，回忆从前温馨的场景。我想，如果有机会搬到一楼，一定种上一团悠悠的香蔻，坐在它身旁：品茶，看书，催眠，叙旧……

胡豆花开

我最喜欢的庄稼是胡豆。我喜欢胡豆花开时的壮观、繁复、妙曼。胡豆花白里带紫红，羽毛花瓣间长着卵形黑斑花萼，宛如蝴蝶聚集在翠叶和豆枝间。花开时，蜜蜂嗡嗡，满田飞舞，肆意采粉。花谢后冒出指头般的青豆，剥去外壳，可以当水果。

我们堡子把蚕豆叫胡豆。胡豆的吃法繁多，炒、烩、焖、煮、烧汤、凉拌，都可。将胡豆米和胡豆壳煮熟，加点油盐葱花烩炒，味道不错；将胡豆尖、胡豆叶煮熟凉拌，十分下饭；将豆枝晒干炖腊排炖猪脚，味道鲜美；菜地青黄不接时，将干胡豆用水泡一夜，第二天泡涨后挤去外壳，下锅烧汤，加点腌菜或酸菜，也很开胃。田间干活，休息时摘几个青胡豆，剥去外壳，丢进嘴里咀嚼，生津止渴。

摘吃几个公家的胡豆，本不是啥问题，但在饥肠辘辘的年代，却要被上纲上线。我们堡子有个男人，偷吃一把生产队的青胡豆，被人发现，押到晒场悔过半天。

小时，我不但喜欢吃青胡豆，还拿它塞鼻孔玩游戏。游戏玩过头，塞进的胡豆抠不出，急得眼泪花转。大姐拿来剪刀剪碎胡豆，才让我脱险。

大雁排队南飞时，天气一天天寒凉起来，胡豆也该下地了。装一盆胡豆，拌上草灰，端至割了稻谷的田里播种。种胡豆需左右手配合，一手拿带杈木棍，一手抓胡豆。木棍往半干半湿的土里轻轻一戳，戳出窟窿，放胡豆进去，指头轻轻一压，种豆就完成。点胡豆的工作就是如此简单，既不会膀痛，也不会流汗，只是有点腰酸。为啥点胡豆要加草灰？氮肥长叶，磷肥长秆，钾肥长果实。草灰是不花钱的钾肥，当然优先。

一个月后，胡豆田里开始冒芽吐叶，枯黄的田间很快青翠葱茏起来。巡视一遍，发现没有发芽或者发芽后的胡豆被田鼠啃吃，赶快用棍抠出补种。将夭折了的发芽胡豆带回家炒熟，味特别甜，大人娃娃都喜欢。有次我在堡子中间的皂角树下玩耍，招呼一个路过的长辈。他停下脚步看了我一眼，竟然从兜中掏出一把香甜的炒豆，递在我手中，让我欣喜半天。

灌几次水，施一道肥，再经过几番寒冷和冬雪。年前年后，堡子周边的胡豆开始白乎乎地开花，成双成对胀鼓鼓地结果。

清明过后，天气渐热，豆壳变得成熟饱满，该收割了。

天空放晴，胡豆连着豆秆被镰刀割下，用篮子挑到晒场暴晒。下午，连盖噼噼啪啪响起，焦脆的豆秆豆叶四分五裂，很快变短变细。晒场上的青绿色细面被扫把和推耙收拢，舀进筛子，胳膊晃动，瞬间下起青沙绿雨，地上很快厚厚堆起一层。筛子上只剩一个个光生洁白。光生的胡豆交给人吃，青豆面青豆渣喂畜生，一点都不浪费。

小时看见生产队在晒场晾晒胡豆，我也爱去帮忙。

那时我们能吃到的东西太少，生胡豆也当零食。丢一个进嘴巴，用大牙慢慢磨。磨胡豆的感觉，就像磨生活。

满晒场的胡豆推拢起来俨然一座"粮山"，加之光生，看着就让人喜欢，我抑制不住，每次都要爬上去躺躺。躺在上万斤胡豆上的感觉，简直是土豪般的幸福。这是一笔多大的财富！我竟然能睡在上面，在胡豆上打滚，用胡豆埋住身体。人和胡豆融为一体，多么美妙的事情！

"月城的月亮最圆，诸葛堡子的胡豆最大。"这是我听过有人夸赞我家乡和我们堡子最自豪的话。

月城离云很近，离天就很近。是的，月亮升起的时候，圆润、澄澈，宛如玉盘镶嵌天空，清辉四溢，明亮动人，幽幽照耀大地。

同样，我们堡子的胡豆，饱满，大个，白净。有人说最大的胡豆在中国，中国最大的胡豆在月城，月城最大的胡豆在诸葛堡子。最大的胡豆当然不能浪费名声，聪明人把诸葛堡子的胡豆深加工。让干胡豆泡涨变软，用刀片划去两端的皮壳，保留中间一圈。胡豆摇身一变，仿佛古代的官员，穿朝服，系腰带。拴好腰带的胡豆，放油锅一炸，撒上花椒盐巴，装进透明包装袋。胡豆还是胡豆，却多了个好听的名字——"玉带胡豆"。有了诗意的名字和玉润的外观，再加香酥脆，普通的胡豆就增值了，就涅槃了，就漂洋过海了。

"月城的月亮最圆，诸葛堡子的胡豆最大。"每次介绍我的家乡，我也爱用这句话。

可惜，我们堡子已经拆迁，数千亩胡豆花开的滚滚阵势和庞大气韵，只能梦中相见了！

稻花香

"炭黑火红灰似雪，谷黄米白饭如霜"，这个猜谜对子，说的是木炭和稻谷的不同状态。看见这个对子，我想说说我老家当年是如何种稻的。

春雷阵阵，轰隆隆滚过头顶，惊蛰到了。雷声不仅惊虫，更在提醒农人：稻谷蠢蠢欲动，铁铧已经生锈，耕牛的身上也长出懒肉。休憩了两月，该出来练练了。

犁头套子架上耕牛脖子，锋利的三角形铧口戳进土地。鞭子啪的一声，抽开新一年的耕种。耕牛抖擞精神，迈开健步，雄赳赳拉着犁头，身后的土壤哗哗翻涌。田间开始波动，蔓延着扭向远处。铧犁翻出的泥面光滑闪亮，仿佛被泥水匠的掌子镗过一样。新鲜的泥土面上蠕动着蚯蚓或小虫，吸引眼尖的鸟儿，跟在农人身后惬意收获。

小秧田耕好，清凉的河水浸泡泥土，很快酥松绵软，锄头钉耙下田，开沟做床。温床需要收拾得光生平整，等待稻谷的降临。

选好稻种，太阳暴晒。用撮箕端至河沟淘去瘪壳，再端回家用热水杀菌。倒进箩筐，盖上被子。箩筐发热，数日后，沉睡了半年的稻谷被激活，被唤醒，伸伸懒腰，一脚蹬开口子，一棵嫩芽破壳而出。

手臂一挥，发芽的稻谷撒向小秧田的上空。谷雨落向湿润的泥土，发出悦耳的噗噗声。种子撒好，再盖一层家禽家畜粪，等待阳光照耀，长叶催苗。

天气越来越热，绿茵茵的秧苗越长越高。有手掌长了吧？密密麻麻，涌过来挤过去，像高峰期赶地铁的人群，头挨头，背靠背。小秧田，已经容不下它们日夜疯长的身体，是时候把它们移到大田了。

大田拦上门板，挖开渠口，清凌凌的河水流进焦干的土地。阳光和煦，耕牛又来了，喘着粗气，霸气地拉着两米宽的耙子，在水田来回跋涉，发出哗哗哗的响声。指挥官的脚杆，一前一后站在耙子中间。一手握着缰绳，一手提着鞭子，身体后仰着，嘴里发出喔喔哟哟哞哞声——也只有牛才能听得懂的暗语。耕牛在前面哗哧哗哧踩水，耙子在水田劈水而行。锋利的刀锋划过泥堆，驱赶着多余的泥土，浩浩荡荡涌向低处。耙子被耕牛拉着前行，宛如冲锋的舰船，势不可当。泥堆四分五裂，藏进水里，秧田变得天光月影。

耕牛饿了，吃一捆稻草充饥；驾耙人累了，吸一锅兰花烟过瘾。

大田备好，拔秧苗的工作很快开启。拔秧多半由老人或弱劳力完成。这项工作看似轻松，实则累人。戴草帽，弯腰杆，坐小板凳，手指不停，左扯一下，右拔一把，手中秧苗很快攒起碗口大，再用谷草捆成秧靶，丢上田埂。田间湿热，汗水淋漓，肩头搭着毛巾，抹一把汗，喝几口茶，站起来扭扭脖子，捶捶酸酸的腰肢，这是拔秧苗的人每天必然要做的事情。

男工把秧靶挑至大田，拧起苗靶，先往后荡，再往前甩。秧靶就像巨大的毽子，成抛物线射向秧田。左一个，右一个，远一个，近一个，噼噼啪啪，噼噼啪啪，落在需要的位置。秧田顿时鲜活起来。

未扎紧的秧苗，则在空中开枝散叶，落向水田，引来高一声低一声的埋怨。不知是促狭还是失手。有时甩出的秧苗靶，落在栽秧女人的身边，泥水四溅，又招来一通臭骂。脸薄的男人赶紧道歉，脸厚的还在狡辩：风吹的。

庄稼的收成不仅看天靠种，还靠管理。放水、施肥、薅草、打药，环环相扣，样样怠慢不得。有机肥有限，更多的是化肥。氮肥、磷肥、钾肥，根据秧苗生长期轮番上阵。化肥分得太细，费工费时。后来有了复合肥，一次到位。除草早先用人工，扯下挽成结，脚踩进稀泥，既除草又肥田，一举两得。后来有了特效农药除草醚，喷雾器一洒，田间杂草一扫光。

两月后，秧苗开始分蘖。田间更显绿意，虫子们也开始欢声笑语。

早先时候，堡子口和堡子尾的稻田不打农药。害虫多时生产队牵电线到田间，点萤火灯杀虫。灯下安着灯罩，下边放着大锅，锅里装满河水。合上闸刀，萤火灯就绿莹莹或蓝旺旺亮着，稻田雾时朦胧起来，呈现一幅安静祥和的色彩。飞蛾喜欢亮光，看见明亮不顾死活一头撞向灯泡，落进水锅。一个晚上，害虫僵死，铁锅里五颜六色，表面厚厚漂浮着一层。扑火的飞蛾品种繁多，比如稻飞虱、二化螟、三化螟、叶蝉、稻苞虫等，不胜枚举。

禾苗茂盛时，田间常听见"蝈蝈蝈"的叫声，原来是寻配偶的秧鸡。有时薅草，身前会突然蹿出一只，吓人一跳。麻灰灰的羽毛，筷子般细长的脚杆，啪啪几步逃得老远。皮肤怕稻叶锯齿，薅秧人也不忍践踏庄稼，不敢去追，眼睁睁遗憾野味消失眼前。秧鸡的窝通常做在禾叶间。运气好时会发现里面有白白的秧鸡蛋。秧鸡蛋一般是一对，大小如鹌鹑蛋。父亲说秧鸡是好鸡，专吃昆虫不吃粮食，不准我们捡秧鸡蛋。

稻谷扬花了，堡子周边散发着花香，带着淡淡的甜。

稻穗灌浆了，在风中摇曳，麻雀也来了，带着尖嘴和饿肠。田埂上很快插着吓鸟的稻草人。草人穿红布花衣，几尺长的袖子，在风中呼啦啦响起。不止稻草人虚张声势，火药枪也在田间惊天动地。粮食太可口了，"客人"死皮赖脸不请自来，稻草人不管用，枪声也不行。田间喷雾器的轰鸣，才能让虫子和麻雀有所畏惧。

中秋过后，沉甸甸的稻谷变得金黄。镰刀开始磨亮，打谷子的斗也准备妥当。女人们先去稻田割谷，男人们抬着沉重的木斗，喊着号子，顺着田埂慢慢跟来。斗打稻谷，三个人配合，一个捡靶，两个敲打，来回忙碌。分田到户时，有了脚踏打谷机，效率大幅度提高。后来堡子里的首富想买台联合收割机，但田块太小，牛刀杀鸡大材小用，担心大机器施展不开。首富纠结了许久，堡子里也沸沸扬扬了一阵，最终偃旗息鼓。

我们堡子离山远，找柴不便。大多数人也烧不起蜂窝煤，谷草自然是我们堡子烧火做饭的首选。谷草捆扎成草稞，无声无息站在田里等待风吹日晒。干定后被拉回村庄，圆溜溜堆码在房屋附近空坝上。十天半月，扯些出来，挽成草把烧火做饭。

丢一个草把进灶孔，农家瓦上，祥和的白烟牵连不断，袅袅起来，如歌的日子又开启了。

有竹的日子

　　慈竹易栽，又是编竹器的原料。我们堡子只要有空地的人家，都喜欢在门前屋后栽上一两丛。竹子茂盛，竹叶婆娑，一年四季郁郁葱葱，一眼望去，堡子掩映在竹园叶海。

　　堡子里又飘起竹筒饭的清香了，不知是哪家馋嘴的小孩？

　　竹筒饭的制作很简单。锯一截两端带疤结的新鲜竹筒，一端敲开小洞，倒入米灌入水，加点豌豆或青胡豆，再有点腊肉香肠，味道就更鲜。装好米和菜的竹筒用菜叶堵住洞口，斜放进火堆烘烤。竹筒滋滋响起，热气四溢。待表面碳化时，一刀劈开，清香扑鼻。

　　枝繁叶茂的竹丛中经常叽叽喳喳，活跃着成群结队的麻雀。一场夜雨，昏睡的麻雀变成落汤鸡。逮麻雀的人只需双手抱住竹身剧烈摇晃，湿漉漉的麻雀便会从竹枝上噗噗噗下落。捡回家油炸，村民的盘中又多出一道美味。麻雀现在是保护动物，不能捕杀。那些年却是"四害"之一，捕杀它们不但无罪，反而有功。

　　有竹自然有篾匠。箩筐、竹筛、竹篮、蒸笼、刷把、撮箕、筲箕、鸡笼等用具，都是篾匠们经常编的竹器。有的篾匠心灵手巧，划的竹条宽窄均匀，编的竹器弧线优美。干活时竹条在指尖轻盈跳动，像拨胡琴。他们编制的竹器，几乎是工艺品，摆到城里的篾货街抢手得很，价钱也比那些粗制滥造的高一截。手艺好的篾匠，到处都有人请，有时还要排队。大人划篾条锁箩口，小孩拉丝起箩底编筐筐，篾匠家没有人吃闲饭。耄耋老人也不袖手旁观。卷袖子，烧篝火，帮着烤竹墙板。

　　我最喜欢看篾匠做蒸笼。师傅们先用篾刀将新鲜的大楠竹拉开寸许宽豁口，顺着开口挖空竹节，在竹子内外表面刻上网状花纹，放到火上烘烤。烤上一会儿，楠竹冒气，噼啪作响。师傅戴上劳保手套，迅疾一抓，抓起吐气冒烟的开口楠竹，搭上板凳，伸出灵巧的脚掌吮吮蹬碾几下，热腾腾碗口粗的楠竹瞬间变成一块宽大的竹板。最后用锯子锯成长度适宜的竹板。围拢，钉销，嵌上筛条，新鲜的蒸笼宣告完成。

　　高二假期我向堡子里的篾匠们学习手艺，学编箩筐，挣学费。年过半百的父亲和我去庄家堡子买慈竹。五公里的田埂路，我扛着十多根，父亲扛着一大捆。上百斤的慈竹压在父亲肩头，我跟在他身后，听见他沉重的呼吸，看见他后背湿漉漉的汗水，心里不是滋味。路上，父亲仅仅歇气一回。他把竹子从左肩换到右肩，走上一段又从右肩换回左肩，脚步不停，呼吸急促。父亲在教我如何克难坚韧！有天父亲取青篾时用力过猛，篾刀割破食指，鲜血如注，缝了几针。而我，却继续留在晒场划篾条，没心没肺，没有去医院陪父亲。

　　假期已近尾声，我们也挣够我一年的学费。有一挑箩筐，我不经意间把箩口放得过大，以为是失败的作品，不料被父亲卖出最高价格。父亲告诉我：买箩筐的人说，他逛遍整条街，其他的箩筐太小，不适合他挑！

　　塞翁失马，焉知非福！

　　我后来还明白一个道理：只有倒霉的人，没有倒霉的货。

　　竹子不仅做竹器，我们堡子的小孩还喜欢用来做弹枪、吹枪和射枪。

　　弹枪、射枪打麻雀，吹枪打游戏。

　　取一段竹筒，锯掉痂结。上边开几厘米长的槽口，槽口下端前后各钻一小孔。用一节弹性十足的篾条弯成弓，两端插进孔中，一把弹枪就做成。槽口的前端放小石子，瞄准竹枝上昏昏欲睡的呆麻雀，扣动"扳机"，弯弓篾条突然弹起，石子疾飞。弹枪打麻雀，我很少看见麻雀被打中，也许是我们还不懂抛物线的原理。每次瞄得很准，石头飞去，要么提前坠落，要么飞过麻雀的头顶。弹枪的使用极度危险，打着其他小孩的眼睛，就是闯大祸。我做了一把，没玩两天，被父亲发现，强行收缴。

　　吹枪对吹没有危险，又适合多人打仗，大人不阻拦，是我们堡子男孩的最佳游戏。慈竹的旁枝又细又长，是最好的吹枪制作材料。用筷子长短的嫩竹筒锯掉两端结子，就是一把吹枪。那时的男孩，每人至少有两三把，长"枪"远射，短"枪"近吹，武装到位，相当充分。吹枪的子弹有棕树花、冬青树籽和野豌豆。棕树在我们堡子罕见，我家屋后蔡家院子里却长着一棵，开花时在高处白乎乎黄灿灿几大柄，十分养眼睛。据说用棕花炖肉，味道鲜美，但我从没有吃过。棕树花颗粒微小又轻飘，当子弹吹不远也打不痛，火力较弱，很少有小孩使用。用它的小孩，目的多半是炫耀。抓一把鱼子样的棕花含在嘴里，吹出去漫天飞雪，好看得很。紫黑色的冬青树籽也难找，为数不多的几棵长在主人家的院中或河坎上。小孩爬树采摘如被大人发现，势必被痛骂，故小孩也鲜有这种酷酷的子弹。

最多最好找的吹枪子弹是野豌豆。我们当地把野豌豆叫苕豆子。这东西命贱，田间地头随处可见，半个小时，就可以摘一裤包。野豌豆略小于绿豆，圆溜溜的，正适合在吹枪内加速滚动，射得又远又准。娃娃们都是下午放学后准备子弹，晚饭后开战。打仗的地点固定在下堡子竹园的巷道。一队的娃娃多，我们队和三队的娃娃少。我们队和三队结盟，组队打一队。

三队的李老三骁勇善战，总是当我方的先锋。他似乎不怕疼痛，宛如《三国演义》中的常山赵子龙，在曹营来回杀进杀出。李老三一人抵三，每次只要他在场，我们就心头不慌。有次他抓一大把子弹含在口中，顶着衣服几步冲到一队的"三笑"面前，逮住死死不放。火力猛射，狠狠吹打他的脖颈和脸，疼得"三笑"哇哇大叫，鼻涕眼泪往外冒。李老三是出了名的悍勇，全然不顾"敌方"也有几条吹枪，也在向他裸露的皮肤铺天盖地。为了加大吹枪的攻击力度，李老三专摘成熟饱满的野豌豆。摘回家剥壳后加盐浸泡，打在皮肤上疼痛麻痒。对方畏战，有时指名道姓，禁止李老三参加。

大男孩不玩吹枪，玩射枪射麻雀。射枪用标直的整根竹子制作。烧红的铁丝烫穿痂结，竹筒的后面安上硬弓，细长的金竹棍安上箭头当弓箭，箭杆尾部钻孔拴细绳。金竹弓箭穿过竹筒，扣在弓上。举着利器，夜晚悄悄抵近麻雀的肚皮。扣动机关，十拿九稳。长箭射出，迅速拉动箭杆上的拉绳，喔哧一声返回原位。射枪效率高，有人一个时辰杀一盆，让人眼红得很。

发芽的麦子

五月麦子成熟，堡子周边麦香浓郁，洋溢着收获的味道。

我们堡子没有收割机。麦田小块，有机器也难施展，收割麦子，还是靠原始的镰刀一镰一镰地割。再锋利的镰刀割麦，第一镰下去至结束，前后也须耗一个月。

下堡子那片麦田距离生产队的牛圈近，牛粪施得足，麦苗长得茂，麦穗丰腴半尺长，年年丰收，社员眉开眼笑。临近收割时，大家都在算日子，霍霍霍地磨镰刀。

这年，上堡子的麦子先播种，也先收割。割完上边的麦田，才刚四月，天老爷像漏了屁股。雨水淅淅沥沥，一下就是半月，不见一天阳光，晒场整天湿漉漉的。麦子没法晒，生产队也无柴火烤，更无烘干机烘干，麦子遭殃了。下堡子那些沉甸甸、黄灿灿的麦子弯腰驼背，垂头丧气站在田里日夜淋雨，看得社员摇头叹息，心头滴血。

淋了半月雨水，天空终于放晴，麦穗上却冒出不合时宜的白色嫩芽。发芽的麦子无法交公。收割晒干后，生产队很快分给社员消化。麦子碾成的麦面，不白，发黄，也不筋道。麦面蒸不了馒头，烙大饼却没有影响，麦芽面饼自带甜香，口感更好。

这年我刚满八岁，少年不懂忍嘴。香甜的大饼，晚饭时一口气吃下三个，睡觉时躺在床上，肚中面食发胀，十分难受。我从床上爬起，站在地上蹦蹦跳跳，哼哼唧唧，仿佛滑稽演员搞表演，引得家人捧腹大笑。我越跳，肚皮胀得越厉害，叫唤得越凶。母亲感觉不对，赶紧起床。那时没有胃动力吗丁啉，也没有健胃消食片，母亲给我除积食用土办法，她点燃草把，丢了一个大饼进灶孔。大饼烧黄烧黑，揉碎成灰，兑上半碗水。我喝下黑黑的炭灰水，睡至半夜，积食终于隐退，肚皮不再难受。第二天上学，一打听，不仅我死吃傻胀，堡子里的好些娃娃，也像我一样，吃了不少打积食消腹胀黑乎乎的炭灰。

我家每年都做米糕。熬制糖水时要加麦芽。母亲说麦芽是引子，宛如点豆腐要用卤水，烤酒要加酒曲。缺了麦芽，红糖水扯不起旗子，黏度不够，效果不佳。做麦芽需先泡麦子。泡胀后倒入筲箕，反复洒水，用布捂住发热长芽。制麦芽，前后要费几天工夫。

这年麦子已经自然发芽，芽头虽短，做米糕熬糖水时却用得上，倒也帮我们省事了。

我家的菜园地

我家人多。紧挨河边的自留地共有八分，看起来相当阔大，堡子里的人都很羡慕。

姑娘天性爱花，自留地又多，种菜种不完，大姐二姐拿一畦地种月季、棋盘花和向日葵。隔三岔五给花苗施肥、浇水、锄草。冬去春来，地里红红黄黄地开着。月季花艳丽，棋盘花硕大，向日葵的脸追着太阳转。

母亲在地头种了两丛苏麻。苏麻叶一年只用一次，也就是七月半祭祖时才用。苏麻叶采摘回家后清洗干净，混合在麦面里下油锅炸酥。炸好的酥肉又香又脆，是不错的美食。

为了方便浇水，父亲在菜地临河的地方挖出一个几平方大两三米深的水塘。塘里铺上石阶，塘边种满菖蒲。

四月前后，水塘边开始葱茏起来，散发着浓郁的药香。菖蒲嫩红的根茎宛如小孩的指头，攀附在水塘的泥墙，配上青葱蒲剑，总让我遐想：池塘似乎带了仙意，水里藏着神秘。

水塘连着小河，水总是旺旺地满。父亲顺着石级下塘担水，水桶稍稍倾斜，清凌凌的河水眨眼涌满水桶。

父亲把水担到地里，用瓜瓢舀水浇地。十天半月，种子开始破土发芽，嫩芽或白或粉，顶着蓬松的粪土见风生长。夕阳落坡，父亲坐在柳树下抽烟乘凉，金色的余晖涂抹他黝黑而瘦削的脸颊。抽了一袋烟，父亲起身，担起水桶又往菜地里一桶桶倒水。过上几天，嫩芽长成绿叶，青青翠翠的。茎秆长高了，五颜六色的花开了，大朵小朵的。蜜蜂一群群飞来，在花间飞舞，落在四季豆花，落在南瓜花，落在苞谷花，落在茄子花，落在辣椒花……落在所有蔬菜的花朵上。蜜蜂拍打着灵巧的翅膀，在花丛间来来往往，嗡嗡地闹着。满园子采蜜、穿梭、欢歌。

我怕蜜蜂蜇我，把脑袋缩进衣领，四妹坐在青青的锅巴草上，静静地看蚂蚁搬家。有时候，我们也扯牛筋草打结玩游戏，拉扯打结的牛筋草，比赛谁的更结实。

蜜蜂采走了花蜜，园子里的花蔫了，花下却结出我们想要的东西。玉米秆长高了，苞谷棒子抱着牙齿挂着红须迎风招展；四季豆爬架了，长长翠翠地垂着像帘子；圆溜溜的番茄半红半白，不动声色隐藏在叶间；红亮亮的辣椒在叶枝下摇摇晃晃；紫红墨绿的茄子弯着腰凌空吊着；南瓜顺着藤蔓在节子间静静地端坐……蔬菜们摇曳多姿，向主人大献殷勤。蚯蚓在菜地里蠕动，青虫在菜叶上朵颐，蜣螂推着粪团，阳光照在菜地。菜园地里散发着热烘烘的气息，混合着满园的花香和泥土的芳香。

有一年父亲在河坎边种了三株南瓜。他把坑挖得又深又大，每个坑里施一桶粪水。这年南瓜疯长。南瓜藤牵连不断，布满河坎。清香的嫩南瓜吃了无数，脸盆大的老南瓜收获了几十个。

菜园地不光种人吃的蔬菜，也种些红苕藤和空心菜喂猪。空心菜简直是脚跟撵脚跟地生长。刚割几天，才浇几回水，这畦地还没有割到尽头，那头的藤叶又葱郁铺满。

父亲在自留地也种了一畦兰花烟。肥料施足，烟叶长得宽大舒展。秋天来临，叶秆上开花的时候，烟叶也就老辣得该收获了。父亲把烟叶砍倒，晾晒在猪圈房的瓦片上。叶子晒黄变干后，拿一些送人，剩下的用谷草捆牢，吊在屋檐下，留着慢慢享用。

河坎边有几处垮塌，我折下十多条柳枝密密插在河边，希望它们生根保护河堤。一周后，父亲看见，摇摇头，说菜园地树多会遮阴，不利蔬菜生长。父亲说得有理，我悻悻拔去多余的枝条，只剩下两根。后来，这两根细细的柳枝竟然长成了碗口粗的柳树，爬满佛手瓜。

我稍大点，母亲就教我种菜。挖地开沟，播种施肥，浇水除草。我最喜欢挖地，一板锄下去挖出一大块，再用锄头脑轻轻一敲，泥块砰的一声，转眼变成细碎的泥面。这是肥沃的表现，饱含着家人的辛勤，还有鸡鸭鹅及猪儿的贡献。

我想吃红薯，但父亲说割苕藤的品种根部长不大。我不信，挥起锄头就挖。红薯好像真听父亲的话，我挖了几米始终挖不到大个儿。挖出的总是不堪入目，小得可怜，也就指头大点，简直有辱红薯的称呼。母亲呵呵笑起来，说：这是薯根，不是红薯。

有两畦地，父亲把它种上甘蔗，成熟时可以从秋吃到过年。那时物资匮乏，甘蔗金贵，父亲教我们砍甘蔗，从中间往外面砍。甘蔗吃了一阵，地中间就空出一块。他在里面悄悄地挖出一个大坑，垫上甘蔗叶，砍倒几十根，削掉枝叶斩断顶尖放进坑里，再铺上一层蔗叶，最后盖上泥土。神不知鬼不觉，父亲在甘蔗地里，悄悄地就为一家人备好了过年的甜食。

父亲在水塘边栽种了一些牛筋草，用来捆粽子。牛筋草捆粽子，天然环保还结实。父亲边捆粽子边给我们讲粽子的来历，讲屈原的故事，讲赛龙舟，讲风雨飘摇的楚国。

水塘边的河坎长着一棵桑树，茂盛低矮，十分特别。一般的桑叶心形饱满，枝丫间结一至两个果，桑葚长圆，而这棵树上的叶子怪异：前部细长凹陷，就像金庸小说里的唐门暗器，也似赫赫有名的美国 B2 轰炸机。河坎上每天人来人往，但这棵桑树上成团的红红果子，竟然无人打它主意，成熟乌黑后也没有被采摘。我感到奇怪，一天摘了几个准备尝鲜，还未送进嘴巴，就被母亲发现，一巴掌打飞，母亲吼道："马桑，有毒！从前木爷爷家两个娃娃就是误吃这个被毒死的。"以后四妹和五妹去菜园地，看见诱人的马桑垂涎欲滴时，我也学着母亲的腔调大吼一声："马桑，有毒！"

大姐二姐出嫁后，菜园地担粪多半由我和四妹完成，浇水由母亲和五妹负责。四妹有点瘦弱，担子压在她肩上，她走起来摇摇晃晃，但还是咬着牙，歇几回气，把粪水担向菜地。

母亲走了，四妹五妹也都成家远嫁，我也到外地工作。菜地闲置，送给村民种菜，有位表叔还种了两棵梨树，鸭梨累累地结。

我们堡子马上要拆迁了，自留地将不复存在。拆迁之前，我带妻儿回去看过一次。河坎上的风还是那么热乎乎地吹，菜还是那么生机勃勃地长，只是种地人，不再是我至爱的亲人！

灯草席

灯草席柔软舒适，吸汗透气，冬天不寒，夏天凉快。我喜欢睡草席，我是睡在柔软的灯草席上长大的。

草席的编制，可上溯到几千年前的石器时代。最早的用材粗糙，比如谷草。等到发现柔软的灯草更适宜人类的肌肤时，草席也就更新换代了。灯草席不仅国人使用，还漂洋出海，远销日本、朝鲜。

编制草席需经线和纬线。经线是麻，纬线是草。

麻线来自剑麻叶。剑麻叶割下后用棒槌砸烂，取出麻筋，晒干，再揉捻成线，韧劲十足。做草席用麻线，环保、经济、坚韧耐用。

灯芯草，又名蔺草，虎须草。灯芯草喜热和湿，生长在我们南方的河边，筷子般粗，秆细长挺直，密密麻麻地生，一丛丛地长。

我们当地编草席的灯芯草分家草和野草。家草，顾名思义，是经过改良的灯草，人工种在水田。家草条形稍宽，十分柔软，打草席最善，速度快成本低；有种野草带棱，秆稍硬，成熟后茎干顶上长出狼牙棒般的褐色草棒，我们叫毛拉草；有种野草小葱样，圆圆的，能抽灯芯。

能抽灯芯的圆草，狭义地说，我们当地才叫灯芯草。灯芯草里有白生生的髓，叫灯芯，晒干后抽出，软软的身轻如毛。灯芯是药，可清心火利小便，可治心烦失眠；灯芯也可用作油灯的引线。母亲说点灯芯草的油灯不冒黑烟，我亲自试过，是真的。灯芯草柔软且细，用它编草席最费工夫，质量却最好，价格也最贵。

无论城市或农村，家家要用草席，几年用坏了就要更新，市场庞大，故在从前穷困的岁月，父亲、母亲和奶奶也买来工具编制草席，挣钱补贴家用。编一床草席，需几天工夫，是累人的活。草席编好后由父亲拿到西昌城门洞的西街卖。当时的物价，一床席子卖四五元钱。而现在，一床要卖一二百元。

编草席的工具简单，几块木板加几根木头搭成架子。上下两边的木板钻着小孔，拴麻线用。中间的一块，间隔两寸开着槽，正中安着把手，叫扣板，用来穿线和砸草。编草席时，两排麻线从扣板的槽孔交错穿过，扣板可上下滑动。灯草从麻线中间横穿。每添加几根灯草，就下拉一次扣板。扣板砸下，砸紧灯草，故我们堡子把编草席叫打草席。一个打字，说明编草席费劲。

我们晓得渡河渡江渡海，但很少听过打草席还有个词：渡草。用细竹竿的顶端夹着灯草，从扣板撑开的下方快速穿过，到达胜利的彼岸。野草升级成了草席。一个转身，实现了跨越，靠的是梭子（竹竿）和扣板的助力。

草席打得平整，就能卖上好价格。但打草席要讲技术。拎线，渡草，都很讲究。灯草的根部和尖子粗细不同，所以打草席时，须交错使用。麻线也要拎得粗细均匀，才显美观。

我们家打草席，打了十多年。奶奶在世时，母亲和奶奶配合，奶奶渡草，母亲掌扣。父亲在家时，父亲掌扣，母亲渡草。母亲边打草席，还要边带小孩。大姐二姐和我，出生的前两年，大多时候，都是在母亲的背上度过。打半个时辰草席，母亲就把我们放下来吃口奶水。大姐和二姐稍大点，也帮母亲操作。掌扣是个技术活，下拉不正，两边灯草的部位就歪斜，反复，费劲。渡草也要迅速精准，打草席才有效率。

二姐说，父亲母亲打草席时，她也带过四妹五妹。七八岁的二姐背着奶娃在门口晃荡，或者在堡子里转悠。脊背酸了，瞌睡也来了，她踱回去，眼巴巴问母亲：草席打完否？母亲总是笑笑回答：快了快了。问了多次，依然还是答快了。累得年幼的二姐筋疲力尽，眼皮打架。

我也打过草席。我五六岁时打草席，纯粹是好玩，算不上劳动。我喜欢看扣板上拉下砸的情形，听"唰嘣、唰嘣"的响声。

那时，我们堡子打草席用的灯草来自几公里外东边的干沟河。干沟河河面宽阔，有几十米的距离。春来时，河边沙滩上，灯芯草迎风拔节，绿意苍苍，宛如地毯，不到两月就一人多高，密布河床。进入伏天，灯草成熟就可以收割了。每年都在割，次年又再生，年复一年，割过的地方比上年更加茂盛。"青青河边草，悠悠天不老。野火烧不尽，风雨吹不倒。"台湾作家琼瑶写的这首歌谣，所谓的河边草，难道不是灯芯草？

山区气候十里不同天。母亲说，有天她和堡子里的姐妹们一起去干沟河边割灯芯草。出发时晴空万里，回来时大雨滂沱，中途的河流涨水了。洪水齐腰，桥板不存，无路可绕。母亲和嬢嬢们商量，最后咬牙，各人背着几大捆灯草，手拉着手，蹚水过河，险象环生。有个嬢嬢跌倒，要不是其他人死死拉住她的手，后果不堪设想。

大姐二姐也陪母亲去割过灯草，背回家整理。挑长的打草席，短的扎成把。五十根一把的短灯草，拿进城售卖，五分钱一把，卖给城里人捆扎粽子。灯草捆粽子，环保又结实，居民喜欢，十分好卖。

打草席不太挣钱。我上学后，我家也就没有再打草席了，以后用的草席也靠购买。

父亲拆卸了打草席的架子。除了扣板，其他木头木板当了柴火。

剩下的那块扣板，两寸厚巴掌宽，硬硬的，也许是名贵的木材，比如酸枝，比如鸡翅木，不过我们也不懂。

硬扣板打草席是好工具，烧火却不易燃，没有当柴火；扣板中间开满槽孔，也不能当木料用。扣板废弃，被父亲随手放在墙脚，后来不知所踪。

那块扣板，我曾经观察过几次，面上又黑又亮，裹满了包浆，凝聚着亲人们无数辛勤的汗水和追不回的时光。

红椿树

　　印象中红椿树爱水，大多长在水边。红椿树苍翠婆娑，浓荫密盖，让人喜欢，我以前上班的单位河边和老家堡子有条河上就各长着一排。

　　老家的河坎上有棵树高十多米，两人合抱，华盖伸展，笼罩着河面。树枝上筑着七八个鸟巢，树顶悬吊着一个水桶般大的土蜂包。

　　早晨，红椿树上的鸟儿射向天空，四处觅食，牵连不断的蜂子从蜂巢中飞出，往远处寻找花朵；黄昏日落，倦鸟归林，发出几声沉沉的叫唤或清脆的鸟啼，很快又转入寂静。忙碌了一天的工蜂，也在天黑前收工，钻进蜂巢，吐粉酿蜜。

　　鸟儿和蜂群在这棵红椿树上栖息，跋山涉水的马帮，化缘的尼姑、和尚也在树下纳凉。路过的马帮走累了走饿了，爱在树下歇脚，喝水，吃随身携带的干粮，然后，又在叮铃当啷声中走向远方；树下每年都有尼姑或和尚会聚。粮食太重，化缘的路太长，他们从褡裤中取出从堡子里一碗碗讨来的粮食，倒进布口袋扎好口子，背到街上换成方便携带的票子。

　　远行的马帮走了，化缘的人也离去，有年红椿树下又迎来了"土地公"和"土地婆"。他们是两个外地来的乞丐，不知是夫妻还是兄妹，两人的个子都矮小。他们在树下燃起篝火，烧烤土豆或红薯，温热讨来的饭菜。头发经年不洗，已经粘连成一个圆盘戴在头顶；脸上花黑，像抹了釉彩的特种兵；一张嘴，就像黑人露出一排雪白的牙齿，让人一头雾水，也不知用啥东西漱的嘴。遇上下雨，他们用塑料布裹紧身体，守护着火堆，哪里都不去。有时他俩用树枝杈烧烤田鼠肉，烤好的田鼠肉油滋滋黄嫩嫩，飘出丝丝香气，两人推过来让过去。

　　堡子里的村民路过树下时，喜欢抬头望望树枝间进进出出的鸟儿，观看它们优雅的飞行和艳羽，鸟儿在赞叹声中也会回报几声动人的鸟啼。

村民不打扰鸟儿的生活，鸟儿也不在半夜突然惊醒。人与自然的和谐，从鸟驻树那天开始，直至堡子拆迁终结。

堡子虽被拆迁，树却被保护下来，老家成了绿化带，为一座春天栖息的城市继续做贡献。

同样大的树木，同样的树木上有鸟巢和蜂巢，同样是面对拆迁，二十多年前远在山区河边的那棵红椿树，就不那么幸运了。

那年我从学校毕业后分配到山区县城一家纸厂工作。纸厂桥头也有一棵高大茂盛的红椿树，同样是虬枝伸展，浓荫如盖，树上蜂围蝶阵，群鸟纷飞，蝉音齐鸣。夏夜，树下是纳凉的好去处，聚集了不少人。

工作了六年，遇上国家修建大型水电站，我住的县城属于淹没区，不得不搬迁。搬迁时，政府将河边的树木砍伐搞招标，我们单位附近住的老吴志在必得，经过几轮竞争夺下标书。

老吴雇来七八个壮汉，每天开着小货车，挎着油锯，从早到晚，锯子挥舞，伐树不断。

砍伐进行了一周，河边遮天蔽日的红椿树也活到了尽头。上百年的大树，终归挡不住暴躁的锯子和斧头。

红椿树在油锯的吼叫声中倒向河心。大树一倒，惨剧发生。树枝上惊慌失措起来，扑棱棱飞出数十只大鸟，亡命天涯。河里漂着几个鸟窝，抖落的鸟蛋沉入水中，几只黄色的雏鸟在河面扑腾着挣扎着，转眼被旋涡一口吞没。

树子太大太沉，锯成三截，才被伐树人喊着号子逐一拉上岸去。

砍下的红椿树被改成木板，整整齐齐码在老吴家屋檐下。红椿树板新鲜，像涂抹了朱砂，十分艳丽。老吴在院中喝茶，听见我的议论，邀我进去闲聊。我说红椿木做的家具一定好看，老吴说我正说到他心坎，他正准备请人给闺女打家具。我又说我喜欢下围棋，但还没有中意的棋盘，红椿木肯定不比日本榧木差。老吴见我艳羡，拿来锯子，四四方方给我锯了一块。

我把木板带回家里放在床底下阴干，准备做成围棋盘。我想，无论今夕何年，一旦棋子落向这块红彤彤的棋盘，深沉的响声，必能让我想起，想起树上曾经有清脆的鸟鸣，有蝴蝶的风声，有蜂糖的甜蜜……

第二辑

人间百态

大屋子

一

我们队上的大屋子很大，住了八家人，其中就有我家。

我们说的大屋子是一座四合院。四合院历史已逾百年，土改前属于地主，土改后没收分给社员。院子四周高墙拱卫，早先有大门和二门，门上有楼，院内有天井和堂屋，有前院和后院。大门到堂屋有几十米的距离，阖上几寸厚的门板，插上胳膊粗的门闩，俨然一座堡垒。

母亲病危，执意叶落归根。我送她回到阔别多年的老屋，回到大屋子。

昔日热闹非凡的大院，而今却一派凋敝。土改时分到房屋的八户人家，而今只有三户在住。其他的人户，或嫌屋旧，早就另建新房，搬了出去；或屋主老去，空置上锁。房屋没有人气，屋瓦遇风掉落，屋檐遭雨朽烂，显得残破不堪。

我清理着蛛网密布和积灰的老屋，触景生情，记忆喷涌。

我家有七口人，住房却只有一间。住房虽小，但有两层，我和父母住楼下，两个姐姐和两个妹妹住楼上，也不觉得拥挤。家人上下楼，仅靠一根简易的木梯。经常上下，陡木梯被踩得光滑锃亮。我家人双手端物件，不用手扶也不会摔倒。有几次我还学消防员，从顶上顺梯速降，两三秒就落地。

住房紧挨厨房，早先没有烟囱，常年烟熏火烤，楼板和屋瓦黢黑。父亲买来几块玻璃亮瓦换上，厨房和住房终于变得亮堂。

墙上曾经有个拉线开关的四方镂空的塑料盒，是公社统一安装的广播。以前广播非常准时，像公鸡打鸣，早晚各一次，放音乐，放新闻，播天气预报，有时也播通知和农业讲座。每天听广播是社员的必修课。早上开播时，盒子里传出一段悠扬的轻音乐，然后是广播员一声甜甜的问候：社员朋友们，大家早上好！一声舒心问候，揭开了一天的生活；晚上放催眠曲，结束时再来一句：晚安！社员朋友们。听完广播，吧嗒一声，拉灭电灯，一觉睡至天明。

自从有了电视，农村的广播随之退出历史舞台。广播盒成了摆设。小孩把里面的吸铁石取出来，用来收集河沙中的铁屑。铁屑摊在纸上，下边用吸铁石顶着，沙子转眼一缕缕站起，好似怒发冲冠；移动吸铁石，铁屑随之变换姿态，宛如魔术表演。

看见房中的蛛网，我又想起一人。刚上小学的一天上午，阳光已经明晃晃照进屋内，我却迟迟起不了床。我的脑袋恍惚，眼前昏黄，望见房梁上有只蜘蛛，正在用丝线五花大绑苍蝇。母亲劳作回来，发现我还懒在床上，一摸我的脑袋，"啊呀"惊叫一声："这娃发烧了！"母亲把我背在身上，急匆匆去找西边堡子的赤脚医生段医生。段医生给我摸了摸额头，量了量体温，最后打了一针，再发给我两只葡萄糖水，收了五角钱。回家才到半路，我的高烧就退了。段医生治感冒厉害，接骨术也了得。他用刚出生的小鸡捣茸，拌上中药，用纱布包起敷在断骨处。三个月后，摔断的骨头神奇复原。堡子里有家男主人得偏瘫，花费数万元，看了几家医院看不好。死马当活马医，家人找到段医生。段医生隔三岔五给他扎银针搞按摩。银针扎半年，按摩几个月，瘫痪之人竟然站起来。他家感激不尽，给段医生送去一面"华佗再世妙手回春"的锦旗。

我小时体弱，母亲总想些办法来给我滋补。有晚我睡得迷迷糊糊时，母亲把我摇醒，她笑吟吟站在床边，端着一碗雪白的"鸡肉"。母亲说是从亲戚祖婆婆家要来的，让我趁热吃下。我惺忪着眼睛，吸吸呼呼吞掉美味，喝下香气袭人的鸡汤，抹了抹油嘴，倒下又继续沉睡。第二天醒来，我咂着嘴巴，还在回味昨晚鸡肉的可口。父亲呵呵一笑：啥鸡肉？那是蛇肉，不给你实说，是怕你不敢下口。

端午一到，百草是药。每年端午节前，母亲总会到河坎边，寻青蒿，找金银花，摘苦楝子等清热解毒的药材，一把把抱回家，烧一大锅汤药水，给我和妹妹们洗澡打毒。我洗澡的地方就在二楼门前的空坝。阳光暖暖，晒在后背，我坐进盛满药水的大木盆。母亲舀起一瓢热气氤氲的药水浇向我头顶，一股苦味霎时钻进嘴。我嚷嚷："苦苦！"母亲笑笑："先苦后甜！"

我家没有太阳能热水器，洗澡时需用大锅烧热水，端到茅厕舀水冲洗。我家洗澡的人多，十天半月，茅坑装满，无法偷懒，逼得人不得不尽快往菜园里担。

闲暇时，父亲喜欢逛城里的租书铺，借武侠小说回家看。他坐在门边的小板凳上，戴着老花眼镜，一看就是半天。父亲看武侠小说，文盲的母亲不理解，说父亲不务正业，常常面露讥色。有时候还偷偷把父亲的书"收藏"起来，让他下不了台，急得父亲大呼：秀才遇兵。

小时候，我很奇怪父亲不爱吃大米饭，他说他喜欢吃窝窝头，喜欢吃杂粮。他说粗粮比细粮好。当时我信父亲，长大后才明白，父亲是在撒谎。已故的著名作家陈忠实就说过，他打死也不信粗粮比细粮好吃。糙口的窝窝头偶尔吃吃可以，长期吃，如何能跟大米饭比？父亲是把好吃的大米饭让给娃娃罢了。真实原因是：那时，我家娃娃多劳动力少，生产队分的粮食不够，尤其大米欠缺。幸好我家人多自留地多，种了不少苞谷，棒子面做窝窝头，解决了饿肚皮的问题。

我家的屋子紧挨天井，透过井口，一眼就能望见屋瓦槽间和屋脊上的瓦楞草。我们又把瓦楞草叫蚂蚁草。蚂蚁草鲜嫩肥硕，绿里带紫红，不蔓不枝，玉树临风，煞是好看，我经常呆呆地望着，一看就是半天。蚂蚁草长得葳蕤丰茂，靠的只是风中的浮尘，实在让人钦佩。

秋天的一个下午，有次父亲上屋顶换瓦片，我也跟随他爬梯子上屋顶，除灰拔草。轻轻一提，不用费劲，蚂蚁草就被连根拔起，说不清是灰尘包根，还是根须缠尘，提在手里，轻飘飘的。再摸摸肉鼓鼓的蚂蚁草叶片，果然特别，手中像攥着一堆蚂蚁，似乎要从手掌逃脱出去。

拔了杂草，坐在屋脊，眺望堡子周边高高低低错落有致的屋顶。在高处看屋顶，别有韵味。屋顶用灰黑色的汉瓦从高到低交错盖着，一块压一块，一列阴面一列阳面，形成一条条浅浅的瓦沟引流雨水。做饭时间到了，白烟红火从一个个烟囱呼呼钻出，不断上升，变淡稀释，消散于高空。夕阳变成金黄，余晖洒在瓦上，反射着耀眼的光芒。

老屋瓦上聚灰，从天井流下来的雨水不能食用，洗衣洗脸洗脚却无影响。夏天的雨水来得猛烈，不到十分钟，阔大的天井就被灌满，端个小板凳坐在井边，伸脚进天井，方便又惬意。用一池的雨水洗脚，多么奢侈的事情！

堂屋公用，邻居家的小孩都喜欢上楼去玩，在楼上捉迷藏，跑来跑去，敲得楼板咚咚响。堂屋宽敞，村民闲时也爱来耍。男人打字牌、下象棋，妇女拉家常、纳鞋底，热闹至极。冬冷时，堂屋每天围一圈人，拢一堆柴火。火烧一天，堂屋热闹一天。大家围火闲谈，煨吃油茶，烧烤红薯，其乐融融。众人都在烤火，父亲却很少去堂屋围坐，独自在家喝寡酒。我奇怪问父亲。父亲说："堂屋有过堂风，烤不热乎。"他看我迷惑，解释道："火烤胸前暖，风吹脊背寒。"

燕子低飞，带来新鲜的雨水。开春后堂屋楼板下的两窝老燕活跃起来，每天在天井口来来往往，不断穿梭，像箭射出，又呈抛物线飞回，它们不是去找雨水，而是为刚出窝的宝贝觅食。有次趁老燕出门，我好奇站上高凳，凑近窝中观察刚出生的雏燕。小燕子的背脊乌黑光亮，肚皮洁白柔软，颌部紫红，眼睛浑圆灵动，尾巴似剪刀，好看极了。我看这些精灵，它们圆溜溜黑黢黢琉璃般的眼珠子也在痴痴地看我，让人着迷。觅食的老燕子从天井口上空滑翔回来，嘴里衔着蠕动的小虫，扑簌簌拍着翅膀，双脚艰难勾在巢边。它们挺着胸脯，伸长脖颈，眼睛左看右看，最后脑袋一甩，把小虫子塞进一只心肝宝贝的嘴中。其他没有吃食的小燕，立马醋意大发，叽叽喳喳闹起来。老燕子摇摇头，转身嗖嗖从天井口弹射出去。几分钟后，找到食物的老燕又自天井口滑翔而回，重复刚才的动作，周而复始，不辞辛苦。

我家屋后是"会逃"家。他家院中有两棵酸石榴树，枝繁叶茂，树冠硕大，遮盖了半个院子。每年麦收时，石榴花破蕾怒放，鲜红耀眼。花谢后，长出圆溜溜的石榴。成熟时，我嘴馋，趁人不备爬上墙头，偷偷摘几个。

"会逃"出生的第二天，我们公社就执行计划生育政策，他爹妈欢喜不尽，给取了个"会逃"的乳名。

"会逃"有点另类，不像其他小孩贪玩，反倒喜欢劳动。这娃从小就懂事，帮父母喂猪做饭养鸡养鸭，俨然一个小大人。小学毕业后，成了专职鸭倌，每天赶着数百只鸭子，啪啪啪啪穿过堡子，走向河沟和湖边。鸭子被他饲养得油光水滑，骨香肉嫩，堡子里的大人纷纷竖起大拇指。

有树的地方就有鸟儿。活跃在树枝上的小鸟，经常落在后院的地上觅食。一次我用笪箕、草绳和木棍做工具，捕捉到一只幼鸟，用缝衣线拴住其双脚，放在手心玩。我端来谷米，小鸟不吃，光顾不停啾啾叫唤，引来两只老雀在院墙上窥探。那一定是觅子的双亲！小鸟凄凉的哀鸣，让我于心不忍，松开缚住鸟儿的细线，让它飞回父母的身边。

我家茅厕门口空地上有棵碗口粗的香椿树。春来时，光秃秃的树丫间突然冒新芽。堂屋南边正房住的是王婆，她喜欢吃香椿。每年这个时候，她都会搬来梯子爬上树干，大把采摘，拿回家凉拌或炒蛋花。这道菜，我却吃不惯，尝过一回，香得过头了。

王婆年轻时就落寡。王婆要强，没有再嫁，独自一人抚养一儿三女。我上学时，她家的姑娘们都已经长大出嫁，儿子也娶了媳妇。王婆的身板硬朗，许多年轻人比不上，六七十岁的太婆，走起路来叮咚响，一顿要吃三碗饭。

她善讲聊斋，我听过两个。

一次她说："以前下堡子有个小姑娘在湖边打猪草，看见湖里有条几尺长的大红鲤鱼。艳丽的大鲤鱼跟她对视，不躲也不逃，保持一两米的距离。姑娘看得着迷，不由自主顺着湖边的台阶走向湖水，弯下腰肢伸手去捉。小姑娘走一步，红鱼退一步，姑娘的手指始终够不着鲤鱼的身子。姑娘被鲤鱼引诱着慢慢走进水里，最后一脚踩空，掉进湖里住进水晶宫。"

还有一次，她讲熊家婆的故事。她说："从前有个妖精，吃了小孩的姥奶后睡到小孩床上。半夜三更，黑灯瞎火，小孩听见'姥奶'嘴里咬得嘎嘣嘎嘣响，问姥奶吃啥东西，'姥奶'说是胡豆，小孩说也要。黑暗中，'姥奶'递给她一个。小孩送进嘴里一咬，感觉是指头。"听到这里，我们早已魂飞魄散，毛骨悚然，拔脚跑回家钻进被窝，蒙头抖抖索索。

王婆喜欢骂街。小鸡丢失，粪桶被盗，谁惹她不高兴，她就端个小板凳坐在门口，边哭边骂，边骂边打。骂几句打一下竹竿，手中的竹竿不打到支离破碎，绝不罢休。有次用劲过大，竹竿嗖的一声飞到天井的瓦上。看客还在发愣，她自己却扑哧笑起来，结束了半天的表演。

王老太婆不仅爱骂街，还吝啬。她家后院有棵高大的黑枣树，累累地结果。枣子成熟后甜蜜浓郁，味道诱人。但她打下后却从不分我，悄悄藏起来，等下堡子的侄孙女来看她时，这个抓一把，那个赏几个，惹得我眼红。

王婆的儿子，我喊他王表叔。有次我在他家院中玩，看见黑枣树下有个乖巧的花露水空瓶，我捡起看。他拿过去对着瓶口吹，吹出低低沉沉的呜呜声。我也跟他学，嘴巴含住瓶口，吹了好一阵。回家后嘴唇过敏，肿胀吓人，就像演电影。大屋子的老人们看见，嘻嘻哈哈跟我开玩笑，说我是猪八戒。爹妈回来，赶紧用盐水给我消毒，两天后我的嘴唇才复原。

二

住在院中书房的包爷是我们队上的牛倌，困难时期结束后和我姥奶再婚，算是我的继祖。包爷原是国民党统治时期西康省主席刘文辉的手下逃兵。西昌解放前，蒋介石和胡宗南先后飞到台湾，国民党兵乱成一团。大势已去，士兵不愿再卖命当炮灰，营帐日渐空旷，多数人员弃枪逃跑。包爷也脱下军装，向解放军投诚。

部队把他交给地方，落户到我们诸葛村庄。包爷十几岁就被国民党兵抓去当壮丁，除了站岗放哨打仗，啥农活都不会。生产队安排他当牛倌，专门伺候耕牛。

包爷有次放牛吃了大亏。

草木开春，公牛也发情，最易动怒，为争交配权，经常打架。两只公牛相向对跑，横冲直撞。牛角碰撞，发出一声闷响。成王败寇，胜者赶跑弱者，摇着尾巴去传宗接代，败牛又去和更弱的牛争抢，继续上演争风吃醋。

那天他松开母牛的绳子，把拴公牛的细绳往食指上绕了一圈，边放牛边看天空中嘎嘎叫唤排阵而飞的大雁。田那头也有只公牛在埋头吃草。母牛吸引了那只公牛。公牛慢慢走过来，欲跟其耳鬓厮磨。包爷放养的公牛发现情敌，突然暴躁，扬起四蹄。还在出神看大雁的包爷反应过来，为时已晚，一股强大的力量在他手中突然爆发，缰绳瞬间被扯出。他感到食指一麻，指头就短了一截，露出白生生的骨头，鲜血很快溢出。

公路上两条水牛打得不可开交，包爷顾不得疼痛，跑上去拉架。拉开了水牛，他才烧草灰止血，掏出手帕包裹断指。

牛从堡子周边先吃草，由近及远，再由远处吃回来。牛肚皮硕大，食量惊人，附近的水草总是生长不赢水牛的千层肚皮，放牛也就越放越远，田埂、河边、梨园、山坡，都是水牛经常光顾的场所。牛白天吃青草，晚上吃干草，照顾怀孕的母牛或下崽的产牛，还须额外添黄豆，丰沛奶水。

中午，放牛人回家吃饭，水牛拴在村口的桉树上。牛站累了，躺下睡觉。刚闭上眼睛，成团打块的牛蝇和蚊子就嗡嗡飞来，瞬时叮上水牛裸露的肚皮，打开吸血的针管。水牛难受，突然跳起，牛蝇和蚊子哄的一声四散飞开。水牛再次躺下，牛蝇和蚊子又死乞白赖叮在牛背，反复数次。水牛无奈，只好把牛尾巴向左边甩一下，向右边甩一下，驱赶"吸血鬼"。牛尾巴拍打效果不佳，包爷在拴牛的树下挖了一个浅坑，装上几桶河水，建了个牛滚凼。水牛爬在牛滚凼里来回打滚，泥浆裹上身，仿佛穿上一层甲胄，苍蝇蚊子无从下嘴，水牛终于酣然午睡。

包爷放牛时，喜欢捉田鼠。他捉田鼠不是为了除四害，是逮来改善伙食。鼠肉烤好后，倒一杯白酒，门口摆一长条板凳。肉摆凳上，异香扑鼻。他一个人生活，饮食自然简单，有时用炭火烤两个白面大饼或两个苞谷棒，也算过一顿。大饼烤得外焦里嫩，吃起来既香又甜，我常常去分一块。

包爷家徒四壁。家当只有一间旧房、一张床，一个木箱、一口锅，再加一条板凳、两副碗筷和几个石头支成的灶头。难以置信，这样的房中，竟然会藏着两箩筐白银。

白银是土改时地主隐藏的浮财，后来被地主家的佃户揭发。得到举报，工作组逮来地主审问。地主带着工作组来到包爷房中，从东往西数，数到第三根楼木，对准地上说："财富在此。"挖地三尺，果然战果辉煌，挖出了白银满满两筐。沉甸甸白花花的银子全部充公，用来支援抗美援朝。

听说包爷的房中挖出银子，后来堡子里有人建议我母亲：用榔头敲敲你家的墙壁，若敲出空响，就挖开看看。母亲不以为然，笑笑说道：我家住偏房，不会是地主埋藏银子的地方。

我姥奶过世后，包爷又一个人住，成了队上的五保户。

一九八六年隆冬，包爷悄无声息去世了。当时我在几十公里外的黄联中学读初中。有个周末我回家后，看见堂屋有两桌人在喝酒，其中还有队长，他们在议论包爷的后事。他们才从公墓回来，刚刚安葬了包爷。我很愕然。原来，之前包爷已经两天没有开门了。等大屋子的人发现他，已经在床上僵硬。

包爷虽不是我的亲爷爷，但小时经常带我放牛，带我进城打牙祭。不经意间，他就悄悄离世，我感伤起来。包爷也是跟我姥奶结过婚的人呀，我很奇怪我家没有安葬他，而是由生产队。我问母亲原因。

母亲一声叹息：供你读书都成问题，我家哪里还有能力？

关于这件事情，记得回学校后，我盈着眼泪，专门写了一篇悼念包爷的作文。

三

玩伴勇华住在院子后面。他家茅厕东边院墙上栽着一排仙人掌。花开时白白黄黄，花谢后花骨朵下长出纺锤形的果子，果子上长满了针刺。

小时候，每次当果子由绿变黄时，勇华就拿竹竿绑上菜刀去切割。有回让我碰见，问他割来干啥，他说吃嘛，甜得很咧。我说有刺，如何下口？他说我笨，谁让我吃刺？他用小刀划开一个带刺的果子，小心翼翼抠出果肉，塞进我嘴巴。我咀嚼几下，果肉带着细籽在舌头上滚动，甘甜清冽，无比清爽。

勇华小学毕业后就没再读书。他爹先给他买了两只小羊放。放了两年，羊群没有扩大，他爹索性把羊子卖了一只，宰了一只，请上邻居跟他两爷子一起，美美打了两顿牙祭。吃不了的羊肉腌制后挂在梁上风干，作为年货。勇华爹又给他买来一群鸭子饲养。每天，勇华扛着网兜赶着鸭子到下堡子的河沟吃食，边放鸭边捕鱼捞虾。有时也捞一些螺蛳回去。田间的螺蛳疯长，尤其是涨水的季节，核桃大的福寿螺散布稻田，随手可拾。螺蛳肉和鱼虾都是高蛋白低脂肪的好东西，勇华家虽然穷，却从不缺乏这些高质量的吃食。

编箩筐是篾匠活，是技术活。学成后足不出户，算是个稳定工作，挣钱虽不多，但衣食无忧，可养家糊口。勇华十五六岁时，也学会了编箩筐，一年大部分时间待在堂屋。箩筐编好后，他爹帮他挑到城里卖。卖了钱后割两斤猪肉或牛肉回家。编箩筐一坐就是半天，需要耐心，坐久了难免烦闷。一次勇华和他爹拌嘴，生气丢箩筐，用劲过大，箩筐从堂屋甩到天井。无辜的箩筐翻滚几转，还没有停稳，他却哎哟哎哟叫起来。他爹生气说，老子又没有打你，叫唤个啥？勇华也不分辩，继续嚷嚷：手，手，手断了。唬得他爹赶紧跑上去摸。勇华的右手晃荡着，活摇活甩起来，就像提线木偶。甩手不可能把手甩断，是脱臼了。他爹赶紧请来村中一个会接骨的表叔。表叔让勇华趴在地上，一手压住他的肩，一手抬起那只脱臼的手，一拉一送两声响，脱臼的手复原了。古人说"伤筋动骨一百天"，意思要好好养护，但勇华没有讲究这些禁忌，手刚复原，又开始做篾活。但此后一不小心，他的手突然举高或甩手过度，右手就会脱臼。

勇华成年后，他爹张罗着给他讨来一位外地的媳妇，第二年他家就添了男丁。那娃娃浓眉大眼，懂礼嘴甜，非常乖巧。我父亲去世那天晚上，勇华爹让他的乖孙子，跪在我父亲棺椁前烧黄纸，看得我感慨万千。痛惜啊，半年后，那个娃娃夭折了，据说是捡吃了不知谁家药耗子的杂糖。哎，勇华爹白发人送黑发人，送了两个孩子和一个孙子，内心的凄苦一定难以名状。

勇华的爹，我们叫木爷。木爷年轻时很活跃，上过戏台，跳过秧歌，演过样板戏，还会编刷锅的刷把。不知啥缘故，这个木爷，头上常年包着个白棉布缠成的圆盘帽。有次洗涤帽子时，他把长布条牵开，整整绕堂屋一圈。木爷很喜欢坐在堂屋的天井边吃饭，摆根长板凳当饭桌慢慢地饮酒，有滋有味地吃菜。有回喝酒后红着脸庞，迷离着眼睛给我讲，如果他的老大老二还在，应该比我大姐、二姐都大。他没有告诉我其中的原因，我也不好追问。后来母亲悄悄告诉我：木爷的前两个娃娃，在闹饥荒时误吃马桑被毒死了。他老婆生下勇华半年后，也得病去世了，勇华是他用米汤喂大的。

木爷喜欢用网兜或鳟捕鱼。每次出去总有收获，多时满满一盆，少时半斤八两。鱼多时分给邻居几条，剩下的油炸，撒点盐巴，摆到堂屋的板凳上，和着小酒，两爷子慢慢享用。看我端着饭碗坐在门口眼巴巴的样子，他也会夹一条给我。

木爷去世前，有次我回老家看望母亲。睡至半夜，突然被一声声痛苦的哀叫惊醒。细听，原来是木爷发出的，他就住在我家后面的房屋里。母亲告诉我原因：木爷常年饮酒，得了酒精肝和肝腹水，现在已经是晚期。我本想过去看看病入膏肓的人，但被母亲阻止了。母亲说你去有啥用？你又不是医生，不能给他献上止痛的良药，你也不是大款，不能给他送去医病的钞票。我听从了母亲的劝告，也为农村人的无奈感到悲哀。那时农村还没有新农合医疗互助保险，一旦穷人得了大病，多半只有痛苦等死。木爷哀叫一夜，我也惶恐一宿，心生不安，第二天赶紧离开，回外地单位上班。

木爷认识一个山上住的老木梳（老彝族）。每年夏日炎炎、暑气蒸腾的时候，隔三岔五，老木梳就会背一袋栽秧果来我们村子售卖。栽秧果结在二半山坡的荆棘上，四五月栽秧时成熟，故叫栽秧果。栽秧果比黄豆略大，五分钱一小碗，用米也可以换。红黄色的栽秧果果子中间有绒毛，有点刺舌头，但薄薄的果肉却酸酸甜甜，满口清香，小孩很喜欢。中午时老木梳来到我们堂屋，坐在天井边，拿出一个漆着红、黄、黑三种颜色的花纹木饭碗，从布口袋中抓出两把香喷喷的燕麦面，和着清水，转动木头碗，边转边捏，用手指把潮湿的燕麦面捏成条状，津津有味地吃起来。吃几口燕麦，喝一口开水，老木梳露出一副心满意足的神情。老木梳还在吃饭的时候，堡子里的小孩已经迫不及待，纷纷涌来堂屋。老木梳的栽秧果一小碗一小碗地很快卖完，然后微笑着离开。第二年这个时候，他又像候鸟一样准时，踩着时间的脚步再来。

西房的蔡爷是屠户，长得特像《西游记》里的沙僧。也许是屠户自带煞气，可以驱邪镇魔护佑平安，或者是蔡爷面恶心善，村里的许多娃娃都拜他为保爷。逢年过节，我经常看见有人提着一竹篮年货脚步匆匆，经过天井上他家去。每次看见有人来拜望蔡爷，我心中就会窃喜，蔡爷收的糖果和饼干，必定散些给院中的小孩。蔡爷有时也将宰猪人家送的猪腰、猪蹄、猪尾巴转送给邻居。有次给一家杀年猪，翻猪肚时忽然发现了宝贝药材"猪砂"。据说那东西当时价值三间大瓦房，蔡爷乐呵呵地将一碗猪砂"献"给主人，那家人由惊转喜，高兴之余送了他小半边猪肉。蔡爷兴高采烈扛着回来，邀上邻居在堂屋摆上几张八仙大桌，从早到晚，美美饕餮一场。

蔡爷和贾婆婆是组合家庭的夫妻。贾婆婆是做豆腐的行家里手。每天做两箱新鲜豆腐，挑到周边的几个堡子叫卖。卖不完的豆腐担到堂屋楼上，放入簸箕晾晒，捂成毛豆腐后再卖。贾婆婆做的毛豆腐，看着毛茸茸，闻着臭烘烘，入口香喷喷。

我们住的院子有大门和二门。两道门固然安全，但上门杠后对夜归者却不方便。面对深宅大院，须重掌拍门，破嗓喊叫，深更半夜还扰众邻的好梦。大家商量，现在是太平时期，干脆撤掉门杠。大门虚掩，果然未招盗贼，平安的日子过了几年。后来杨家在外修房造屋，需要木料，建议拆分大门和门楼。没了大门的大院，自此常遭盗贼的骚扰。有晚悄无声息，我家的过年猪被盗，母亲气得大哭。最奇的是有次贼人摸进贾婆婆家，没有捞到"油水"，扣上门扣，扬长而去。第二天，人们在村头的田埂上发现贾婆婆家被盗的甑子，田埂上有用餐的痕迹。有人分析：据说盗贼入室后万万不能空手而归，不信邪的必触霉头。也有人说，那个贼，应该是个穷鬼。

四

二门外我家隔壁住的是陈家。陈表叔在几十公里外的工厂上班，每周六回来，星期天晚上又走，来回骑自行车。他是个讲究人。每次回来，先把自行车擦拭得光洁如新，然后把门口的坝子打扫得干干净净。有天还搬来土砖堆码在墙根下面，和上稀泥，晾干后再抹一层水泥，把墙根保护得妥妥帖帖。陈表叔总是闲不住。每次回来，还要担粪去菜园地施肥。无论春夏秋冬，天晴下雨，干活时总是穿围腰，蹬塑料长筒雨鞋。他家茅厕，也在我们大屋子的后院，他每次挑粪路过天井边时，防水的橡胶鞋底就会发出吱吱的响声。

有天睡至半夜，陈家突然大喊救火，铜锣敲破夜空。救火是世上最要紧的事情，不敢耽搁，我一骨碌翻爬起来，跳下床赤脚往外跑。陈家房门前火焰通红，烧得正欢。他家门口有个谷草堆，正在毕毕剥剥地燃，宛如上演《水浒传》：陆虞候火烧草料场，林冲风雪山神庙。大屋子和堡子里的人连忙拿上水桶瓷盆，飞奔到大门外舀来河水，浇向火场。灭了火，院外的大人纷纷离去，我却还在担心，又去河边端来十几盆水浇向草堆。陈家的门烧得黢黑，谷草堆边，王婆家装草灰的箩筚也已烧尽。院子里的人把火源锁定在箩筐，但王婆咬死不认，大家面面相觑，只好散去。回家后父亲分析，王婆麻痹大意，灶膛里的草灰还有暗火，她没有发现铲进筐中，晚上风吹，死灰复燃。陈家虚惊一场，也没有让王婆赔偿，但此后，不准她把草堆在门边。

五

年前，母亲走了。

办完了母亲的丧事，吃夜饭时，一位远房长辈告诉我，我母亲曾当过幼儿园的老师。文盲的母亲也当过老师？我不敢相信自己的耳朵。但长辈信誓旦旦，由不得我质疑。

原来，中华人民共和国成立后，为了体现社会主义的优越性，农村也兴办幼儿园。我母亲那时还是青春少女，积极报名，当了两年的幼儿生活老师。母亲生前是文盲，在天堂是否会进学堂？在学堂是否会忆起人间这烂漫的一页？

送走了母亲，我家的老屋不再有人去住，我也不会常去看它。没有人气的老屋肯定会继续被风吹遭雨打，直至坍塌掉，心头有点失落。但后来一想，世上的哪桩事，不都是旧的不去，新的又如何会来？这样一想，也就释然了。

改名换姓

　　我小时突然发现，堡子里好几家老两口的名字听来就像两兄妹。我不解，问母亲。

　　母亲笑笑，解释道：这是以前对上门女婿的规矩。要求上门人改名换姓，改来跟岳父姓，字辈同他女人，这样，外面喊起，女婿就像是亲子。母亲又说，上门女婿后代的姓氏，三代以后，有些子女又可以改回祖父未改名前的姓，叫认祖归宗。

　　名字为啥要改来改去？再说不是古人有言：一辈亲二辈表三辈四辈认不了。几辈人后再改名换姓，有啥意义？不是折腾？我小时弄不明白这些复杂的事情。

　　父亲也是上门女婿，却没有改名字，而我跟母亲姓陈，姐妹四个跟父亲姓廖，看起来也不完全符合我们堡子里上门户的规矩，我又迷糊了，一头雾水了。

　　后来大姐告诉我，父亲未改名字是个例外，原因是父亲和姥奶同姓，五百年前是一家，姥奶高兴，也就没有让父亲改姓。但我是我们家唯一的男丁，既然父亲是上门女婿，我作为儿子，承担着传宗接代的重任，当然得跟母亲姓。而姐妹迟早要外嫁，到底跟谁姓，姥奶就不计较了。

　　我跟母亲姓陈，名字一直喊到初中毕业。

　　上高中报名时，有天我到乡政府调档案，赫然发现我在户口登记簿上的名字，姓廖跟父亲，而非跟母亲。我再次云里雾里了，回来时悄悄问大姐。

　　大姐想了想，笑笑说道：母亲是文盲，可能是父亲明修栈道暗度陈仓蒙蔽了母亲。名义上让我跟母亲姓，实际上户口时还是跟父亲姓。母亲被蒙在鼓里，糊里糊涂十多年喊我的大名。

　　盖子被揭开，母亲却没有恼怒。母亲已经明白，姓名只是一个符号。

远去的婚事

以前我们堡子娶亲嫁女有一套复杂的规矩。

首先是说媒。

媒人可以是男人，也可以是女人，但都是过来人。口齿须伶俐，脑瓜子反应要快，还要有颗成人之美的心。他们对堡子里适龄未婚青年家的情况如数家珍。谁家的姑娘漂亮、贤惠、大方；谁家的儿子能耐、勤快、讲孝道；谁家有钱，谁家没钱；谁家几个儿子，谁家一堆姑娘；谁家的梨树今年开花，谁家的桃子明年结果；谁家养了一笼鸡，谁家喂了一群鸭；谁家的堂屋宽，谁家的厨房窄……这些信息，媒人都了如指掌。

哪家姑娘和哪家后生配对，他们有杆秤。有合适的，就去穿针引线，过河搭桥。

迷信的家长要来对方儿女的生辰，找人测测，八字合就定个时间来，双方看看。不信八字的光看人、看家庭。

男看姑娘，女看家。

男方看女方相对简单。媒人带着男方的家长和后生去女方家坐坐、看看，闲聊几句，不用多说，主要是看姑娘模样如何，儿子喜不喜欢。这天姑娘会沐浴，稍加打扮，衣服穿得整洁得体，头发梳得光生鲜亮，扎条雅致或者绚丽的纱巾，清丽俊俏的最好是素颜，展示本色，稍差的扑一点香粉，抹一点淡淡的胭脂，看起来也楚楚动人。伶俐的小伙子见着女方父母，喊一声叔叫一声婶，然后静静地坐在板凳，抬头挺胸，精神十足。不懂规矩的后生跷着腿歪着身子，抓几个瓜子慢慢嗑着，这样的青年相亲有点悬乎。羞涩的姑娘，端谷糠出去喂鸡，或者收晾干的衣服回屋，有意无意在来人面前庄重地走上两圈，让男方家人看过两眼，也就算完成相亲的工作。大方的姑娘从闺房出来，提着暖水壶给大家斟一圈茶，余光瞅后生几眼，后生也偷偷地看姑娘几下。目光相碰，姑娘脸红，提着水壶走开了。家长们相视一笑，媒人放下瓜子和二郎腿，男方看人户，程序就算结束。

男方来女方家看人户最好选晚上。成了可喜，不成，邻居也不知，就像一场晚风悄悄地起，悄悄地息，避免一些嚼舌根的事情发生。晚上夜浓，灯光晦暗，姑娘的羞涩也能得到些许遮掩。

小伙相中姑娘，事情就继续往下说。看不上的，回去编个不伤人面子的理由，让媒人过几天转达。

女方家看男方，相对人员众多，声势浩大。父母不出面，七大姑八大姨做代表，能去的统统喊上。女方来人，男方家显得紧张，须隆重接待。宴席要办好，水果瓜子糖要备足，说话和颜悦色，逐一敬酒逐一敬茶，最可口的菜不断夹给客人。女方家来的人，个个都是上帝，怠慢不得。伺候不好，这个姑姑那个嬢嬢心头有点梗塞，回去给姑娘的父母摆谈，会生波折，又要花费媒人不少口水再去女家游说。女方亲戚上门，人人都是侦探，这里瞧瞧那里看看，进厨房，上猪圈，检查男方家的猪肥不肥，腊肉腌得多不多。厨房和猪圈，其实最真实反映农村人生活状态的好坏，相亲的团队大多是过来人，个个心里装着明镜。男方接待好了，家庭也不错，两家的结亲也就有了九成。

双方中意就要定亲，成为亲家。男方家向女方家发出宴请，女方家的至亲，男女老幼再次浩浩荡荡，前呼后拥，陪女方家去男方家愉快喝酒大块吃肉。八仙桌一摆，媒人坐在上首位的正中间，又说又笑，春风满面。一桩婚姻眼看促成，感谢媒人的红包，多多少少，自然也就到手了。酒过三巡，烟抽几支，说定彩礼，定下婚期。也有些婚事的媒人是被动当的，比如我母亲就当了几次。有些人家的父母相识相知，彼此的娃娃也知根知底。只要有个家长提议打亲家，对方就应允。这样的婚事不须周折，象征性请个媒人，预定个日期，带几个长辈假装去对方家看看，把消息散布出去，就算完成明媒的程序。

农村的婚事，多半放在农闲的冬月和腊月。办酒的剩菜太多，短期内不用处理，天冷，可以放着慢慢解决。

定下了婚期，就要提前请客。早先请客不发请帖，发请帖是奢华的事情，没有那个条件，大多数人舍不得。请客吃酒需要父母亲自上门，不论远亲近戚，左邻右舍，同窗好友，堡子里的相好，都须请到。请客前，须备下一个客人的清单，拟好接亲送亲的队伍，以及置办酒席帮忙者的名字，请客时一并邀请。请客时间，亲戚多的要一两个月，少的也需十来天。

接下来男方要备彩礼，女方要备嫁妆。做家具买床单置被盖缝衣服，儿女们的婚事紧锣密鼓，家长的脚步来去匆匆。

双方准备酒席，办几十上百桌的需要人主持，这个人叫总管。总管忙不过来，有时候需两个，一个管迎来送往，一个管厨房菜肴。菜肴是满满九大碗，炸圆子、喜沙烧白、蒸肘子、豆瓣鱼、当归鸡、凉拌鹅肉、蒜薹炒肉、豌豆炒肉、烂刀牛肉……不胜枚举。总管买菜，厨子下油锅，帮忙的借桌凳、借碗筷、借蒸笼，场面热火朝天，忙得不亦乐乎。

头天正酒，次日回门酒。酒席要吃三天，第一天准备，第二天办酒，第三天收拾。送亲接亲的队伍头天就得请来，兴高采烈地吃喝，大坨大碗地吃肉，养足精神，第二天早早出发。

听见鞭炮响起，爱看稀奇的大人和娃娃们就会不由自主涌向村口。我们堡子迎亲没有花轿和唢呐，但有两个童男童女手执马灯在前面开路，新娘的前面有婆家人的接亲，后面有娘家人的送嫁，几十号人抬着嫁妆，前呼后拥，也算壮观。新娘出嫁，需要痛哭，哭得越凶，说明姑娘越孝顺。姑娘一旦远嫁他乡，从此，就意味着改换门庭，和父母的相处就成了期许，想着父母的养恩，禁不住悲声奔来，泪下两腮。

新娘送到，娘家一拨人被迎进洞房。婆家热乎乎的醪糟汤圆和荷包蛋赶紧献上，送亲客围着红红的炭火，呼噜呼噜地吃。新娘的婆婆端着花生、瓜子、糖出来，给送亲客每人塞一个小小的红包致谢，然后就陪着唠嗑，提来茶壶倒红糖姜汤。大人喜笑颜开，小孩们也忙活起来，纷纷爬到床上捏被盖的四角，搜镍币找花生抠红枣。洞房里笑语喧哗，欢声雀跃。

这天，新房热闹，娘家人地位最高！整个白天，洞房都被其把持着，待夜幕降临时才交给婆家，让那些嘻哈的小青年闹腾。新娘的旁边始终陪着一个泼辣的伴娘，她是新娘的保镖！闹洞房闹尴尬时，自然就会挺身而出，怒目圆瞪，出来救驾，结束闹剧。

吃喜酒须邀请。但也有不速之客，不送礼也不与主人打招呼，坐下闷头就吃，俗称"吃大户"。吃大户不同于城市的街皮混混吃霸王餐，而是极穷的村民跑来打牙祭。白吃喜酒，主人不会恼怒，反倒喜欢，多几个人就多一些热闹。吃就吃吧，乡里乡亲的，多一双筷子添个碗就是。

　　不请之客也有不是专来混饭吃的。一次有家人饕餮一顿后请人转送了主人一份礼金，说是来还礼。主人摸摸脑壳，终于醍醐灌顶，明白是自己的疏漏。于是安排人拿上两个手绢，包上一包喜糖送去。

　　亲朋好友来贺喜，新郎新娘必须敬酒。新人由一位长辈带着，端着染过色的红红的米酒，挨桌致谢。长辈说：招待不周，请吃杯喜酒。大家说：早生贵子，白头偕老。吃喜酒的气氛融洽至极。

　　中国人喜欢红。红娘就不说了，红鞭炮、红对联、红灯笼、红家具、红酒壶、红被盖、红衣服、红蜡烛，红糖熬制的红色姜汤、上菜的红托盘……还有新娘脸上泛出的红光。新人的日子就这样在红色的映照下，红红火火地开始了。

丧　事

我们堡子有句沉重的俚语：三九四九，冻死老猫老狗。意思是寒冬腊月，是耄耋老人的生死关，能熬过去的，多半就延一岁，熬不过的就只有阴阳两隔了。似乎是为了证明这句论断，冬冷的季节，每年村口，都会敲响好几次送老人上山的锣鼓。

移风易俗，说起容易做起难，即便进入二十一世纪，我们堡子里办丧事，孝子和孝女都还兴披麻戴孝。亲戚来烧纸吊祭时，听见门外噼噼啪啪报到的鞭炮声，孝子和孝女赶紧从灵棚出来，不论来人老幼，都须磕头致谢。请堡子里的人帮忙操办丧事时，孝子还须亲自去请。但戴孝之人禁忌上他人家门，须由一位亲朋好友带着，远远地下跪，由帮忙人敲门，说明来意。办丧请人帮忙，一般人家都不会拒绝，乡里乡亲的，相互帮忙，这是不成文的规矩。再说，谁家没有婚红丧白需要他人帮忙的时候？

也许是我没有完全尽孝，上天要责罚于我。母亲的殡葬时间安排，起初没有考虑妥当，几姊妹商量后，过两天又突然更改。这一改，我只有从头再来。再一次从堡子头跪到堡子尾，挨家挨户，请人帮忙。下跪就下跪吧，跪天跪地跪父母，也算是为人子的天经地义，多跪一次，就少一分自责。母亲啊，如果我多跪一次，就能多换你一刻光阴，我十分愿意，但我的愿望终归只是愿望。母亲，你走得还是太年轻，如同当年的父亲，还不到古稀。

我们堡子办丧事头天晚上要"偷棺"。三四个法师敲锣打鼓念经文说生平，滴血点香主（继承香火的人）绕棺椁，完成一套程序需几个时辰。法事办完已是夜深人静。几个壮汉抬着沉重的棺椁，悄悄走到村口，放置在出殡路边的长板凳上，待第二天送亡人上路，俗称偷棺。为了给夜行人照明和壮胆，在摆放棺椁的旁边，须烧一堆旺旺的柴火。天刚亮，披麻戴孝的孝男孝女早早到棺椁旁候着，村中帮忙的人也陆续到齐。棺椁上盖一床猩红的绒毯，上面站一只花红的献鸡（阉割了的公鸡）。绑好粗大的麻绳，套上竹圈，插入手腕粗的木头抬杠。小孩和女人们举着花圈，还有两个准备良久哭丧的婆婆。一大群人哈着冷气，在晨曦中等待法师队伍的到来。出殡吉时一到，法师敲锣打鼓，顿时悲声恸哭，漫天的黄纸钱飞舞，亡人在全村人的护佑下浩浩荡荡上路升天了。

棺椁抬到墓地时，早去的阴阳先生已经打了罗盘，定好穴位。帮忙之人挖好墓坑，先生要烧纸，敬土地，然后指挥众人把棺椁下到圹里。孝子孝女跪在穴位的四方，牵起衣角，先生念念有词，抓取五谷和镍币，向闭着眼睛的孝子孝女的头上抛撒。据说，衣角里接住的就是衣禄！故出殡那天，孝子和孝女大多穿宽松的衣服。撒五谷时，尽量把衣服牵开，希望能接下更多的粮财。牵开宽袍大袖，就能享受丰衣足食，让人难以置信。但跪在老人棺椁前，面对先生的祝福，谁也不会反对。

下完圹，先生提前下山，揣着主人家奉送的红包，拎着做过法事的献鸡，晃晃悠悠，心满意足打道回府去了。

据说亡人的魂魄三天后要回住地回煞，俗称掩脚迹，有点吓人。迷信的人家往地上筛一层草灰，临近黄昏，就把小孩赶上床，说是躲煞。第二天起来观察地面草灰的变化。一旦出现鸡脚的痕迹，大家就会表情肃穆煞有介事，小声议论：他（她）来过了。

父亲过世后，母亲也在家里筛了一层草灰。第二天，我到父亲住过的老屋，丝毫看不出地上的草灰有啥异常。

我想，在农村的土屋，房间异响，草灰现"迹"，不是猫抓老鼠，就是长虫出没，或者蜈蚣爬过，不足为怪。

照壁轶事

照壁是房屋前面阻挡邪气的。我老家堡子的中间大路边就有一个。两丈宽的土墙，一丈高的墙根，高耸耸地立着。

照壁能挡邪气，挡不住土改的进程。地主万万没有想到，巧取豪夺来的财富，几十年后转了一圈又还给穷人。时间是不动声色的菩萨。房产土地回到穷人手里，照壁也改名换姓，归生产队。

照壁虽然不能挡邪气顺风水，但贴贴告示，发个通知也还是可以的，堡子里再也找不出更方便的地方了，它就位于堡子中间的路边，来来往往的人，一抬头就可以看见。不光是村民，就连路过的水牛也要停下来，关心堡子里又发生啥新鲜的事情，往照壁瞧上几眼。

照壁前的阳光似乎特别温暖。天冷时，大人小孩都喜欢端着饭碗，站在照壁前，边吃饭边聊天边晒太阳。他们吃饭时咀嚼的声音如同咀嚼生活。有钱人嚼得香，没钱人悄悄地吃，有钱人不看没钱人碗里的菜，没钱人也不看有钱人碗里的肉，各吃各的饭，各端各的碗，龙门阵摆着，红太阳晒着，不管有钱没钱，落在他们身上的太阳都一样。

"磨剪子来锵菜刀"，婉转悠扬的腔调，隔三岔五就在照壁前回荡。剃头匠在这里停留，卖油郎、补锅匠在这里驻足，弹棉花的弓弦敲得梆梆响，炸爆花的炉膛柴火旺。

照壁前的大火堆经久不息，常有人往里丢一些烧烤的东西，冒着丝丝香气。大家都在丢，辨不出谁的大谁的小，没有谁唠叨没有人计较，谁先找到谁先尝。有回老黑队长路过时，笑吟吟地从火堆中精准地拨出一个，不知他何时埋下的。烫呼呼的土豆，这只手换到那只手，他边走边吹边吃，他要去碾米房干活。

照壁后面是罗平家。她家门口有棵树冠硕大树皮灰白的豆皮树，树上长满冠状玻璃珠般大的果子，成熟后红红茸茸的像红毛丹，在头上摇摇晃晃，让人垂涎。运气好时，突然刮风，噼噼啪啪落一地，俯下身子赶紧捡。捡不到自然落的，就用竹竿打。捡起落地的果子也不用洗了，塞进嘴里品咂不多的甜。

照壁的后面是草堆连草堆，连成一片草房子。草房子是娃娃们游戏的天堂，打玩儿的福地。草堆间不但可以玩耍，偶尔也会在草丛中捡到鸡蛋鹅蛋鸭蛋。鸡鹅鸭，堡子里家家都有，在草堆里抱窝下蛋，分不清是哪家的，娃娃们不可能去交还，算是一笔意外之财。有次我发现地上竟然有七八个，不忍全部独占，只捡了两个带走。

照壁的右边是两个高高大大的草堆，圆溜溜地堆着，是我家烧火煮饭的燃料。十天半月，母亲就从草堆中抽出谷草挽草把，大姐和二姐用棒槌捶稻草上残存的稻穗，四妹、五妹和我把草把捆成直径一米多的"大磨"。捆草把的绳子是谷草拧的，遇上生霉腐朽的草绳，加上捆扎时用力过猛，草把墙会突然爆开，垮落一地，让人气得跺脚，弯下腰杆重来。谷草堆离我家住房数十米，草磨太大，立着几乎与我平头，搬运时为了省力，我经常把草堆当磨盘滚。有次四妹和我把草磨滚得太快，歪进河沟，害得我俩慌张跳水，裤脚来不及卷。此后再不敢偷懒，一个人搬运时也要老老实实端着，一瘸一拐。

一九七六年唐山闹地震，我们堡子也担心。父亲两天工夫就在草谷堆边搭起两间木板抗震房。有几天晚上，我躺在床上，透过板墙的缝隙，眺望蓝蓝的天空。星子们闪烁着明亮着，星河瑰丽着五彩着，棉花般的云彩悬浮不动。天空看起来岑寂而深远，有种梦幻般的感觉，疑是阆苑仙境。

有次，照壁里爬出一条红黄色小蛇，慢慢游过路面，有几个小孩手执竹竿想去抽打。有个大人拦住说：莫打莫打，红蛇祥瑞。于是大家用朝圣般的眼神目送精灵，看它慢慢消失进对面的谷草堆。

众人都喜欢在照壁前的河边磨菜刀。水滴石穿，天长日久，磨盘大的一个石头，竟然被磨出月牙口。

骡子的铁掌磨平后容易伤脚，必须及时更新，马车队赶马车的张大叔喜欢在照壁前换马掌。观看换马掌是件令人愉快的事情。换马掌需要两个人。张大叔的儿子抱起骡子腿，张大叔用钳子迅速拔出蹄子上的烂铁。利刃挥动，骡子的指甲一片片斜飞向天空，一层一层被削下。削平了指甲，重新换上新铁掌，再用钉锤"当当当"敲几个铁钉进去。放下骡子腿，骡子愉悦，试走了几步，发出几声欢快而感激的嘶鸣。

照壁前不都是上演和谐的事情。比如，有次一位外地卖油郎进村，拉着油桶一路吆喝："打油的，就，来了。"路上杀出程咬金，吆喝声惹怒了村里的一位老人。老人受不了这样的吆喝。从家中跑出来，扭着卖油郎厉声质问，要他对吆喝说个子丑寅卯，不然脱不了爪爪。"喊卖油就卖油，为啥要加个舅（就）？你给谁当舅舅？谁是你的舅子？"老人感觉吃亏不小，跟卖油郎红眉毛绿眼睛，搞得卖油郎尴尬起来下不了台，赶紧赔礼道歉：这是本人的口头禅，没有想那么多弯弯拐拐。

照壁水沟边有棵小碗粗的皂角树。它总是长得太慢，我替它着急。多少年过去，我的个子在长高，它的模样却没有变。长在分权处的狼牙刺，恶狠狠戳在树上，森森然怪模怪样，仿佛来自异国他乡，让人惧怕又心痒。有几次我试图爬上树扳一枝玩耍，但看见角刺的样子实在狰狞，又打了退堂鼓。

皂角树的旁边有一棵低矮的酸石榴，树下有一堆陈年旧粪。这年搞爱国卫生运动，队上准备把粪堆搬运到田间。村里组织劳动，刚上初中的小李也去参加，他帮大人挖。大人挑粪去田里，小李一锄头挖出了一个瓦罐。小李胆小，以为是骨灰罐，拔脚跑向堡子口。小李带着大人返回时，粪堆中只剩下一个窝痕，瓦罐不翼而飞。人们交头接耳，小声议论。瓦罐失踪，成为我们堡子解不开的谜。

后来小李考取学校，分去了外地。

几年后，皂角树下有家人，全家大鱼大肉，母亲穿金戴银。而这个时候，堡子里的绝大多数人，还挣扎在温饱线上。

村民又开始猜测了，瓦罐可能是地主在解放时匆忙埋下的。有句话叫"我视钱财如粪土"，看来，财富真的就埋在粪土中了！

六年前，百年沧桑的照壁倒塌了。城市化进程的挖掘机轻轻一碰，它就尘烟四起，又尘埃落定。

下象棋的表爷

我们堡子一队的赵大表爷，看年纪，似乎比母亲大不了几岁，论辈分，母亲却要称呼他表叔。赵大表爷隔壁的祖婆婆说，赵大表爷家的老屋，以前是我姥奶家的。姥奶在中华人民共和国成立前抽大烟缺钱，把房卖给了他家。

赵大表爷个子高大，国字脸庞，上嘴唇蓄着鲁迅样的胡须。他是个讲究人，抽的是雪茄烟，穿的衣服也很光鲜，从不见补巴。

有年过春节，我和父亲在祖婆婆家耍，跟堂兄在院坝下象棋。这位表爷回家路过，见我们杀得正酣，走来围观，说跟我下一盘。父亲说我是臭棋篓子，不是表爷对手。表爷笑笑，说无妨，让我一马。表爷好大口气，敢让一马。我嘴上不说，心头憋气，对表爷小觑我有点不满。父亲看出我的心思，笑着说，你就和表爷下一盘嘛。我一言不发，在楚河摆好棋子，表爷也不动声色，在汉界陈兵列阵。表爷撤下一马后让我先走。我多一马，来了个程咬金三板斧，当头炮，单提马，猛攻猛打。表爷不慌不忙，飞相支士出车巡河，技术娴熟，以守为攻。交战十几回合，我冒进的一匹马就被他别在死角，活活被炮打死。失了大子，我只有招架之功，无还手之力，下得缚手缚脚，很快被他沉底炮绞杀。我以为是轻敌，心头不服，又要求再下两盘。两盘下完，我还是孔夫子搬家——尽是书（输），终于心服口服。表爷也不说话，微笑着离开。父亲给我解释：这位表爷，经常在城里的文化馆下赌棋，据说赢多输少，鲜有对手。原来表爷是高手，难怪我被砍瓜切菜。

放学回来，我经常在路上碰见赵大表爷进城，头发梳得光光生生，衣服也穿得整整齐齐。表爷如此光鲜，我晓得他又是去会棋友了。喝茶下棋泡文化馆，是城里闲人的嗜好，这帮人尽管不算富裕，但绝不缺吃少穿。表爷虽然家住农村，也喜欢去文化馆光顾，且穿着打扮丝毫不逊对手。下棋为何要装扮得如此光鲜？我当时有点不理解，若干年后才想明白。他应该不是打肿脸充胖子，而是不想让人小觑。人靠衣裳马靠鞍。不然，一身褴褛进文化馆，人家瞧不起，无人与之对弈，也就没有机会赌棋。

赵大表爷下棋是真上瘾了。一年四季，除了种庄稼收粮食那几天老老实实在家帮忙，其他时间，风吹不息，雷打不动，天天进城泡茶馆。下棋早出晚归，不做家务，家庭矛盾自然滋生，家人烦他不务正业，吵嘴闹架成了常事。我在祖婆婆家玩耍时，就常听见表奶劈头盖脸给他上课，骂得他口鼻生烟，垂头丧气。表爷挨骂也不顶嘴，听见骂声就扭头出门，往堡子周边转悠。转到天黑后，再悄悄溜回厨房，吃几口剩饭剩菜。

赵大表爷在家人的骂声中，闷声闷气，在家待不了几天，又开始心痒起来，又跑去文化馆或茶馆，继续下棋赌钱。一旦看见表爷手上拎着鱼肉笑呵呵地回家，我们就晓得表爷赢钱了，说不定还在街上打了牙祭。如果空手而归，菜着脸色，肯定倒贴，甚至还空着肚皮。

赵大表爷下赌棋这种执着的状态又持续了几年。

有天，他突然病了。也没有去住院，没过两天就溘然长逝。

赵大表爷未满花甲，病也不重，为啥走得这么匆匆？让我费解。

父亲说，可能是下棋惹的。家人上火不管他，饱一顿饿一顿，抵抗力太差，病来如山倒！

上锁的院子

以前农村的家庭人多，经常进进出出，房门不便上锁。平时最多虚掩着，出远门才上把挂锁。

按照许多人的说法，上锁是防君子不防小人。再说，农村那时穷迫，宵小上门，也没有啥可偷的。

我们上堡子的其他人户，小时我几乎家家去过，跟随玩伴们这家逛逛，那家玩玩，宛如春天的燕子穿进穿出，来去自由。但有两户人，却对小孩不欢迎，比如李孃孃家，常年铁将军把门，再如黎叔家，院门鲜有开启。

李孃孃家，从小到大，我印象中只进过她家院子三次。一次跟母亲去借簸箕，第二次帮担谷子，最后一次是吃她的喜酒。

借簸箕那次，李孃孃开门把我和母亲带进去。才走两步，里面突然传来狼嚎狗吠，眨眼窜出一大一小两条恶狗，龇牙咧嘴向我们扑来。李孃孃大喝一声，然后笑吟吟地上去拉住狗链子。那时我们堡子还没有包产到户，我家小孩多但劳力少工分低，在生产队属于粮食倒补户。我家人吃不饱，她家却耗费粮食阔绰养两条狗，让人奇怪。母亲说李孃孃家遭过贼，孤女寡母的，养狗壮胆。

前两次进李孃孃家只是跑马观花，担谷子那次，我倒是仔细看了看。我们堡子低洼，仿佛石臼，防洪需要，李孃孃家的屋基地升得很高，高出地面两三米。院门也陡峭，七八级台阶，进出相当费劲。她家的院子有几分地大，里面种了一棵黑葡萄。果子垂垂吊吊，几棵梨树，累累地结果。院中靠墙栽了一排金银花，花朵越过墙头，散发着悠悠的药香。

李孃孃称呼我母亲为姐姐，按照辈分，我该喊她孃孃。但我十几岁时，却不知道是该喊她孃孃，还是该喊表奶了。

李嬢嬢的父亲在困难时期饿死了，李嬢嬢与老母亲相依为命。姑娘长大后，老人家想招赘个女婿传宗接代延续香火。她家房宽屋大，姑娘苗条又秀气，条件优渥，按理说招个女婿小菜一碟。但事情却出乎意料，招赘多年却没有招到合适人选。可能是姑娘过于挑剔，一拖再拖，拖成了剩女。

转眼李嬢嬢已经年过不惑，老人家着急万分。我母亲爱管闲事。有天突然想起那位下象棋入迷的大表爷的兄弟，也是多年单身。母亲牵线搭桥，把他介绍给李嬢嬢。这个赵二表爷，与李嬢嬢年龄相当，脾气也相投。我母亲一撮合，李嬢嬢的老母亲欢喜，两人也中意，不到一月就喜气洋洋结连理。

李嬢嬢和赵二表爷结婚前，我分别喊嬢嬢和表爷，他俩结婚后我该喊啥呢？小时，曾经有位本家太爷在路上把我喊住，一本正经教训我，说我把他辈分喊低了一辈。想起太爷的表情，我心有余悸。对于农村的称呼规矩，我实在搞不明白，不知道该把李嬢嬢抬高一辈喊表奶，还是该压低赵表爷一辈喊表叔。我犯难了，开始支支吾吾，糊里糊涂起来，路上遇见李嬢嬢，有时小声喊嬢嬢，有时嘀咕喊表奶。

李嬢嬢家隔壁是黎叔家。黎叔的脸长得黑，当过几年的队长，人称老黑队长。黎叔脸黑但心善，也是个热心人，逢人一张笑脸，说话轻言轻语。父亲和母亲病逝时，尽管我们几姊妹已经离开堡子多年，人情已经生疏，平时也很少与村民往来。但操办双亲后事时，请黎叔帮忙，他竟然爽快答应，兴冲冲带着两把菜刀来主厨。

黎叔家与李嬢嬢家墙靠墙，屋挨屋，他家的大门也是常年紧闭。即便房门虚掩，外人也不敢贸然进入。他家院中，也如李嬢嬢，终年拴着看门狗。黎叔有个未成婚的哑巴兄弟，一年四季胡子拉碴，又绷着一副青脸，有点吓人。他家的院子，我好像从没有进过，最多通过门缝，好奇窥视一番。

黎叔家偶尔开启的大门斜靠水沟边。不用进院，也能看见他家院内的两棵柚子树和一棵石榴树，长在墙边十分显眼。石榴是酸石榴，结着乒乓球般大的果，自家不吃，堡子里的娃娃也不去偷，供鸟儿啄食，或由其烂掉，有点可惜。酸石榴难吃，石榴花却开得艳，入夏时，树上披红挂绿，蝴蝶翩跹，蜜蜂盘旋。

手捏柚子弹性十足，故我们堡子把柚子叫气柑。黎家的气柑每年要结二三十个，垂吊枝头宛如皮球，果酸味浓郁四溢，散发至路上，刺激着过路小孩的嗅觉。每次路过，我们总要抬头打望，垂涎欲滴。黎家院内有狗，大门进不去，爬墙也不行，偷摘的念头突然上涌又很快退却，堡子里的其他小孩几乎要难过两个月。不过，气柑成熟后，黎家老母倒是大方至极。摘几个下来，挨家挨户，垂髫小孩一人一瓣。酸酸甜甜，新新鲜鲜的气柑，一瓣少是少点，但送入嘴里，浓郁的汁水瞬间淹没味蕾，也算解了一回馋。

黎叔家的房屋土墙高大，又十分向阳，外墙壁上洞洞眼眼，蜂窝密布。开春时，蜂子们在墙壁间嗡嗡叫唤，来来往往，在墙洞里钻进钻出，十分忙碌。

他家院子不能随便进，外墙壁下，倒是可以惬意去耍。冬冷时大人捧着饭碗靠墙晒太阳，小孩用谷草掏土蜂，一晃就是半天。

穿过堡子的路

穿过我们堡子的路是泥土路，伴着一条水沟，弯弯曲曲。水沟边垒着挡河坎的石头。路不长，也就七八百米；路不宽，最多四个人并排。

泥土路平常坚硬，雨季却一塌糊涂。路面漂浮着几寸厚的稀泥，黏性十足，经常粘住松垮的凉鞋。有两回，我的脚已向前迈了几步，才发现凉鞋还粘在原处。在泥泞的路面上舍不得穿布鞋，堡子里买得起雨鞋的人也不多，打赤脚怕瓦片、石子、玻璃，雨天出门也就成了问题。有人搬来石头，一米远的地方放置一个，如蜻蜓点水，在上面蹦跳而行。年轻人跳着走。老年人却不敢，阴雨下一天，只能在家中窝一天，用柴火驱赶潮湿和冷气。

雨过天晴，路面很快干爽起来，但这是表象，其实是陷阱。一脚下去，扑哧踩出几寸厚的脚印，鞋上粘满浆泥。这种半干半湿的路面，最好由水牛先走。水牛走过的路面，露出又深又大的牛脚印。人踩着牛脚印，步步缓行，既避开了稀泥，又像在玩游戏，是件非常有趣的事情。

这条路上，我经常观察动物走路的姿势。

牛的步伐最为稳重。不论干季雨季，总是不急不躁，四平八稳，落地有痕。也许水牛早就习惯于在淤泥中行走，水田的淤泥更深更稀，牛对路上这薄薄的一层，根本看不上眼。草需要一口一口地吃，田也得一犁一犁地耕，体育活动也需要热身。何况田中等待它的是重体力，慢工夫，走慢几步，就当是剧烈运动前的热身。再说田间地头水草丰茂，晚上也有夜草，不必担心饿肚皮。这些道理，牛清楚得很。

鸭子的走路最为着急。一两只还好些，不那么急促，成群结队时就争先恐后，似乎后面有催命的豹子和老虎。鸭子们嘎嘎嘎叫着，屁股扭动着，后脚碾前脚，扑爬跟斗往前涌，平地里刮起一阵旋风。鸭子走得如此匆忙，其实是惦记着下堡子田间的螺蛳和沟里的鱼虾。它们的身体快速疯长，需要源源不断的高蛋白保障。

鸡走路轻巧。一副怯怯的样子，走一步停一下，脑袋扭动，小眼珠子四处观察，随时提防周边的危险。细长的脚一只站着，一只抬着，让人弄不明白，是要前行，还是想后退。观察良久，确定四周安全，另一只细脚才放下。一旦出现危险，咯咯咯叫几声，夹着屁股，拔脚就跑。

鹅走路优雅从容，气场十足。扬着修长的脖颈，扭动着肥硕的身躯，旁若无人。它走路的姿态，宛如有些模特走台。

偶尔也会看见耗子横穿公路，仿佛战争年代穿越火线。耗子从洞口探出头来，贼眉鼠眼，东张西望，观察是否有天敌在前。耗子明白，一旦跑慢，可能就会招来一顿痛打，甚至死亡。因此，出行总是小心翼翼。东瞧瞧西看看，瞅准时机，突然使出吃奶的力气，四只小脚滚动着，尾巴甩动着，骨碌骨碌，迅速穿过道路，钻进草丛或墙洞。狡猾的耗子，从不孤注一掷，过路前，早就做好应急方案。有时遇到扫把打来，奋力一跳，落进河沟，浑身湿透，从水里冒出头来，翘着嘴角边的两根长长的胡须，看起来很滑稽。滑稽归滑稽，耗子也顾不了观众捧腹，继续劈波斩浪，来个河沟泅渡，钻进对面的石缝。

不过，尽管耗子机警，也有栽跟斗的时候。

有天一只耗子刚出照壁的墙洞，拐弯处遇上一只小狗。狗不拿耗子，耗子早就谙熟规则，故没有防备，依然顺着墙根继续过路。不守规矩的狗儿突然窜出，两只脚爪踩在耗子的后背，咬住它的脖子，甩向半空，反复玩耍，俨然把耗子当玩具。狗儿耍耗子，引来好几个娃娃嘻嘻哈哈，还有一群鸡鸭鹅，站在半边，看得目瞪口呆。

路上有时候也会看见动物们打得鸡飞狗跳，鹅毛乱飞，昂昂叫唤。为争夺配偶，羸弱的鸡鸭鹅往往被撵得大呼小叫，扬起脚杆噼噼啪啪地跑。

堡子的路上，有时也有外地的毛驴、马儿和骡子来光顾。它们驮着沉甸甸的土豆或者拉来一大车柴火，停靠在照壁下边，帮主人换成大米。骡马天生就是劳役之命，再沉重的挑子，我都没有看见它们撂过，主人给它们一把黄豆，它们就吃得眉飞色舞，心满意足。吃了黄豆，走到河边咕噜咕噜，痛快饮下几口河水，在叮当叮当的响声中，再次驮着沉重的担子，拉着马车，踩着铁掌哒哒哒地离去。临走时，还不忘拉下肥沃的粪便，为诸葛堡子的庄稼做点贡献。

堡子的路上偶尔会发生点状况，比如，系箩筐的麻绳断裂，挑麦子的扦担打滑，架子车的轮胎爆炸，稻谷、麦子、胡豆散落一地。落在路上的粮食，不可能完全收回，或多或少渗些进土里，便宜了在河边玩耍的鸡鹅鸭，最后剩下的，夜晚留给墙洞中窥探的老鼠。

男人是一家之主，早出晚归挣钱养家糊口，没有工夫对娃娃吆五喝六，教育娃娃的重任往往落在女人身上。隔三岔五，堡子的路上就会传来小孩的哭声，不用猜了，一定是哪家的顽童惹是生非被告了刁状，被母亲捉回。

这条路上还有过盗贼的脚步。偷鸡摸狗的不说了，盗牛的也有。有天住在牛圈旁的李大婶感冒头疼难入睡，躺在床上辗转反侧，突然听见牛圈传来钥匙开门的声音。不大一会儿，又听见门外的石板发出轻微的敲击。她摇醒老伴，披衣下床，开门查看。牛圈门锁已被撬开，少了一头公牛。果然是"梁上君子"来访。一声锣响，敲醒堡子。男人们拿着棍棒刀叉蜂拥出来。大家寻着新鲜的牛蹄印迅速追赶，有人还趴下身子伏地听声。路上人影绰绰，电筒火把照亮夜空。盗贼惊慌，撇下耕牛仓皇逃逸。

路中间转弯处狭窄，机动车无法通过，堡子里的人都晓得。但有天一辆外地的小车偏不信邪。不听村民劝告，冒险闯入，卡在转弯处尴尬起来。前不能进，后不能退，动弹不得。折腾许久，司机累得汗水淋漓，无奈求助村民。围观的十几个男人嘻嘻哈哈上去，把它抬出来，也没有要一分钱。

早先时候，丁零零的铃声响起，大家晓得路上来了洋马儿（自行车）了。车上坐的有邮递员、公社干部、进城上班的家属。开始每天几次，包产到户后逐渐稠密，几乎家家都有自行车了。进城买卖骑，田间收粮骑，走亲串友骑，车来车往，车上车下，十分方便。

有个男人刚学骑车不久，一天载媳妇上街，路上遇鸡鸭拦路。家禽不听铃声招呼，导致龙头摇晃，车身歪倒，扑通栽进水沟。坐在后面的媳妇吓得花容失色，一声尖叫，落汤鸡样爬上岸，骂骂咧咧起来。路人哈哈大笑，两口子懊恼回家。也有技术高超的一手握着龙头，一手提着刚从城边买回的一袋豆腐，得意扬扬从路人眼前晃过。

后来堡子里的路面硬化，铺上水泥，方便了拖拉机进出。再往后又有几家有钱人开着小车，时不时牛气冲天从路上跑过。不过这些情景，都是在我离开堡子，九十年代过后的事情。

没落的倒沟

人们常说水往低处流，我说的"倒沟"却是水往高处走。

早先我们老家放秧水时，从上游河沟分来的水不够用，几个堡子的社员争水打架。近水楼台，下游的人争不过上游，放水滞后，庄稼老吃亏。问题报到县政府，派水利专家到我们堡子调查。专家在下堡子的湖边转了一圈，眼睛亮起来，说："偌大的湖水不用，实在是罪过。筑坝挖沟，让湖水倒流，诸葛堡子还愁啥秧水？跟上游怄啥闷气？"

挖沟的方案很快定板。振奋人心的消息像春风拂来，萦绕在周边几个堡子的上空，安抚着种田人的眼睛和数千亩水田。听到消息的那几天，堡子里好些人激动得失眠。

建水库的那阵，我们堡子每天轮流派出几百个劳力，和其他堡子数千社员一起，晒太阳沐月光，披风沥雨，挖沟开渠。出工的人们自带粮食，早出晚归，忙碌一年。靠钢钎、锄头、洋铲、撮箕、背篼这些原始工具，用肩膀和手臂，用辛劳和汗水，硬是在田里挖出一条两公里长七八米宽四五米深的沟渠。

开闸引水的这天上午，阳光明媚，微风拂面，蓝蓝的天上飘着云彩。大功告成，庆祝胜利，堤坝上，县委书记、县长、水利专家、公社书记和大小队干部统统到齐。两个民兵拉着长长的红绸，猩红的绸布中间系着几朵碗口大的红花，在阳光下鲜艳夺目，激荡人心。湖边和倒沟上站满了施工的社员和围观的娃娃，所有人的脸上散发着喜悦的光彩。

没有冗长的讲话和无聊的过场，县委书记三言两语后发出开闸的号令。几把迫不及待的剪刀嚓嚓嚓剪断绸布，一串惊天动地的炮响打开闸门。清凌凌的湖水冲进沟渠，翻滚着，一路奔腾着，混合着社员幸福的泪水，向上游漫灌，一直涌到堡子的脚下。

放水的这天，许多社员彻夜未眠。辛劳了一年，终于盼来大功告成，哪里还有睡意？天空中闪烁着星星，凉风从邛海上惬意吹来。人们在沟渠坎上燃起篝火，烧土豆、烤苞谷、煮红薯，诉说一年的艰辛，议论着来年的收成。沟渠挖通，湖水倒流，大家把这条人工河唤作"倒沟"。每年开闸放水的时候，堤坝上总会炸一串炮仗，搞个简单仪式。噼噼啪啪的响声，似乎在提醒后人：灌溉莫忘挖沟人，幸福莫忘旧时光。旱季，邛海水位下降，抽水机又吧嗒吧嗒响起。响声经久不息，远远的都能听到。堤坝上卧着两根水桶粗的橡胶管，宛如两条黑龙，向倒沟日夜不停地吐水喷雾。

沟里灌满了清水，沟边的水草自然长得葱郁茂盛，牛儿喜欢吃，打猪草的娃娃也爱来，水面上的鱼儿也在成群结队。

我上小学三年级那年，一个星期天下午，和堂兄去倒沟撮鱼。

倒沟水深，撮箕派不上用场，我们脱了衣裤顶在头顶泅水到对岸。歪打正着，无意发现了一处隐秘的泥鳅窝。倒沟坎下有条又小又浅的田渠，十多米长的地方，反反复复，来来回回，每一撮箕下去，总能撮起十几条泥鳅。我们乐不可支，不管活蹦乱跳的泥鳅啪啪啪甩出淤泥，溅上我们的全身。我们也不怕被弄成泥猴。撮了半小时，装了半盆，兴高采烈决定收兵，端回家向父母亲报喜。

倒沟又深又宽，只能绕过桥头才能往回走。走到中途，路边有一片成熟饱满的青豌豆，在向我们频频招手。那时物资匮乏，能吃到的东西少得可怜。哪怕地里捡到一根拇指大的红薯，也要迫不及待往嘴里塞。何况青豌豆也算是诱人的"水果"，如何能放过？我和堂兄不约而同放下泥鳅和筲箕，兴奋走下沟坎，弯下腰杆愉快地钻进豌豆田。

我蹲在田埂上吃了几个鲜嫩可口的青豌豆，然后装包。很快，我的两个衣兜就装满，心满意足直起腰来。一抬头，突然看见远处的田埂上站着一个瘦瘦的男人。他嘴里叼着一支香烟，甩着手，悄悄向豌豆田不紧不慢走来。我想，他应该是豌豆的主人。一阵忐忑，我赶紧掏出豌豆往外丢。丢了"罪证"，拿起撮箕，若无其事径直向那男人的方向走去。

我估计他没有发现堂兄，也就没有示警。我与那男人擦肩而过，他却没有理我，依然不紧不慢继续迈步。他走得那么从容，我却惊慌失措。我判断失误，那个男人是一个老练的猎手！他在出击之前，似乎不想惊动猎物。他肯定是发现了我的堂兄，正在做捕猎前最后一击的准备。事情有点糟糕，危险已经降临，堂兄还浑然不知。

正当我胡思乱想时，那个男人突然疾步如飞，踢踏踢踏的响声终于惊动了还在摘豌豆的人。

我站在远处，只能目瞪口呆地看着，心急如焚却又无可奈何。我站在明处，不敢喊叫。堂兄终于发觉危险，急匆匆端着半盆泥鳅，拿着撮箕，慌慌张张爬上倒沟。他宛如一只被豹子追赶的惊慌羔羊，撒开脚丫朝反方向奔逃。情况紧急，瓷盆中的泥鳅蹦跳起来。有些落在坎上，有些滚进水沟。男人的脚步越来越近。眼看他就要抓住堂兄的脖颈，堂兄突然向倒沟纵身一跃。倒沟太宽，堂兄没能跃过，宛如一只受伤飞不动的大鸟，突然起飞又突然坠落，扑通一声掉进沟里。瓷盆砸水开花，泥鳅弹飞，开枝散叶。撮箕落水，沉入水底。堂兄浑身湿透，脚上的凉鞋也深陷淤泥。他哭泣着爬上河对岸，光着脚丫惨兮兮回家。

堂兄的逃脱，让追赶他的男人出乎意料。他站在倒沟边，背卷着双手，一言不发，摇摇头，转身离去。

男人和堂兄都走了，我却在桥上发蒙。天空突然阴云密布，仿佛要下雨。堂兄遭殃，我的心情也开始晦暗，无精打采。两月后，我才敢去找堂兄玩。这件事情刻骨铭心，却又相当吊诡，许多年过去，我们双方竟然都十分默契，谁都没有再提起。

后来，为了发展副业，下堡子的许多水田被挖成了鱼塘。没有秧田水可放，倒沟也就英雄迟暮，变成了一条死水沟，慢慢远离了人们的视线。

后来村上把倒沟废物利用，隔成若干段，承包给人养鱼、养黄鳝、种菱角。夏天来时，倒沟水面层层叠叠，浮着满眼的绿。菱角泡的中间，长出牛脑袋样的菱角，一直采摘到秋末。

岁月催老，不仅仅是倒沟。

几十年过去了，一次我回老家，堂兄请我喝酒。喝至微醺时，他迷蒙着眼睛，突然提起小时候我俩偷摘豌豆惊心动魄的事情。

他说，那事对他影响甚大，现在都还感到后怕，仿佛身后，始终追赶着一个咚咚的脚步。我说回想起来，我也害怕。他又问我一个隐藏了很久的问题："当时看见人来，为啥保持沉默？"

我有点脸红，低头饮下一杯酒，然后说道："我一喊叫，不是暴露两个？！"

跟包爷放牛的日子

包爷是以前国民党的逃兵，中华人民共和国成立后定居在我们堡子。他当兵时抽大烟抽坏了身子，没有劳力，入户在我们生产队，队上安排他放牛。

小时我妈让我喊他爷爷，我看种种迹象，他又不像是我的亲爷爷。我人小加脑子笨，脑瓜想疼也想不明白为啥要喊他爷爷。我没有问，爹妈也没有告诉我原因。我后来才晓得，包爷是我的继祖，只是我姥奶去世后，他还是一个人住。

我糊里糊涂分吃他的白面大馍和可口的烤田鼠肉。有时他也会带我去城里打牙祭，吃月城西街国营饭店热气腾腾香喷喷的小笼包子。而我家的米饭刚蒸好，他也会来舀一碗。

包爷到远处放牛时，有几回也带我去。他把我抱上宽阔的牛背。我们迎着朝霞，水牛迈着缓步，踩着机耕路上的露水往堡子外面去。包爷牵着水牛出村口，在我们堡子周边转悠，找到肥美的水草时，把我放下来。我在田里自由玩耍，牛也在田里随意朵颐。包爷拿着一根竹棍，在田间地头到处拨弄，追打田鼠。有时候草丛中会打出令人毛骨悚然的花麻蛇，十分吓人。收麦子割谷子的季节，他也会在田地里弯着腰杆捡拾遗漏的麦穗和稻穗。运气好时，水田里突然扑棱棱跑出一只麻灰色的秧鸡，惊喳喳叫着，一副细长高脚，逗得包爷嘻嘻哈哈深一脚浅一脚地追赶。秧鸡是天生的跨栏高手，包爷根本追不上它们的脚步。转眼，秧鸡就跨过草桩，隐没进远处的草丛。

我随包爷放牛，有时也会放到山边的水库。水库边坡上开满野花，红红黄黄的，但我是男娃娃，对花不感兴趣，我在水库的山坡摘桑葚，在荆棘丛中摘刺梨、摘黄泡、摘乌泡。刺梨酸酸甜甜；黄泡的口感也不错；乌泡的味道最好，成熟时蜜甜，带着玫瑰的花香，让人弥久难忘。雨水来时，偶尔会在苞谷地里发现成团的鸡枞。发现鸡枞是件让人开心的事情。鸡枞是菌类中比较名贵的，味道香甜可口，让人赞誉。刚出土的鸡枞像一把把未撑开的小灰伞，空气里氤氲着菌香。看见地上冒出菌子，包爷的眼睛就会发亮，惊叫起来："这是山珍呢！"他用竹棍小心翼翼从泥土中撬起美味，装进布袋，带回去爆炒或烧汤，我们一起分享。秋后，红薯地里稀稀疏疏冒着红薯苗，那是农家挖剩的红薯根发芽吐绿了。有回运气不错，我从长薯苗的土里刨出一两个手臂粗的红薯，美美吃了一顿。

有时我们也到下堡子的沟边放牛，采摘一些野菜。野菜的品种很多，马齿苋、灰灰菜、斑鸠菜、犁蒿芽、侧耳根……最茂盛最好找的野菜是翠翠的水芹菜，旺旺长在水沟边，一片连一片。水芹菜香气浓郁，汆过水后凉拌，十分下饭。那时我们一两个月才吃一次肉，肚子里的油荤太少。水芹菜味道虽好，却不敢多吃，因为是刮油的东西，吃多后更加瘗肠寡肚。人不敢多吃，猪儿也不敢多喂。有回我捎一大捆回去喂猪，母亲看见后，不但没有表扬我，反而说："以后打猪草，不要再打水芹菜了。猪儿需要催肥，而不是刮油！"

和包爷放牛的日子，他还陪我玩过一次策牛疾驰。有天骑牛回家时，包爷骑上牛背，把我抱在怀中。他突然挥舞鞭子，啪的一声抽了抽牛屁股。耕牛受疼，扬起四蹄，机耕路上霎时气冲斗牛，尘土飞扬。包爷笑呵呵乐起来。我们宛如古代快马加鞭的将士，威风凛凛。

和包爷放牛的日子，我不但摘吃美味野果，骑牛疾奔，还看过东方的红日喷薄而出，西边的晚霞洒满山坡。我还看见过耀眼的闪电裂成龙纹，然后是惊雷咔嚓嚓滚过，大雨骤然滂沱……

那时的民兵

我刚上小学的那几年，最喜欢看民兵在晒场操练。

七八十号民兵，练站姿，走正步，喊口号，背着武装带，个个雄赳赳气昂昂。那时我国和苏联剑拔弩张，和越南战事正酣，空气里弥漫着随时抽调民兵保家卫国的浓烈味道。

民兵们不光练走路，还杀声震天，练刺杀，练打枪，练得有模有样。

操练的枪是半自动步枪，刺刀是带槽的银色刺刀。刺刀尺许长，折叠挂在枪管下。推上刺刀，光芒反射。刀身上的凹槽，据说是特制的放血槽，寒气逼人，令人心惊。

民兵们练习打枪时，枪管上吊着砖头，累得胳膊酸软，满头大汗。不过，大多时候他们都是趴在晒场上训练瞄准，瞄远处的目标。有个民兵始终学不会睁一只眼闭一只眼，最后被开除出训练的队伍。上午练，下午也练。练累了，他们回到晒场边，摘枪管下边的擦枪杆擦拭枪筒。擦枪杆比筷子稍细，是一根一尺多长的钢丝，头上绑着棉布，蘸着菜籽油。看他们擦得兴起，我也帮一位表叔擦过一回。

操练了一月，民兵们还要到武装部的靶场考核实弹，不过关的扣工分，所以，人人练得一丝不苟，个个学得卖力起劲。

有时，他们也在晒场比赛蒙眼装枪。下堡子的张队长鹤立鸡群，手上像长着眼睛。他手脚麻利，装枪神速，几十秒就完成，看得我们啧啧称奇。技术超群，众望所归，很快，他由民兵小队长擢升为大队长，配发冲锋枪，领导着几十号全副武装的农民。

晒场操练的民兵里面有个蔡队长，有回只身一人逮住一个盗牛贼。

蔡队长住在堡子尾的一个大院子里，他家院中有个生产队的牛圈房。那是个深秋的晚上，没有月光。睡至半夜，他突然听到牛圈响动异常，赶紧提着步枪出来查看。牛圈门大开，蔡队长明白遇上了盗贼，立马一阵风跑向大门口，准备来个关门打狗。门才关了一半，院内不知从哪里突然钻出一个黑影，慌慌张张想夺路而逃。蔡队长一侧身，扬起枪托迎面砸去。黑影扑通一声，顿时倒地，被蔡队长用麻绳捆成粽子。一审问，这家伙果然是来盗牛的。不过，他只是在门口放哨，撬门盗牛的贼其实已经闻风而逃。放哨人运气太差，撞在蔡队长重重的枪托下。这人，其实是山上某个村子的民兵队长。跑掉的那个家伙，才是主谋。那人好赌，之前借了他的卖猪钱，赌博输了还不上，起了盗心，怂恿他来盗牛，让他放哨。跑掉的盗牛贼承诺：做了这单买卖，就还他的养猪钱。民兵队长没有当成"时迁"，反倒被抓了个现行。

　　第二天，山上下来盗牛的民兵队长被麻绳捆着押往公社，路过我家门口。中华人民共和国成立初当过民兵剿过土匪的父亲看见，禁不住一声长叹。

　　我仔细看了看这个利令智昏、一失足成千古恨的中年男人。他长得白白净净、敦敦实实的，里面穿着一件军用背心，外面罩件暗红色的夹克。我在他国字形的脸上，分明看见了愁云，看见了苦涩。

怪大爷

每一个堡子都有许多老人，有些渊博，有些豁达，有些有怪癖。尤其是有怪癖的老人，最让人记忆犹新，这样的老人，我们堡子就有三个。

第一个是堡子中间的陈大爷。

古稀之年的陈大爷还参加队里的劳动，自己编笼筐卖钱。

陈大爷挑的笼篼袖珍，比其他男人的至少要小几寸。小就小吧，毕竟他是老人，平时到晒场收粮食，社员们也不会跟他计较。

陈大爷编笼篼的技术毛糙。划的篾条宽窄不匀，编的笼筐弧线不美，卖的价格自然吃亏。同样大小的笼筐，比起别人，每次只能低一两元才能出售。有人给他建议："老陈啊，你还是认真点嘛，笼筐编好点，不是能多卖点钱吗？"他呵呵一笑，说道："老了，老了，眼神不好。"

陈大爷牙齿掉光，但还喜欢吃干胡豆。硬硬的胡豆，他也有办法对付。他把胡豆炒熟，倒在碓窝舂细，一勺勺舀起往嘴里送。生产队在晒场上晾晒胡豆，下午收仓时，他也会丢一个进嘴巴，用牙床慢慢研磨。他磨胡豆的感觉，就像在磨他苍老的生活。

生产队摘梨子的这天，他也挑着小笼筐到梨园。大家吃梨的时候，他也不落下，摘下一个"水冬瓜"，使劲摔在地上，捡起碎块，往嘴里送，嚼得咔嚓咔嚓响。

他头发稀疏，只有寥寥几十根，留着不耐看，干脆让剃头匠来个一扫光。之后，一年四季都剃光头。剃光头不仅凉快，洗头还省事。用肥皂在脑袋上摩擦几下，手抓几把，再用帕子一抹，头顶就打整干净。

他家挨近河边，用水方便。不论春夏秋冬，他都用冷水洗脸。夏天，也用河水洗头。有时还站在浅浅的河沟里洗澡。洗澡时浑身打一圈肥皂，蹲下身子，突然站起，哗的一下，任流水自然冲掉泡沫。有时，也像小孩一样趴在水面，吧嗒吧嗒扑打，弄出水花。

他有件洞洞眼眼的白色汗衫，不知已穿了多少年，穿在身上像裹了一层纱网，看起来很怪。有天，他儿子实在看不惯烂汗衫，从竹竿上取下丢进灶膛，他勃然大怒，怄气和儿子翻脸，要单独开火吃饭。儿子买来新汗衫赔他，他也不接受。此后，每逢夏天，他就裸着上身，光穿条大裤裆短裤，腰间扎根麻绳，打光脚或穿双塑料拖鞋。堡子里好多人夸他身体好，他也不反对，报之呵呵一笑。有个太婆劝他："老陈啊，还是穿件衣服吧，人老怕着凉。"他也只是笑笑，从不听劝告，依然裸露着古铜色的肌肤，干瘪着肚皮，几根肋巴骨清晰可见。他在堡子里来回走动，经常不穿衣服，他已经有点穿不惯了！

媳妇给他买来的确良衬衣，他试穿了一会儿，肌肤不适，感到难受，脱下丢弃。每天依然赤裸上身，编箩筐，做活路。天冷时，才会穿外衣，套长裤。

第二个是张太爷，住在我们大屋子后面。张太爷已经年过八旬，是我们堡子最老的寿星。

张太爷膝下是个独女，招了个女婿。女婿是抗美援朝的退伍志愿兵，刚到鸭绿江边，战火就停息。没有上成前线，小伙子只好在桥头留影，拍了几张相片回来做纪念。其中有张英姿飒爽，放大镶上相框，威风凛凛挂在他家堂屋的墙上。

张太爷家的房门开了两道，有前面和后门。后门出来挨着我们大屋子几家人的茅厕，通过甬道，往下堡子走，要省几百米的路。

张太爷身形高大，头发花白，飘在胸前的胡子一尺来长。他终年包裹，穿着补疤的蓝布长衫和对襟棉马褂。他穿长衫，热天来时也不脱下，背脊揞出湿漉漉的一大块，让人看着难受。长衫看起来有点腌臜了，只要一出现在我眼前，我就会躲远。小时候我想不明白，这位太爷的穿着打扮，为何和我们如此迥异？恍惚间，我感到，他是个穿越时空的人。

张太爷从来不和外人说话，以至于我怀疑他是个哑巴。别人喊他的时候，他只是"唔"的一声应答，脸上不带一丝表情。天热时，坐在他家正门前草凳上埋着脑袋，眯着眼，摇摇晃晃，闭目养神。或者抬眼瞅瞅门前的那棵苦楝子树，听树上的虫叫鸟鸣，也不管蜜蜂在头顶嗡嗡盘旋。天冷起来，他就坐在他家后门石头上，双手撑着竹竿，依靠泥墙，双眼微闭，守候一米阳光。

坐乏了，挣扎着站起来，杵着竹竿，一步一挪，从我家后边的甬道走出来。甬道的门槛有点高，他抬腿吃力。须扶着门框，苦着脸，要花一两分钟才能迈过去。有时候，他的身后跟着个孙子或孙女，帮他抬抬小腿。

张太爷过世时，将近九十，丧事办得隆重风光。他家请了先生来做法事，敲锣打鼓，念经说散花词。堡子里的说法，给高寿的老人办丧是喜事，下堡子很多张姓晚辈都来烧纸上香，磕头绕棺，给他送葬。众人离去时，每家发一个饭碗，说是送福气。一百个小碗，一会儿就被抢完。

第三个老人和我是本家，也住在堡子中间，挨着张太爷家不远。这位大爷也穿长衫和马褂，戴皮帽，杵拐棍。他家四儿一女，人丁兴旺，行头当然比张太爷鲜亮得多了：衣服簇新，拐棍上刷油漆。

这位太爷也是表情肃穆，不苟言笑。

他也不喜欢走动，最多就在门口一带转悠。也走不了几步，就坐在他家门口或墙根下发呆或晒太阳。

有次我路过他身边，喊他爷爷。他没有应答，反而把我喊住，瞪我几眼，郑重其事地说："你要喊我太爷爷！"他教训我，是嫌我把他辈分喊低了。我一脸委屈，回去告诉母亲。

母亲嗤之以鼻，说："按照辈分，你是该喊他太爷爷，但他家是外来的搬迁户，辈分和我们本地不搭界。他自封高辈，成了我们堡子在世陈家人的祖宗，堡子里的陈姓有点吃亏。"

父亲起哄，呵呵一笑，说："字辈讲轮圈的。说不定轮下来，他还是晚辈！"

父亲的调侃，让母亲更为不满。但气过之后，母亲见到这位老人，依然规规矩矩称呼他为爷爷，仍然喊我称呼他为太爷爷。

练家子

文治武功，武术并未走远。从城市到农村，每个地方，总有几个练家子。记得小时，我们堡子也有三个大人练武，其中有两个是木匠，一个是举重队员。

王木匠是否练武，堡子里的人搞不清楚，也许他只是吹牛。我们堡子的村民喜欢讲故事编聊斋。最会编的是王木匠。他编故事时往往是边干活边嘿嘿笑着说，劳动和练嘴皮两不误。

有次他说道："一天，半路上有人遇见外出多年的一位长辈，将其邀到家中好酒好肉好茶款待。呵，那长辈所吃之物竟然全部从口进，又从下巴落，主人骇然，方知那长辈已做鬼。"

他又说："七月半时放块草皮顶在头上，点上香蜡就能看见先人们坐在桌子上喝酒吃菜。"众人听得惊奇，真想放块草皮来验证一番，但想是想，还是惧怕，最终无人敢尝试。

一队的堂伯家建房时，我常在他家进进出出，看木匠做排架。有天王木匠一边凿木头，一边给我和堂兄摆龙门阵。他眉飞色舞地说道：

"我们生产队有个男人仗着有点蛮力，喜欢提劲打靶，不是今天打这家，就是明天打那家。我早就看不惯这个恶霸，早想教训他。

这天我闺女在河边洗衣服，她家姑娘也在洗东西。我闺女的衣服脱色，打棒槌时不小心溅到她姑娘身上，新棉衣被弄花了几处。那姑娘着急不干，跟我闺女厮打。我媳妇看见去劝，承诺进城给新买一件。她家姑娘精怪，死活说其他的不喜欢，扭着只要这件。撒泼完后脱下棉衣丢在地上，哭哭啼啼跑回家搬兵。她爹气势汹汹走来，不问青红皂白，一脚把我姑娘的衣服盆踢进河中。我姑娘骂他，他就扬起手掌啪啪啪，几个响亮的耳光打得我闺女脸上开花。我媳妇去拉，他又扬起脚杆，把我媳妇踢翻，我媳妇躺在地上号啕大哭。

晚上我收工回去看见家人惨象，心头冒火，刚准备去找他讨说法，他却送上门来。这家伙提着她姑娘的衣服，来个恶人先告状。

他把衣服往我身前一丢，要我赔偿。我一听肝火上涌：好你个无赖，丢我家十几件衣服不说，还打我媳妇和闺女，好男不与女斗，你算什么东西？今天你是皮子痒，背鼓上门找打，不教训你一顿，你不晓得马王爷有几只眼。那家伙一听，立马红眉毛绿眼睛，对我竖起了中指头。恶霸嚣张，我当然不答应，我腾的一下跳起，一把抓住他挑事的手指，往前一拉往他后背一拍，来了招太极拳的四两拨千斤。他扑通一声饿狗抢屎，顿时摔倒在地。哎哟哎哟爬起来，又向我挥起拳头。我后发制人，左手一挡，右手一掌，再给他来个侧踹，一脚把他踢飞几米外。我再一个箭步跳上去，双腿跪在他身上，把他一只胳膊反卷在后背。稍稍用力，他就像猪一样地嗷嗷叫唤，连连告饶。我让他赌咒发誓，今后不在堡子里耍横，才放他起来。"

第二个练武的是聂小三。十六岁时他娘送他到姥姥家的堡子学木匠。师父看他瘦弱，拍拍他的肩膀，告诉他木匠活需要体力，拉锯、推刨、用斧头，力气小了不行。让他回去先练力气，练大了再来。

聂小三家里有个院子，院中有两棵腰杆粗的老槐树。他在槐树间架上一根木棒，每天早晚拉引体向上。在院坝举石锁，风生水起，练得有模有样。一年过后，聂小三的胳膊练粗壮，胸肌鼓起来，又去找木匠师傅。

木匠不但要体力，还要脑力和眼力。聂小三悟性低眼力差，刨子推不平，眼孔打不正，锯子不对线，三天两头少不了挨师傅骂。骂了一年，最终骂不出精致的木匠手艺，聂小三一生气，丢下木匠工具，扭头回家务农。

一天他在晒场收麦子，脱掉衣服露出一身腱子肉。众人看见，扬起大拇指，纷纷夸赞起来。王家老五不服，欲和他扭扁担。王老五扭扁担扭输了，嘴上却不服气，说他犯规，又要和他比抗打。聂小三木讷，也没有多说话，只是嘿嘿笑笑，说你先打。王老五抡起拳头，嘣的一声打了他一拳，聂小三若无其事，闭住气把胸口一挺。王老五是外行，不懂抗打的窍门，没有调整气息，挨了聂小三一拳突然矮下身子惨白着脸色。聂小三赶紧扶住王老五的胸口，在其背上重重拍了两掌，王老五才缓过劲。有位老头解释说：聂小三有上乘功夫，可能会点穴！聂小三不置可否，只是笑笑。此后，堡子里就传开，说聂小三会点穴功夫，没人敢惹他。

还有个练武的，是木老二家男人。他是上门女婿，在县城体委上班，据说是举重队员。他家住在堡子尾，门口一条水沟，房前栽满芦苇，青幽幽的一排。芦花开时，白乎乎一片，一阵风吹来，漫天飞絮，宛如降雪。他家屋后和左右均栽满慈竹，四面被绿荫包裹，只剩下一条弯往院子的小路。院子里种着鸭梨树和橘子树，硕果累累，看着诱人。

木家男人不抽烟也不喝酒，但喜欢练武。练武时，腰间扎根三寸宽的练功带，手上戴着松紧护腕，煞有介事，俨然武林人士打扮。他家梨树上挂着沙包，墙根脚下放着石锁。没事时，他就爱在院子里舞枪弄棒，拳打脚踢，吼声震天。

木家男人不仅练武，还喜欢养狗。他家院子前拴着一根铁丝，一条半人高的大狼狗常年守在进院坝的路口。稍有风吹草动，恶狗就有反应，顺着铁丝从他家门口哗啦啦快速扑过去，盗贼和队上的人都不敢靠近。队长去他家说事，也只能站在大路边远远地吼。社员路过他家水沟边，透过芦苇丛想看看他家院子的稀奇。狗儿马上履职，露出一副凶巴巴的样子，轮起眼珠子，绿莹莹把人盯着，伸出红鲜鲜的长舌头，让人畏惧。

木家男人除了练功，没事时还喜欢遛狗。他牵着高大威猛的狼狗出来，在下堡子溜达。狼狗对路上的鸡鸭鹅总是不太友好，看见就想扑上去撕咬，弄得鸡飞狗跳。小孩看见，也经常被吓得哇哇大叫，东躲西藏。木家男人死死拉着狼狗的绳子，对狼狗大吼：咬啥嘛咬，再咬老子就不带你出来耍。

狼狗吓人，堡子里许多人都恨他，但又不敢明骂。

木家男人虽凶，却是个炟耳朵，惧媳妇。他有个摩托车，星期天回来经常载老婆进城逛街。有次，木家男人在路上亡命奔跑，媳妇手中拿了根扁担，在后面咚咚咚地追，边追边骂：“有本事，你给老娘站住！”

爱哭的姑娘

一九七六年，我还未上学。在隆冬的一个上午，生产队开会忆苦思甜斗地主。

早上，下了一场小雪。早饭后云灰雾浓，天寒地冻。但这样的天气，丝毫不影响社员们斗地主的情绪，晒场上仍然聚集着成百上千的人。坐在台下的人缩着肩膀哈着热气，上台演讲的人潸然泪下，痛切陈词。

会议还未结束，我突然看见有人进晒场悄悄给大队长耳语了几句。大队长神色一变，站起来简单打个总结，宣布结束会议。

很快，有些大人开始抽泣，眼泪汪汪，泪水涟涟。当过农会主席的刘大爷，刚刚哭过一场，又复哭起来。哭泣的人越来越多，有人眼泪和着鼻涕，有人掏出手帕揩泪。我这年才满六岁，不明就里，看得莫名其妙。我不知这些大人的举止，不明白为啥突然泪流满面，只听说周总理逝世了。大家都在哭，我也稀里糊涂加入哭泣的队伍，哭不出眼泪，只能干号几声。

下午，大姐放学归来，我看见她也哭得泪眼婆娑。杨大叔家英子也放声大哭。一哭就止不住，宛如打开了水龙头，真的就像《红楼梦》里说的：女儿是水做的。

这姑娘从小就爱哭，堡子里好多人都晓得，大人都夸她心善。有天放坝坝电影《一江春水向东流》。这部电影非常煽情。片子放映到"相依为命的两母子，煮一根别人送的光骨头，小孩说好香啊"这段时，英子触景伤情，呜咽抽泣，带起晒场好多伤心怜悯。

一九七六年是个沉痛的一年。周总理逝世后几个月，朱总司令也逝世了，大家又哭一场，再之后毛主席也逝世了，大家再哭一场。大家哭，英子姑娘也哭，呜呜地哭，抽泣着哭，号啕大哭，哭得泪水滴滴答答地淌，牵着线线流。

女人自带三两酒！白酒，英子也喜欢喝几口，所以家中来客，英子也主动作陪。但几杯酒下肚，英子就忍不住心事重重，借酒消愁了，左一杯右一杯。最后酒也不喝了，趴在桌上抽泣，也不知原因，反正就是任何人劝不住，非得等到眼泪流尽，感情释放完。这一哭，自然就搅了饭局，爹妈不好发火，客人也尴尬，第二天英子酒醒后也后悔。

英子在饭局上哭了几回，消息不胫而走。以后无论哪家请她吃饭，都小心翼翼不敢让她喝酒。特别是婚宴，更是紧张得不行，专门安排人伺候，给她盯着，生怕她偷喝几杯后又忍不住泪洒宴席，煞了婚喜。

有人说这姑娘是林黛玉转世，找到如意郎君后就会好转。

果然，后来英子姑娘出嫁，痛痛快快声情并茂最后号哭了一场，爱哭的毛病终于止住。

三笑少年

诸葛堡子不但有爱哭的英子，还有爱笑的栓子。

栓子爱笑，众所周知。走在他前面的女娃扎着的马尾在背后甩来甩去；泥泞路上，谁的凉鞋被泥土从脚上粘脱；枣树上并排着的两个枣子一颗红一颗白；天上飞着的鸟儿突然拉下一坨屎；路上的鸭子争先恐后迈着花旦样的碎步；老鼠在水里露着脑袋扬着胡须泅渡；碗中的一条菜青虫在汤里沉浮；两只狗儿勾肩搭背；谁喊谁的绰号……他统统要笑。走着走着，有时也会莫名其妙扑哧一声。他的笑点太低了！

堡子几公里外有个修建成昆铁路的省属公司，院坝里横七竖八堆放着废旧的钢板铁板。钢铁就是银子，就是买零食的票子。不知从哪天起，周边的有些娃娃发现了这个"矿藏"，眼珠子就像狼，盯上那些铁块铁疙瘩，三个一群五个一伙，晚上去偷，第二天背到废品收购站换钱。

栓子这天也跟着几个男孩去背铁板。他们吃过晚饭，一路打打玩玩，穿过附近堡子的梨园，捡几个落地的烂梨，看母水牛带小水牛吃草，看沟边的癞蛤蟆不耐烦地呱呱叫唤，看田间吃饱了的麻雀飞入竹林，看西边的云彩由浓变淡……磨磨蹭蹭到天黑，终于走到省建公司院坝的河边。

坝子里乘凉的人已上楼回家，只有一盏探照灯还在白晃晃地照着。院坝寂静无声，偶尔飞过几只夜莺。栓子一行弓着腰悄悄靠近院坝，分头物色心仪的铁板。栓子最先找到一块，兴奋起来，突然扑哧一笑，吓得大家仓皇而逃。

虚惊一场，他们又悄悄返回院坝。这次栓子还是一弯下腰，就遐想搬运的不是铁块而是一大包零食，老毛病又犯了。这一笑，引来了看园子的狗吠，逼得他们撒腿就跑。

跑了一段发现还是自己吓自己，其他娃娃忍不住朝栓子一通臭骂，骂他丧门星骂他扫把星，骂得栓子无地自容，面红耳赤。最后大家问他："咋办嘛？大老远跑来，耗费半夜，英雄白跑路。"栓子一拍脑袋，说："事不过三，杀个回马枪。"

于是，栓子在前，其他人在后，像电影里的鬼子进村，猫着腰再次悄悄摸摸进去。果然，院坝里还是风平浪静，看园子的狗似乎也已睡去，窗户里还传出呼噜呼噜的鼾声。他们喜不自禁，用衣服盖着铁板，或扛着或抱着，个个如猫轻手轻脚。走着走着，栓子又开始兴奋起来，走到一个窗下时，又忍不住扑哧一声，再次惊动了铁板的主人。刹那间，屋内冲出两只愤怒的狼狗。其他娃娃扔下铁块仓皇而逃，栓子却执着依旧，宛如古代忠勇的士卒，抱着"三顾茅庐"搞来的铁块，不离不弃。险象环生，他奋力而逃，跑得脚下生风，跑得呼哧作响。栓子的腿脚再快，终归跑不过四只脚的狗儿。两只狼狗把他逼进荆棘丛中。

同伙跑脱，栓子被逮。公司保卫审他，拿鞭子吓唬他，他咬牙扛住审问，不交代来龙去脉，不说同伙的住址和父母的姓名。保卫困乏了回去睡觉。栓子依然被绑在廊柱上，吹冷风数星星看月亮。天亮后，公司的领导给他松绑、给他端来包子稀饭。栓子还未成年，还在长身体，一阵狼吞虎咽，吞下十个包子。娃娃一夜未归，父母愁白了脸色。四处找寻，终于在中午打听到栓子的消息，接他回去。

第二天晚上，我们诸葛堡子放电影《唐伯虎点秋香》。那些娃娃想起栓子关键时候的三笑，总结道：一笑落掉，二笑跑掉，三笑逮到，与电影中华府的丫鬟秋香对唐伯虎的三笑有异曲同工之妙。于是就赠他一个绰号"三笑"。

捡稻靶的小知青

知青，是城市知识青年的简称，指二十世纪六七十年代受过中等以上文化教育，上山或下乡，参加过劳动锻炼的青年。这样的知青，那时在农村常见，我们堡子就有几个，其中一个就住在我们家的老屋。

这年秋天稻熟的时候，队长给我们大屋子的人带来一个外地青年。小伙子白白净净文质彬彬，脸上和手臂上的汗毛十分清晰，显然露着稚气。他背着军用被盖，穿着军用解放鞋和棉布圆领白色汗衫。队长说这是知青小朴，让大屋子的人多加照顾。

队长把小朴带到堂屋的楼上，安排了一个房间，帮他铺好床铺，然后带他下楼。队长把他带进我家隔壁的公共厨房，指着灶头对小朴说："你就在这里煮饭。"

看见生人进门，我问父亲："小朴来干啥呀？"父亲说他是知青，来农村体验生活锻炼身体。年幼的我"哦"了一声，对"知青下乡"，似懂非懂。

小朴来我们队上锻炼时，就遇到收稻谷，队上安排他捡稻穗靶。

我们那时收谷子还是纯手工，稻穗用镰刀割，脱粒用斗打。妇女在前边割，男人在后面收。割倒的稻穗用草辫裹起交给站在斗角的人甩打，这叫捡靶子。捡靶子一次最多抱细腰粗的一捆，抱到斗边分给打谷穗的人。包产到户后，我也捡过靶子，一天来来往往跑动数千次，在泥泞的稻田里跋涉，看似轻松其实累。

我们堡子收谷子用的工具是四四方方的斗。木板做的斗厚重宽大，打谷子时需要两个人抬。抬头时，后面的视线被斗遮挡，行动不便，再加水渠纵横，转弯抹角，雨季时田埂泥泞湿滑，抬斗到田绝非易事。为了给后面的抬斗人安上第三只眼睛，男人们就编排了抬斗的号子。领路人喊上句，后面的人接下句，朗朗上口，简洁明了。

小朴第一天捡靶子，跟我父亲、光谱叔搭档。他跟在他们后面，抬着斗，往堡子外面的稻田走。

我父亲在前面喊"天上明晃晃"，后面光谱叔接"地上水凼凼（音dàng）"。意思是洼地有积水，要注意。

"前面一水沟"，后面喊"眼望脚下走"。准备迈沟。

要过河，前面喊"脚下独木桥"，后面应"眼往中间瞧"。小心翼翼过去了。

前面看见一个堡坎，我父亲喊一声"一个小山包"，后面的光谱叔接"脚步要抬高"。三两步又安全了。

遇到上陡坡，父亲又喊"一个大山包"，光谱叔答"爬坡不弯腰"。

到了稻田的转弯处，父亲慢下来，喊"脚下要转拐"，后面光谱叔说"慢慢磨着来"。没有摔下稻田。

淌了潭，过了桥，转了弯，爬了山，父亲也累了。他停下脚步，喊一声："肩酸了。"光谱叔后面应："杵撑好。"两人把手中的羊角杵往抬杠下一立，换肩或休息。

到了目的地，脚停下来，父亲在前面喊"双脚一扎"，光谱叔应"把斗放下"。两人一个骑马蹲裆式，重心一低，轻轻将斗放下。

刚开始几天，小朴不适应。下午收工时，小朴从门外进来，一身泥土，满脸愁容，拖着沉重的脚步爬上楼梯。也不脱泥泞的衣服，倒床就打出疲倦的呼噜。父亲上楼看他，问："如何，小朴？"他说："不打紧，叔。""劳动是弹簧，你弱它就强。锻炼有个过程，咬咬牙就过去了。"父亲当着我和小朴念叨了一句，领着我转身下楼去了。小朴睡一觉后爬起来，到我家厨房煮面条。我母亲给他煮了一碗豌豆尖，他在面条里加了一勺油辣子。热乎乎满满一大碗面条，他吃得吸吸呼呼，大汗淋漓，一颗颗黄豆大的汗珠顺着鼻尖滴进碗里。

一周后，小朴的书卷气在消退，乡土味增强，开始入乡随俗。捡稻靶回来，他也学我们堡子里的男人，用井水冲凉澡。他站在堡子口的井边，脱下外衣穿着短裤，打起清凉的井水，哗的一下，劈头盖脸浇向裸露的身体，洗尽身上的淤泥。

一天天过去，经过太阳的炙烤和劳动的锻炼，小朴的皮肤变得黝黑，黑里透着红，红中泛着白，褪了一层皮。再过一阵，他的手臂脚臂添了些许肌肉，腿脚的汗毛也被泥土扒得精光，走起路来也是咚咚响，活脱脱一个农村人。

快过年的时候，经过劳动洗礼的小朴被家人接回去了。据说他的父母在省里工作，他是高干子弟。

几年后，知青小朴又回我们堡子一趟，看望老乡。他的个子长了一头，人也成熟不少，皮肤又恢复到从前的白净，精精神神的。他笑呵呵地带着个四四方方的黑白照相机，挨家挨户，给大屋子里的人照相合影。临走时，还给大家留下他家在省城的地址，邀请大家去做客。

老秀才

我们诸葛堡子有个老头，人称秀才，长得又高又瘦，写得一手好字。

老秀才喜欢帮忙，人缘极佳。他有文化。队里那些文盲家庭，有时想给远亲写信，便请他代笔。即使有点文化的人家，写申请或诉状，也请他捉刀。我上小学时，有次做一道九宫数学题，绞尽脑汁试算了一小时，最终望题兴叹。我爹带我去找老秀才，他几分钟就把题解出来。

老秀才不但能文，还能武。一天堡子里有一户人家和他家不和，不知为什么事情争执，那家男人要打他儿子。老秀才爱子心切，一个箭步跳上前，使出一招弹腿踢向对方的胸脯。虽然没有踢中，但一个六十多岁的老头，老胳膊老腿，还能够表演弹腿武术动作，颇让人佩服。

生产队土地承包的前两年，我家人多工分少，依然属于倒补户。七张嘴要吃饭，父母亲着急啊。生产队分粮后，找到老秀才，请他给我家担保，老秀才爽快答应。终于在腊月二十九早上，我家从生产队的仓库寅吃卯粮，挑回稻谷两百斤。我们碾了些稻谷卖了点米，买了些年货割点肉，一家老少七口总算欢喜过了年。

电业局有一年让村里找一个收费员。出人意料，招募很久没人出面。原因其实很简单：林子大了，什么鸟都有。每个月抄电表，各户的分表数和队里的总表数相差好几百度。显然有人偷电，但生产队组织人员多次清查，查无结果。电业局的收费是按总表计算的，电损只能由全村人承担，村民怨愤，骂骂咧咧起来。更头痛的是，"钉子户"拖欠电费已成习惯。三番五次上门催收，要么说下月交，要么人不在……借口多得很，要电费就像要他的命。电力局是电老虎，电费交不上，才不管你七大姑八大姨，电闸一拉，全村一片黑咕隆咚。电费员不是个好差，垫钱替刺头交电费又不划算，搞不好还要倒贴黄瓜二两，没人想干。

事情搁置四个月，电业局派人挨家挨户抄电表抄了四个月，下派人员着急上火，不再啰唆使出撒手锏。他给队长下通牒，限十天必须选出收费员，否则别怪手下无情，拉闸限电。

队长一听慌了神，连忙召集社员开会。会开过来开过去，开了几个晚上，还是无人报名。最后有人建议：重赏之下出勇夫，给收费员涨钱，涨到六十元。那时的六十元，在农村绝对算高薪。钱涨上来，还是无人上台。队长生气了，黑着脸说，今天选不出收费员，明天就停电，到时黑灯瞎火，别怪六亲不认。队长的话让会场沸腾炸开锅。几分钟后，突然站起一人高声喊："我来试试。"喊话的人是老秀才。

老秀才勇挑重担，干起收费员。村民当时大多怀疑，一个老学究，能否斗得过钉子户？又想这烫手的山芋到头来还只有他一人接，还是相当有勇气，再说是骡子是马还是要把它拉出来遛遛才晓得。于是村民对他又疑又敬。

老秀才走马上任，三下五除二，就让全村的用电和收费工作步入正轨。

第一招是向电业局申请，将各家的电表由屋内移到屋外，安上封闭式电表，阻断了偷电渠道。这个办法，现在看来司空见惯，但当时却是全县首创。电表移至屋外，抄表也方便，即便用电人不在家，也不影响他工作。

第二招收电费。他别出心裁，在照壁上做了一个交费榜。先交费者上红榜，第一名标状元，第二名标榜眼，第三名标探花，仿佛科举考试发黄榜。后交费的上黑榜，张三李四王麻子，标得清清楚楚，明明白白。拖欠电费交费期超过五天的，还在姓名后面的备注栏内写上讽刺挖苦的判语，比如"百万英镑打不开、定期存折取不来"等等。这招虽损却很管用。在辛辣的讽刺和群众雪亮的眼睛下面，那些刺头、钉子户颜面终于挂不住，只好乖乖把电费如数上交。

老秀才的招数令我想起《三国演义》里的庞统，初到刘备帐下时崭露头角，快刀斩乱麻的精彩一幕。他的管理办法，齐家治国也许都能用上。人只要还有荣辱心，这招就管用。

钓黄鳝的燕青

　　燕青，燕小艺，是《水浒传》中卢俊义卢员外的心腹仆人，绰号浪子燕青，梁山泊一百零八将之一，英雄排座次天罡星第三十六位，上应天巧星。燕青聪明伶俐，机智过人，相扑功夫天下无双，一把川弩燕雀惊慌。

　　那时，我们堡子也有个青年，从小使得一手好弹弓，几丈之内打麻雀，弹无虚发。堡子里有个爱看《水浒传》又喜欢给人取绰号的老头，给他取了个绰号"小燕青"。

　　小燕青不但弹弓打麻雀厉害，捕黄鳝捉泥鳅也是一把好手，他是堡子里最会捉黄鳝的人！水田洞里有没有黄鳝，他只要瞄一眼，或者用手指探一下，就一清二楚。堡子周边方圆几千亩水田，他几乎都转遍，哪块田有黄鳝，哪块没有，他心中有数。

　　从开春撒下谷子做小秧开始，除了刮风下雨，每天，他都要出工。提着黄鳝笼子，拿着几根钢丝钩，在秧田埂上转悠。早上出去，中午回来。或者中午出去，晚上回家。俨然工人上班，按时出勤，按时收工。每次出去，总有收获，多时满满两三笼，少时也有一二十条。捕到的黄鳝，大多拿到城里卖，一个月下来收入不菲，能挣几十块钱。大半年时间，他几乎成了旱涝保收拿工资吃饭的人，让堡子里的年轻人眼红得很。

　　黄鳝躲在田埂洞里不咬钩，他就下到田里用脚背捅，捅得淤泥咕吱咕吱响。黄鳝忍耐不住，从洞中钻出，在水面疾速逃跑。黄鳝再快，快不过小燕青的脚步。他踩着淤泥几步追上，握住拳头，松开中指，宛如老虎钳子，往黄鳝滑溜溜的背上一搭一锁，黄鳝就被擒住。黄鳝被他抓起来按住脑袋，塞进口小腰大的黄鳝笼中。

　　小燕青的黄鳝笼是自己用篾条编的。每次坐在家门口，一编就是四五个。

他出去捕黄鳝时，笼子上必定挂着两个装满蚯蚓的玻璃瓶和一个竹板夹。蚯蚓是钓黄鳝的饵料，穿在钓钩尖上。带齿的夹子是捕黄鳝的专用工具，相当好用。黄鳝夹制作很简单。由两块二指宽的竹板交错做成，竹板交错处用销钉锁住，夹子内面刻成锯子状。黄鳝夹让黄鳝闻风丧胆，百发百中。用劲大了，还会把黄鳝一夹两断。

有次他钓黄鳝时，感觉咬力巨大，差点把钓钩拉进洞中。他换上一根自行车钢丝做的大号钢丝钩，一钩把"黄鳝"扯出来。定睛一看，原来是条水蛇，吓得他魂飞魄散。

黄鳝味美，肉质细嫩，逮到的黄鳝，他有时也留几条自己享用。黄鳝好吃，但剔骨却考验技术。他剔黄鳝的地点在他家门口的水沟边。准备一块木板，用钉子钉穿，抓起黄鳝脑袋往木板上一磕一按，扑哧一声按在钉子上，扬起胶把电工刀，从颈部咔咔咔往下拉，骨肉分离，一拉到底。

我也钓过几次黄鳝，依葫芦画瓢学他剔骨，但技术却不如人意。要么剔除不下一根完整的骨头，要么骨头上带走厚厚一层肉，看着心疼，但始终弄不懂原因。若干年后，我在农贸市场，看见划黄鳝的师傅如庖丁解牛，技术更加娴熟，七八秒就划好一条。我站在旁边仔细观察他们的手法，终于悟出门道。原来，黄鳝剔骨，下刀不是从肚皮，而是从背脊。看懂这个秘密，我买两斤回家试，果然如此。一刀下去，从脑袋割到尾巴，轻松自如。

钓黄鳝虽挣钱，却不轻松。技术姑且不说，还要在堡子周边秧田埂上转来转去，一天下来，不下几十里路。经常下田，也不便穿鞋，干脆打赤脚，倘若踩上玻璃或荆棘，就会鲜血淋漓。一个黄鳝一个洞。钓走了黄鳝，上田的水泄到下田，就是一种破坏。讲职业道德的，挖泥巴糊住洞口，不讲究的拍屁股走人。故田主对钓鳝之人厌恶之极，如见瘟神，一旦看见，往往会阻拦，甚至痛骂。

后来，堡子里的麻雀猖獗，害虫也多，人工赶不走，只能用农药。喷雾器一响，麻雀被赶跑，害虫被灭光。人和害虫斗，田里的黄鳝泥鳅们也被株连，一夜之间，翻着或白或黄的肚皮，这里一堆，那里一片，死翘翘赫然漂浮在水面。

无黄鳝可钓，无泥鳅可捉，无麻雀可打，小燕青的技艺也就派不上用场了，只能继续种一亩二分田。

天妒英才

荣哥是我们堡子里男孩的偶像。他家就住在堡子的头上。

他爸在水电站上班，从小就教他些电路知识。荣哥聪明又爱学，家里有工作台，上面摆着电烙铁、电路图、各式各样的电子元件。他用长长短短、花花绿绿的电线接着大大小小、形形色色的灯泡，两个线头一碰，一串串彩灯就在他灵巧的双手指挥下跳跃闪烁，五彩缤纷。

掌握了电路图知识，他就经常帮人维修些小零小碎的电器，比如电吹风、手电筒、台灯之类的电器。有些大妈大婶的手电筒电池用完，也喜欢去找他充，他也不嫌麻烦，从不拒绝。他不光修电器，还别出心裁把自行车龙头装上自发电的探照灯。后来又装上蓄电池，开关一按，车子就嘟嘟嘟自动跑起来——名副其实的自行车。这应该是最早的电动车雏形了吧？

男孩天性就爱玩，荣哥也不例外。除了修电器，他还喜欢造炮造火箭。他造的炮架可以摇动手柄，升降炮口。炮筒略比擀面杖大，尾部焊封，只留一个插引线的小孔。小钢炮造好，他笑眯眯带我们几个娃娃去梨园试炮。小钢炮摆在靠近梨园的小路上。往炮筒装上一勺火药，再塞进一个木头削尖的子弹，瞄准一棵硕果累累的梨树。调好位置，他喊我们退到旁边。装上火药，插上用草纸捻成的引线。引线点火，噗噗噗燃进炮筒后座，轰隆一声，腾起一股硝烟，扑通扑通，打下两个多汁的大梨。看见荣哥展示技艺，看梨园的大人没有骂他，还竖起大拇指，让我们分吃打下来的果实。

有了这挺钢炮，荣哥的身边粉丝如云，大家众星捧月一般围着他转。他收获着荣耀，粉丝们的脸上也洋溢着光彩。每次我们到堡子周边看坝坝电影时，都要带炮去表演。你扛扛，我抬抬，争先恐后，兴致盎然。钢炮一架，人山人海；硝烟腾起，精彩胜过电影。

除了造炮，他还造过一艘木头火箭。火箭半米长，腿脚粗，筒体安着两对木板做的翅膀。前段刻成导弹形状，尾部挖空，嵌入铁罐头盒子，装满火药。

让火箭升空，我们急不可耐。那天吃过晚饭，等到太阳落山，我们一拨半大不小的娃娃簇拥着到他家，争着把火箭抬到寨门外，矗立在水井边。我们好奇，早已陷入对他深深的崇拜，完全没有意识到发射火箭的危险。大家团团围在火箭的四周，也就七八米远的距离，目不转睛。

火箭点火，引线烧完，一团蓝色的烈焰突然凌空腾起，闪电般扑向四周，差点烧着我们的身体。幸好火药量有限，没有伤人。木头火箭斜冲向天空，飞了几十米高，掉头向下摔回稻田。大家吓出一身冷汗。花费几天工夫制作的火箭发射失败，荣哥摇头叹气，说："可能是木头未干，太重了。"

看见荣哥玩得风生水起，堡子里的大人就送他一个"孩子王"的绰号。

荣哥很快成年，到了该成家的时候。男孩优秀，自然不乏女孩垂青。堡子口的兰姐和他两小无猜，青梅竹马。他们两家是邻居，墙对墙，背靠背，这家打起鼾声，那家就听得明白；兰姐家的回锅肉熟了，香味飘过去；荣哥家的葡萄熟了，果子掉过来。荣哥家几个都是兄弟，兰姐家却全部是姑娘。姑娘家多的招个女婿，儿子家多的嫁个儿子，冥冥之中，上天早有安排，于是，天造地合，郎才女貌，荣哥上门，才子佳人喜结连理，成就了一桩佳事。荣哥住的屋子就在兰姐闺房后面，把墙打穿，两家人就变成了一家人。

荣哥有技术，顺利被乡镇企业氧气厂招去当电工。氧气厂的坝子堆了许多萤石。萤石是产氧气的原料，燃烧时，火焰发出绿茵茵的颜色，十分好看。荣哥虽然已婚，贪玩的性子还是浓烈。有天，他和堡子里另外一个青工爬在铁桶边烧萤石。擦了几根火柴，没有点燃，他无趣走开。而那位小青年却痴心不改，继续埋头玩。

绿茵茵的火焰终于点燃，也引发了不幸。半封闭的铁桶突然爆炸，桶盖腾飞，重重撞向玩火人的脑袋，弱冠生命被无情的"鬼火"夺去。过了几天，荣哥在堡子里讲起这事时，说还感到后怕：幸好他没有点燃！

又过了两年，荣哥这天下班后在厂里洗澡，洗完后想起还要帮人修个台灯。鬼使神差，他没有擦干身子，手指去接触线头。短路触电了，一个趔趄，他被打向墙壁。墙壁上蹊跷钉着一根夺命的钉子，深深刺向他脆弱的小脑，荣哥扑通倒地。同事发现异常，喊他不醒，急忙抱到公路，拦住一辆车直奔医院。

流星划过天空。天妒英才呀，他没有被抢救过来。而这时，他的儿子，还步履蹒跚，刚刚咿呀学语。

荣哥突然离世，让我们这些铁杆粉丝悲伤不已。不只我们这些娃仔，我那些天看见，也有好多大人，眼角挂着若隐若现的泪水。

外来匠

叮叮当，叮叮当。诸葛堡子外的大路上时不时走来骟猪匠。

骟猪匠有老头，也有小伙，最有名的是年过不惑的小卢匠。每过十天半月，小卢匠总要来我们堡子走一趟。

这位骟猪的中年师傅脸颊带红，说话和颜悦色。每次来我们堡子，总是剪着精干的平头，挎着绿色的军用帆布包，手上不紧不慢，很有韵律地敲着黄色的铜锣，迈着方步。

小卢匠骟猪，事先让主人准备一盆草灰和一碗清水。主人把猪仔从猪圈赶出来，小卢匠用麻绳拴活套绑住后腿，轻轻一提，猪儿就被掀翻在地。主人帮他按住猪身，他用打火机烧锋利的小刀。刀子消毒后，他不慌不忙撩起猪卵，轻轻一割，白里透红的猪卵顿时翻在皮外，挑出夹在指缝间。用剪刀轻轻一剪，经络瞬间断开，信手啪的一声，把猪卵丢进水碗。最后用缝衣针线快速缝合伤口。再抹上一把止血的草灰。按压三两分钟后，小卢匠松开手掌。阉割了的猪仔翻身起来，若无其事，自行跑开了。

通常，割下的猪卵被大人丢进灶火中烧熟，趁热撒上几颗盐巴，交给男娃娃解馋。热乎乎的猪卵味道鲜美，小孩囫囵吞枣，三两口就吞下肚皮。有些娃娃吃得不过瘾，眼珠子再次眼巴巴地望着猪肚皮。猪卵虽可口，可一只猪儿却只有一对，小孩奇怪的眼神，看得猪儿有种说不出的表情。

看见小卢匠炉火纯青的阉割表演，有人爱指着争相观瞻的男孩调侃："你娃不听话，叫小卢匠也给你来一刀？"胆小的脸变土色，胆大的吐出舌头扮鬼脸，也有娃回家报告奶奶，惹得小气的长辈跑上门，要求说过一二三。

给小孩剃胎毛，相当考验手艺。难度大，收费贵，是普通理发费的数倍。费用虽诱人，小孩的头皮却吹弹欲破，稍不注意，就要闯祸。剃胎毛属于烫手的山芋，一般的剃头匠不敢接。我小时候看见有位师傅，不小心把小孩的头皮弄破，流了两滴血。说好的工钱泡汤不说，还被小孩的奶奶骂得七窍生烟，狗血淋头。剃头匠名声受辱，耷拉着脑袋灰溜溜离开堡子，两三年不敢再来做生意。

据说剃过胎毛的脑袋，以后的头发生长才会茂盛黝黑。男人的胡须越刮越浓，越刮越粗，似乎可以印证这种说法有几分道理。

剃头匠来村庄不用吆喝。把摊子往路边的空坝一摆，来来往往的村民都能看见。开张一个，就接二连三，来不及吃饭。特别是年前，剪得手酸，排队的人还在成串串。

"剃头挑子一头热"，这话是真的。一头担煤炉，上边炖一水壶，丝丝冒着热气；一头搁理发的行头：剃刀、剪刀、推剪、梳子、小板凳、围腰、洗头膏及磨刀的皮带，琳琅满目，杂七杂八一大堆。那个时候，老头几乎剃光头，小孩和男人理平头，中年妇女剪短发，样式固定，发型统一。剃头挑子放下，打一铫壶河水放在煤炉上，头发理好，水也烧热了。剃头匠挖一坨雪花膏，抹上理发的脑袋。钢刷样的手爪，横抓几下，前后再搓几下。然后把被理的脑袋拉近河边，拎起水壶冲净泡沫，用干毛巾擦干头发。最后用梳子梳理整齐，五角钱就到手了。剃头匠往往在脖子上挂一根镶金刚砂的皮带，那是磨剃刀的工具。剃光头前，剃刀来回拉几下，刀锋就变得寒光闪闪，走过茅草丛生样的头顶，很快开出一条白生生的大道，再向四周蔓延。每次见有人剃光头，路过的大人总爱开玩笑：你又在演蒋光头？

铁锅用上两三年，锅底锈烂，丢在一边，等待补锅匠表演。我们堡子里的人喜欢笑话湖北来的补锅匠，说他们说话像唱歌。湖北的补锅匠说话不易听懂，但汉阳造的枪炮却赫赫有名，补口烂锅不在话下。补锅匠的工具很简单，一把油枪、几块生铁、两节小木棒。木头上放一小块生铁，点燃油枪，蓝色的火焰呲呲呲叫唤。铁块很快化为红水，在木头上晃动，泛着耀眼的光泽。补锅匠快速把铁水倒向锅底，再拿湿破布堵住洞眼。铁水呲的冒一下烟，手中的木棒在锅底晄晄刮擦几下，再迅速把锅底浸入河水。铁水凝结，大功告成。师傅的技术精湛，补疤就平整；技术粗糙，则成一个瘤子。使用瘤子锅须小心。稍不注意，炒菜时一铲铲掉疙瘩，又成一口废锅。心头不爽，只能骂上几句。

锑锅、锑盆、瓷盆、铁皮水桶用上几年也易损坏，丢了肯定可惜，也需要修补。补锅匠不补盆。补盆子的张师傅是城里人。他在白铁社上班，星期天下乡挣点外快。张师傅穿围腰，戴袖套，背背篼，带锤子、钳子、剪刀、錾子、油漆及白铁皮的下脚料，每个月都会来我们堡子摆摊，固定在照壁前。每次张师傅来补家什，我都会兴致盎然蹲在旁边观看。

我对张师傅的作业不理解。修补用具时，他总要把破洞錾大。錾好洞口，剪合适的白铁皮穿过，两边用尖嘴钳弯卷，再用钉锤叮叮当当敲打。铁皮捶妥帖后，用指头挖些白漆涂抹在补疤处，晾干后交给主人。修理费不贵，根据难度和补疤大小，从两角到五角，劳累一天，收到的角币分币把搪瓷盅装满。我看见他数过一回，大概有十多元。在那个月工资只有几十元的年代，张师傅挣的外快，相当不菲。

修补过的铁家什，我不爱用。补疤镶嵌边上，既妨碍洗涤，还易割手。但大人们却总是笑呵呵地说，花几角钱又能用几年，值得。

梆梆梆，梆梆梆，我们大屋子堂屋里又来了弹花匠。看来弹棉花是个费力的活，不然为何每次来的弹花匠都是青壮年？弹棉花时，师傅嘴上戴着口罩，身上背着犁头样的弹弓，弹弓下挂着弓弦。一手掌弓弦，一手敲木槌。弓弦颤动，弹床上的棉絮纷纷扬扬，如漫天大雪，芦花飘舞。蓬松的棉花堆到尺许厚，弹花匠又换上拇指般粗的金竹线枪，在弹床周围来回绕线，不断游走。他们的动作敏捷而娴熟，手中的线枪一伸一缩，在弹床边的长筷子间来来回回，让人眼花缭乱。不到半小时，棉花的上面就蛛网般密布着棉线。放下线枪，弹花匠的手掌又拿起圆盘木掌，按压棉花。最后用长长的缝衣针，沿周边缝合，一床棉絮才算制作完工。

弹棉花的时候，一旦有女人站在周边观看，老头们总爱调侃："看啥看？弹花匠的女儿，会谈（弹）不会纺！"

我们堡子地域上属于南高原，海拔高，紫外线强，又靠近邛海，风大日烈，村民的肤色黝黑干燥。而下堡子有个女裁缝却面若桃花，皮肤嫩白。裁缝是外地人，嫁到我们堡子后过了一阵，嫩白的肤色很快变得彤红，就像红富士苹果。她担心肤色变黑，即便阴天出门也要戴顶草帽。堡子里的人看见，忍俊不禁跟她开玩笑说："又没有太阳，你戴草帽干啥呢？遮阴还是遮阳？"她微微一笑，说："戴帽习惯了，出门不戴不自在。"

七十年代后期，那时物资还很匮乏，国家还在使用布票。城里买不到合身的衣服，只能凭布票买棉布找裁缝定做。裁缝的手艺精湛，生意兴隆，每天都有人去光顾，特别是年前，应接不暇。

裁缝家就住在我们堡子水碾坊后边的竹园中。小时候母亲带我去过她家两次。有次是在过年前，母亲进城买了棉布和白布，带我走进裁缝家院子。母亲要做一条裤子，我要做一件衣服。裁缝笑眯眯问清我们来意，然后拿出软尺迅速给我们上下比画，很快记好尺寸。最后给我们开了张收据，让半个月后带五块钱去取。离过年不到十天，排队的人多，她宽大的裁缝柜台上，已经堆码着数十块五颜六色的棉布。年初一穿新衣是令娃娃兴奋的事情，看架势，初一我是穿不到新衣了，我有点闷闷不乐了。出门时，裁缝的婆婆看见，慷慨地抓给我几个糖果，我的心情才由阴转晴。

大姐已经高中毕业，母亲不想让她种田。大姐今后的出路在哪里呢？裁缝职业轻巧又挣钱，母亲看在眼里，想让大姐拜那位裁缝为师。父亲阻止母亲，说去也是白去，人家不会收徒的。母亲不信，执意带着大姐，兴冲冲敲开裁缝家的门。母亲刚一启口，裁缝就面露难色，支支吾吾起来。说她手艺不精，恐误人子弟。吃了闭门羹，母亲郁闷，带着大姐返回家中，一脸不悦。

父亲笑笑，安慰母亲道：教会徒弟，饿死师父。一个堡子是不可能有两个裁缝的。

万元户

二十世纪八十年代初，我们村里的许多人还在忌惮割资本主义尾巴。对中央"解放思想，发展经济"的大政方针领悟不透，或怀疑，或观望。而个别有文化、有思想、有胆识的人却大胆出手，抓经济搞副业，风生水起，最先脱贫致富。比如云吉大爷家。

云吉大爷是佃户出身，中华人民共和国成立后是我们生产队的第一任队长，跟我们家住在同一个大院。一九八一年，他家卖了老屋，从我们大院子搬去村口。

他家在自留地上修建了住房、猪圈、鸡圈、鸽子房，还在四周围上篱笆，种上药材金银花。

那时堡子里的人还拘囿于手中的一亩二分田，仅仅在田地里栽秧、种麦、点胡豆，日出干活日落收工。农闲时，每天抱着手臂慵懒地晒太阳，围着锅边转。而云吉大爷家却率先一步，悄悄开始发展立体农业。

水里游鸭子，空中飞鸽子，地上栽梨子。猪儿在叫，鸽子在闹，院子里里外外种下药材和葡萄，划篾条编箩筐日夜繁忙。他们家的副业让人目不暇接，简直是水陆空齐头并进。云吉大爷养鸭，怀珍奶奶、媳妇、女儿养猪养鸡养鸽子，发祥叔、西兰姆编箩筐。男女老少全家总动员，七口人没有一个吃闲饭。

当许多人还在酣然大睡的时候，云吉大爷家的炊烟已经袅袅升起；许多人早早上床的时候，他们家的院坝还在灯火通明。

每天云吉大爷一如既往。穿着补丁叠补丁的衣服，吃了早饭，拿着竹竿，打开鸭棚，赶着成群结队的鸭子从堡子口向堡子尾匆匆走去。鸭子们争先恐后迈着碎步。下堡子河沟里的鱼虾正肥，稻田里的螺蛳也正在闹腾，等待鸭子去消灭。太阳落坡的时候，吃饱了的鸭子们又排着整齐的队伍，前呼后拥一阵风从堡子穿过，在村民的艳羡声中，蹒跚着脚步回到村口的鸭棚。

每天怀珍奶奶刚准备了一家人的早餐，又开始忙碌猪儿们的早饭。她家的猪儿也比其他人家醒得早，听见刷锅的响声，个个按捺不住，发出哼哼叫唤。但馒头和稀饭不能让它们长膘，也不合胃口。猪儿想吃的是苞谷、红薯藤，要吃到可口的猪食还得耐心等候。

"慌啥呢？有你们吃的。"怀珍奶奶每天把猪食倒给迫不及待的猪儿时，总会笑吟吟对它们安慰一番。猪儿们在安慰声中大吃大喝，吃饱喝足，又哗啦啦地拉屎拉尿。肥沃的粪便正好用来浇灌疯长的红薯藤、空心菜、葡萄、金银花、梨树。红薯藤和空心菜葱郁疯长，一茬一茬割下喂进猪儿们的嘴巴。猪儿和红薯藤、空心菜，相互照顾，相得益彰。

刚喂饱猪儿，又听见鸽子房发出咕咕咕叫唤，鸡圈里花花绿绿的鸡也在慌慌张张扑打翅膀。尤其是那些打鸣的公鸡，它们位于堡子之首，也是堡子里最早催人开工的家伙。还有下蛋后"咯咯哒，咯咯哒"提醒主人的母鸡们也心生不满。怀珍奶奶赶忙放下潲桶，端来苞米和糠谷。

十天半月，他家院子里就会拉进一车翠翠的慈竹。发祥叔锯料、破竹、划篾，忙得不亦乐乎。他手中的篾条在哗哗声中不断被破开，他的脑袋便不由自主地左摇右摆，像在做优美的韵律操。几个姑娘放学归来，也加入编筐的队伍。

有人划篾条，有人编筐筐，有人买竹子，有人搞销售，他们家的院坝成了竹器合作社。分工合作，流水作业，热火朝天。不到一月，编好的箩筐堆满房间，被拉到城里售卖。

入夏，金银花白白黄黄趴在云吉大爷家的铁丝网上，散发出悠悠的药香。秋天，他家院子里的葡萄红了紫了，门口梨树上的梨子金灿灿、沉甸甸地挂着。冬天，炮仗花在他家院墙上红红火火地开着。他家的院子瓜果飘香，景色宜人，堡子里的人看着羡慕，他们自家看着也舒坦。

汗水在流淌着，存折上的数字也在日夜兴高采烈地增长着。一年下来，云吉大爷家成了全乡的致富能手、发家标兵，乡上给发祥叔佩戴红花，发给万元户奖状。他家买来彩电，用上冰箱，吸引了堡子里好多羡慕的目光。

不下雨的时候，晚饭刚过，他家的彩电早早就安放在院坝。乡亲们想看就来看，想耍就来耍，他家的大门从来都是大大地敞开着，对人也是乐呵呵地招呼着。"昏睡百年，国人渐已醒……"武打电视剧《霍元甲》的歌声刚停，"格叽格叽格叽格叽格叽格叽，我们真爱你……"日本儿童益智动画片《一休》的音乐又响起。他家的院坝成了村民快活的场所！

免费的电视，大家津津有味看了一年。

看去看来，有些人觉得没有意思了，光羡慕不行，腰包也要鼓才是硬道理，还是得想方设法挣钱。于是，有人跟着学编箩筐，有人种植茉莉花，有人挖鱼塘，有人承包了下堡子的土地种藕，有人上街贩米贩鸡，有人出去打工……

懵懂时光

不知是我脑笨还是健忘，五岁前的事情我一概记不得，就连姥奶长啥模样，也毫无印象。比较清晰的，大概只有两件。

一件是五妹出生。

有天我突然发现母亲的肚皮高高隆起。我站在我们老屋大院的天井边好奇地问母亲："里面装的啥东西？"母亲抿笑，上堂屋的蔡爷和木爷也抿笑。

王婆说："你从哪里来的？"

我回答："肚皮。"

蔡爷说："不是，你是从河坝捡来的。"

我说："你瞎说，河坝里有小孩吗？"

木爷呵呵一笑，说："孙悟空不是从石头里蹦出来的吗？"

大院里长辈们跟我开玩笑后不久，有天晚上，母亲和父亲突然不见了。我第二天早上睡醒，才看见父亲出现在家中。父亲说母亲在医院，又给我们生了个妹妹。说完收拾了母亲的几件衣服，带上毛巾、饭碗、茶杯，提着暖水瓶，又匆匆离去。四妹还只有三岁，哭闹找妈。大姐背着她，带着二姐和我，走了好长的路去县城医院看母亲。母亲躺在医院床上，头上包着花毛巾，枕头边睡着一个红扑扑的乖女娃，一个远房的嬢嬢在照顾母亲。产房里突然涌来了我家一群高高矮矮的娃娃，看得其他几个叔叔阿姨忍俊不禁。

另外一件是渴望上学。

我看见大姐和二姐背着书包去学堂，每天蹦蹦跳跳出去，唱着欢歌回来。回来后放下书包，不是抱妹妹，就是写写画画，模样十分开心。

我有点好奇学校的事情了。有天尾随姐姐去学校看稀奇。路上碰见许多来自四面八方的哥哥和姐姐。他们打打玩玩，蹦蹦跳跳，个个脸上洋溢着笑容。我没有书包，分明是个未上学的懵童。我跟到校门口，被老师拦在校外。舍不得走，我就在围墙外徘徊，用稻草掏泥墙里的土蜂玩。

听见教室里传出朗朗的诵读声，我的心里如猫抓般难受，真想去旁听。

终于熬到九月初开学。那天早上，母亲带我去下堡子找老师报名。女老师看我个头不高，让我抬起一只手从头顶摸另外一边的耳朵。小时候我被一位嬢嬢抛着玩耍失手摔在三合土上，脑子可能摔笨了。手伸过去时，我的脑袋往反方向扭，越扭越远，手指始终摸不着耳朵。女老师皱皱眉头：明年再来。

六岁这年读不成书，我继续像自由的小鸟随心所欲，要么找小伙伴玩，要么跟包爷放牛，要么帮母亲抱妹妹。有时也跟我们队上的大娃娃溜到下堡子的生产队。那个队除了种田，还养鱼，有点富裕，买了台大屏幕黑白电视机。电视机摆在晒场边的粮仓中，每天都在放电视连续剧，比如《加林森敢死队》《大西洋底下来的人》。电视里子弹纷飞，人穿上脚蹼在海底来回游弋，精彩的情节吸引着我们的眼睛，每晚必去光临。有时候，我也喜欢用竹竿绑篾条，到我家茅厕粘蛛网，在后院愉快地捕蜻蜓。父亲见我玩得有兴致，念出一个谜语：小小诸葛亮，稳坐中军帐。摆起八卦阵，专捉飞来将。

我闲耍的时候，我们堡子也在积极响应国家提倡的爱国卫生运动。除四害（苍蝇、蚊子、老鼠、麻雀），扫垃圾，提倡不喝生水，往水沟撒药杀吸血虫，给小孩发宝塔糖打草虫。

我还看见有位大爷在冬天敲着一面铜锣，从堡子口走向堡子尾。他边走边高声吆喝："斗地主了，斗地主了。"

在那个懵懂的年纪，我不知为何社员要斗地主，对地主那么深恶痛绝。只是感到斗地主好玩，是十分稀奇的事情，蹬蹬蹬跑去围观。

听见锣声，社员们纷纷涌向晒场，摆上桌子板凳，开启忆苦思甜。

会上有些老社员痛哭流涕，声泪俱下，三四个昔日的地主和地主婆戴着尖尖帽，被麻绳捆着胳膊，跪在地上耷拉着脑袋，愁眉苦脸。

我在村里游荡时，有天还加入顽童们打玩的队伍，用泥块打仗。干泥纷飞，有一块从三队的田埂那边精准飞来，砸破了我的额头，刻上顽劣的疤痕。我没有哭泣，土法止血快速疗伤，挖了一坨稀泥糊住伤口，转身又投入战斗。

缤纷小学

又闲耍了一年，我也长了一岁，手指终于能绕到后面摸到另一边的耳朵。九月一日终于顺利通过老师的考核，愉快地背着军绿色挎包跨进了诸葛学校。

也许学校以前是私塾，有走廊有天井有通道，标准的四合院。学校应该是有些年份了。院内墙壁斑驳，苔藓干枯，上面涂着白灰，下面刷着绿漆。五间教室，两间老师办公室。

通道的梁上用钢绳吊着一个汽车大轮毂，是上下课的钟。轮毂虽破，敲出的声音却响，激荡耳膜。

教室的松木桌子或高或低，长条板凳高矮不平。凳脚摇摇晃晃，桌面洞眼坑洼，估计是以前的学生，用小刀在上面留下高兴的刻痕和不愉快的刀疤。破破烂烂的桌子板凳，看起来有点像我身上的补丁衣裤，也不是那么顺眼舒服。有几张平滑点的桌子，好几个同学都在争。我知道抢不过他们，随便找根凳子坐下，打量墙上伟人的画像。

老师来了。抱着几摞新书，手中还拿着一根细细的金竹教鞭。她看了看乱哄哄的教室，皱着眉头，把教鞭在讲堂的桌子上啪啪啪抽打了几下，随即喊道："莫闹，莫闹，坐好，坐好。"于是同学们就四下找凳子坐下。她说："现在发书了，我念名字，念到的就上来领。"她念名字的时候，大多数小孩要么木愣愣的没有反应，要么一窝蜂而上。刚上学的娃娃，平时耳朵里灌进的都是乳名。学名太陌生，有些还是头天晚上才听说的事情，要把新鲜的名字和自己对应，有点困难。老师念到男孩的名字时上去几个男孩，念到女孩名字时又上去几个女孩。一群懵懵懂懂的娃娃拥挤在面前，有几个还嘻嘻哈哈，宛如一群闹山麻雀，让年轻的女老师不知所措，再次锁紧眉头，开始发火："你们的爹妈咋教的？"

拿到新书，我欢天喜地，迫不及待翻阅课本上的精美插图。晚上父亲做工回来，用牛皮纸帮我包好封面。说这样经用，还把我的名字工工整整地写在扉页上。

上学的第一天娃娃们都在乱坐，第二天就按高矮编排，我坐在中间。老师教我们念毛主席的教导："好好学习天天向上。"也教我们念毛主席对华主席说的话："你办事，我放心。"

学校的轮毂敲了半学期，换成高音喇叭。喇叭响起，我戴着少先队员中队长的袖标站在我们班前面自豪地领操。而我的堂兄，身体比我高一截，袖标也比我多一杠。他站在操场最前面，来回逡巡，威风凛凛。他是大队长，我有点嫉妒眼红。但定睛一看，他往队伍前一站，鹤立鸡群，我不得不心服口服，打消了再添一杠的遐想。

不做操的课间，我们就玩游戏。女孩们跳橡皮筋、抓石子，男孩们玩拉马和斗鸡。

斗鸡比的不仅仅是蛮力，还要讲速度和巧劲，所谓四两拨千斤。对手气势汹汹冲过来，一个侧身让过，避其锋芒，不与之正面交战。等对手高高跳起，在落下的瞬间，往他的盘腿处迅速一锤一拱，后发制人。

不过我最喜欢玩的游戏还不是斗鸡，我喜欢玩拉马。三队的蒋娃是我的最佳搭档。他个子高，当我的坐骑，我们优势分明。我在他的背上轻舒猿臂，左拉右拽，如入无人之境，拉得其他组合人仰马翻，有种赵云入曹营，来去自如的感觉。有时我们一个组合可以同时鏖战其他两队，仍然不落下风。

春来时，围墙内的槐花盛开，韵白如雪，挂在枝头，空气里弥漫着沁人的甜香。槐花一束束地开，我也爱爬上树一把把地摘，吃它的甜。槐树叶对称长，枝条上整整齐齐排着几十枚绿色的"铜钱叶"。我们爱拿"铜钱叶"做游戏，两三个小孩一起玩。摘一枝在手，剪刀石头布决出胜负，划赢一次摘下一片叶子，最后比"钱"多。

沙坑边有两棵巨大的桉树，气味难闻，但落下的种子却像袖珍漏斗。种子成熟爆开，拇指般大的"漏斗"可以当陀螺，往地上一拧，滴溜溜地转。地上的小陀螺越来越多，跑过来绕过去，相互碰撞，谁转到最后，谁的主人就获胜。

我们也玩滚铁环。往地上一丢，用一根铁丝钩勾住后部，铁环就骨碌碌往前滚。

不光玩这些游戏，一把小刀也玩得起劲。刀身横搭手指，一人一次，轮流往湿土上翻摔，戳稳就赢。

溽暑蒸腾的时候，学校在操场上烧一堆柴火，架一口大锅，熬制清热解毒的中药水，也就是我们说的"大锅汤"。大锅汤煮沸时，整个学校弥漫着浓郁的药香。老师和学生端瓷盅或饭碗去舀，没有限量。黑乎乎的苦药水，让人难以下咽，娇气的同学捏着鼻子才能吞下。第二年有了经验，带一块红糖放在碗中化开，味好一点。也有捣蛋的学生，偷偷往同学盛药的碗中撒些泥土，用筷子搅化。大锅汤中又多了泥土的味道，肠胃中又添一份故土的情节。你悄悄给我放土，我偷偷给你加盐，一场促狭的游戏，在同学间悄悄展开。

田野开始打霜时，老师就给我们布置做冰凌的作业。做冰凌是非常有趣的事情。前一天晚上用碗或盘盛上一半的清水，水里放一截细线搭在碗口，喜欢吃甜的加点糖搅化，放置到屋外的墙上瓦上。第二天起床去看，碗盆中早就凉水变冰，晶莹剔透，提着细线轻轻一拉，玉碗或玉盘就在眼前来回晃动。提着冰盘冰碗去上学，一路走，一路用舌头舔舔，品咂清洌甘甜。到学校跟同学比赛，看谁的杰作更加好看。心细的带个碗去，手提酸了，冰凌搁在碗中。气温升高，两节课后冰凌融化，又变成半碗清水。张开喉咙，一饮而尽，清洌畅快。水在夜晚变冰，冰在白天又化水，大自然奇妙得很。

那时学校的广播，天天播"五讲四美三热爱"。几乎每个学生都是少先队员，胸前飘荡着鲜艳夺目的红领巾，时刻准备做共产主义的接班人。课程不多，每周上学六天，每天五堂课。九点上学，两点回家。家庭作业寥寥，简单几道数学题，认一二十个生字、生词。每周写一篇两三百字的作文。

作业不多，学生就有大把的时间参加劳动。帮家里煮饭、种菜、打猪草、喂家禽，自己的衣服裤子自己洗，收麦割稻的时节，还要去田间捡拾遗漏的粮食。这样的劳动，感觉一点都不苦不累，相反，还能锻炼筋骨，磨砺意志，从劳动中获得快乐。难怪曾国藩告诫后人：劳动过后流淌汗水的感觉，细细品味起来，是人生的第三种幸福。

读五年级的时候，我开始喜欢看小说。有个同学说他家书多，带我去看。他父亲是警察，在劳改农场上班。他家里有一柜子的书籍，比如《镜花缘》《海底两万里》《红楼梦》《西游记》等，让人眼花缭乱。选来选去，我最后选了本《水浒传》。《水浒传》里有许多精美的插图，一看就让人喜欢。

父亲看我借《水浒传》回去，摇了摇头，说了一句："男不看水浒，女不看红楼。"我不解其意，父亲说："《水浒传》教人造反，《红楼梦》教娃谈情，小小年纪看这种书，不合适。"父亲口头虽说，却没有阻止我看《水浒传》，相反，我看完后，他也拿起来读。

我看《水浒传》时，许多字识不得，要么是四川人认字认半边，要么翻翻字典，囫囵吞枣，《水浒传》大概读了两个月才读完。那本书封面本身有点残破，再加翻阅时没有注意，封面掉落了。我用糨糊把封面粘好，还给同学。一周后他爹发现，责怪于他。他怒气冲冲，翻脸在巷道里把我截住，要我赔偿，不然，跟我打架。他的个子比我高一头，拳头也比我大一圈。我吓坏了，连忙回家报告父亲。父亲给了我五元钱，星期天我进城到书店，买了本新的赔他，才平息了风波。

后来那本破旧的《水浒传》放在家里，我没事时就拿出来翻翻。从小学看到高中，看过多遍，我几乎能背出梁山好汉108将的绰号，也能讲述那些脍炙人口荡气回肠的英雄故事。

父亲的娘家人

一九八五年我大姐结婚。宴席安排在堂屋和二门外的陈家院坝。婚宴热闹客人多，宴席排两轮。

那天，我妈安排二姐陪大姐，让我和四妹招呼客人。

我坐在堂屋的板凳上，突然看见进来一位打扮很时尚的姑娘。她剪短发、别发夹，容貌清秀，上身穿着碎花花衬衣。她站在天井边，眼珠子骨碌碌打量堂屋和我。我半岁时被一位嬢嬢抛着玩，摔在三合土上，脑袋起大包差点夭折，可能留下了后遗症，反应慢半拍。我站起来想招呼她，却又想不起这姑娘是谁！发愣了一会儿，转眼看见大妈正在厨房门口跟我妈说话。

大妈是我干哥的母亲。干哥的父亲和我爹是儿时的玩伴，是肝胆相照的兄弟。国强哥出生后，拜我爹为干爸。故我家几姊妹称呼干哥的父亲为大爹，称呼干哥的母亲为大妈。

我爹以前也住在城边的河东街，那里是月城西昌的蔬菜生产队。我爷爷去世得早，留下孤儿寡母相依为命。奶奶省吃俭用，供我爹上学，在通海巷学堂念书。我爹好学，念到高小，学过记账和打算盘，年年优等生。他半大时，奶奶不幸染病去世，我爹成了孤儿，成年后当蔬菜队的会计。后来遭到别有用心之人的诬陷，大爹是公安，主动为我爹做担保，我爹才免了牢狱之灾。不久，有年大爹查获了一桩贩卖鸦片烟案，毒贩贿赂他不成，转而乱咬他是同谋。在那个混乱的年代，大爹百口莫辩，丢了工作回到农村，继续面朝黄土背朝天种植蔬菜，与父亲成了名副其实的难兄难弟。干哥家是我家为数不多的亲戚。虽然他们家也属农村，但毗邻河东街算半个城市人。在那个年代，城市亲戚来农村做客，对于农村人有种蓬荜生辉的意味。再说我爹以前和大爹住在同一个生产队，我爹视大爹大妈为娘家人。我妈是独生女，个性强，我爹又是上门女婿，我爹受了委屈只能往娘家诉，所以，他和大爹大妈家的关系弥足珍贵，尤显亲切。

看见了大妈，我终于想起这姑娘可能是我的干妹妹小兰了。我回忆起以前的一些事情。

一九七五年冬月，我刚满五岁，五妹出生。这年我国开始施行计划生育，五妹赶上了多胎生育的末班车。家中又添一位千金，我爹异常高兴，过年前十多天突然向家人宣布：今年我们到河东街，你们几姊妹的干哥家过年。

我爹竟然在河东街有个干儿子，我竟然在城边还有个干哥，我还是第一次听说呢！我好奇兴奋，渴望团年的日子。

几十年过去，我对团年的日子记忆犹新。大年三十那天早上，春光明媚，迎着朝霞，我妈用红色绣花小棉被包裹着尚未满月的五妹，我爹满脸喜悦抱着两岁多的四妹，背着背篼（背篼里装着一块腊肉和米糕），带着大姐、二姐和我。一家人兴高采烈，行走在进城跟干哥家人团年的路上。

两小时后，我们来到县城后街的小河边。河水清澈，缓缓流淌。河边的机耕道右边种满蔬菜，左边茂盛的油菜花金光耀眼扑面而来。许多蜜蜂嗡嗡叫唤，不时飞过我们的头顶，落进油菜花蕊。我爹和我妈有说有笑，顺着机耕道继续向北走，走了几百米，把我们带到干哥家。

干哥家的院子有两面围墙，围墙上长着可以生吃的酸浆草。酸浆草红扑扑的，一束束地开着碎花。我爹走上石阶，扬起手掌噼噼啪啪拍开门。大妈大爹热情地把我们迎进去。我妈坐在堂屋板凳上，揭开被盖，襁褓中的五妹还在沉睡，脸蛋红彤彤的。大妈和大爹夸娃娃长得乖，有几个小孩也探头探脑挤上来。她们是大爹大妈家的五个儿女：国强、国珍、国秀、国华和国兰。干哥哥家大点的两个妹妹扎羊角辫，最小的妹妹短头发，头顶扎着朝天髻。

大爹陪我爹在院子里喝茶摆龙门阵，大妈把我妈带进房间，把五妹放在床上，开始拉家常。大爹让国强带我们出去玩。我们在屋外坝子上抓石子、玩泥巴、炸鞭炮。玩够了游戏，团年饭也开始了。院子里靠近梨树的位置摆着一张八仙桌，桌上摆满美味佳肴：红烧鱼、当归炖鸡、腊肉、凉拌鹅肉、蒜薹炒肉、闷青豌豆……我们一大群小孩拥挤在桌子边大快朵颐，大爹跟我爹开怀畅饮。夕阳西下，我们几姊妹带着大爹发的压岁钱，才跟着爹妈心满意足离开干哥家。

这是我对兰兰和干哥家最早的记忆。

第二次对兰兰的印象，是八三年的冬天。那年，干哥国强结婚，我们一家去吃喜酒。

宴席摆在院坝里，院坝边有两棵果树，中间摆了几张八仙桌，我和爹坐在靠近堂屋门口的桌子边长条板凳上嗑瓜子吃花生。进来一群小孩，有位穿红色花棉袄的小姑娘挤过来，站在我爹跟前喊干爹。我爹拉了拉她的小手，拍了拍她的肩膀，说小兰乖。我注意到这位剪短发又很清秀的小姑娘跟我年纪相仿。小兰进屋去看布置的新房，小兰的二哥国华，比我大两三岁，带我出去玩。他进厨房点燃两根长香，发给我一根，抓给我一把鞭炮。我们把红红的鞭炮插进院子外面半干半湿的泥土上，一炸一个洞，玩得不亦乐乎。

这回，大妈和兰兰来我家吃酒，让我感到无比荣耀。我妈有点忙，让我和四妹把大妈和兰兰带到二门外陈家的院坝晒太阳。

我爹从厨房拿了把菜刀出来，指了指放在草堆边的两捆甘蔗，让我砍给大妈和兰兰吃。见她们娘俩吃得津津有味，我舒心起来。大妈说："华华，你们也吃晒。"过了一会儿，我爹又出来，说："大嫂回去时背一捆甘蔗给娃娃们吃。"我心想，我爹糊涂了吧？甘蔗有啥稀奇的？好东西不送，送捆甘蔗，再说，一捆甘蔗几十斤，背四五公里，大妈和兰兰背得动吗？

下午三点，日头偏西，我点燃鞭炮，首轮开席。我和四妹把大妈和兰兰招呼上座，又去招呼其他客人。

忙完了一阵，首轮宴席结束，我爹让我和妹妹再去招呼大妈和兰兰。我们里里外外找了一圈，没有看见她们的身影。我爹有点着急，堡子里再找了一圈，还是没有找见。我爹责怪我妈，说没有把大妈和兰兰照顾好，大妈肯定生气走了。我又出去看了下，发现我爹之前说送给大妈的那捆甘蔗不见了，有人说看见她娘俩抬着甘蔗走出了堡子，我爹悬着的心才落下来。

过了两周，我爹又去自留地砍了几根甘蔗，说给小兰送去。

又过了两年，我考取了重点高中二中。我即将入学的二中在西昌老城的东北角，距离河东街二三里，距离我农村老家十多里。开学前，我爹说为了方便走读，把我安排在河东街干哥哥家住，床已经安好了。

树大分权，儿大分家。大爹跟干哥住，大妈跟未成家的小儿子国华哥和幺女兰兰住。

干哥的新房在老屋外面。干哥、干嫂和大女小丽住外间，我到干哥家寄宿挨大爹住里间。

每天我放学回去后，太阳已经落坡，干哥和干嫂还在田间忙碌，大爹却在屋里等我，他说："华华，菜给你留在锅里，给你热起的。"我揭开锅盖，香味扑鼻。锅里不是红烧肉，就是回锅肉，都是在物资匮乏年代难得吃上一回的好菜，我狼吞虎咽。有时大妈也来招呼我。对于大爹大妈的心意，我有点不知所措。暖意上涌，却不知如何致谢，只是"好好好"答应着。

兰兰有时也来串门。但从不和我说话，文静依然，一脸矜持，堂屋转一圈就回老屋，非常奇怪。

我注意到，比起两年前，兰兰又长高了一头，出落得更加清秀，真正的大姑娘了。她还是穿碎花花衣服，仍然干净整洁、素雅利落。我吃了饭去老屋的厨房洗碗，偶尔会碰见兰兰从房间出来。她看我一眼，但照样不招呼我。兰兰不和我说话，我也不敢和她搭讪，洗了碗就匆匆出门。那个年代的人，思想还有点封建，异性同桌而坐，桌子间还要画三八线。

次月，干嫂生二胎小梅，兰兰有时也来帮干嫂抱抱奶娃。

干嫂坐月子，顾不上照顾三岁的大女小丽。小丽在外面耍泥巴，手背皲裂，看着心疼，有几次我带她到老屋厨房舀水洗手，从家中拿了盒防冻的凡士林油膏给小丽擦手。小丽有时也帮干嫂抱抱小妹。三岁小不点抱着褓襁中的奶娃，可爱又温馨。

开学两月后，我在学校找到了住处，搬去了学校。在干哥家住宿的第二个月中旬后，就没有再看见兰兰了。不好意思问。猜测，可能是到外地工作去了。

一九九〇年读完高中，我考取学校分配到异地工作。路途迢迢，很少回老家。来去匆匆，回去也没有联系干哥，直到九八年我爹去世，干哥和国华哥来祭拜时，我们兄弟才算见了一回面。此后，由于想法太多，顾虑重重，我还是没有和干哥联系。等后来准备联系时，河东街又拆迁了。没有干哥家人的联系电话，也不知他们搬去了何处。

记得小时候，我爹经常教育我：做人要滴水之恩，涌泉相报。我年幼无知，当时不明白他话里的深意。我后来稍大点，我妈给我讲了些我爹的事情，我才晓得父亲的孤苦身世、不幸遭遇和贵人帮助。他应该是暗有所指，有感而发。

想到父亲，想到失去联系的父亲的娘家人，心中五味杂陈。

暖阳下游古城

上月从外地去老家，忙碌两日，忙完正事，中午带夫人游古城。

西昌古城位于市区北部。北高南低，东面和南面毗邻宽阔的东河，城墙呈弧形，宛如一把张开的扇子。西昌古称邛都，又称建昌，故西昌古城，也可称建昌古城。

古城尚存南门、东门和北门。

我从未见过西门。以前听母亲说，西门破旧倒塌了半边，早就拆除了，只留下一个叫西门坡的名字，让人遥想。

游古城，必须先到大通门。大通门也就是南门，是网红打卡地。

城门特别。两边的墙面长着数棵高大的黄桷树。枝叶繁茂，盘根错节，十分遒劲。一眼望去，城墙的厚重和生命的勃发相互交融，好看又奇特，禁不住拍照留影。

南门，古时又叫大通门，面向邛海，修建于明洪武年。我们当地人习惯喊南门为城门洞。站在城门洞下，目光越过木屋连连充满烟火气的南街和北街，可远眺北门。

小时候我从城门洞经过，每次都脚步匆匆，眺望洞口锈迹斑斑的铁钉，好奇又惊惧。据说中华人民共和国成立前，附近匪患猖獗。官府剿灭后，斩下土匪头颅装进木笼，高高挂在城门洞顶的铁钉上示众，十分吓人。

现在大通门外的西街商铺，是后来修建的。

史料记载。当年镇守西昌的国民党二十四军刘文辉的侄子刘元璋、刘元琮，担心红军长征路过西昌时顺势夺城，为了保证射界，蛊惑南门外西街商铺老板，自愿烧毁铺子。被浇了汽油的木屋商铺见火立燃，火借风势，四处蔓延。商铺被毁，红军却没有来攻城，绕道继续北上。二刘烧铺的作为，不但让请愿的商铺老板哑巴吃黄连，一夜倾家荡产，还烧毁几千间民房、十几座寺庙和几间回族大院，害得百姓流离失所，怨声载道。

印象中，二十世纪八九十年代前，大通门前馆子和百货铺比比皆是，生意兴隆。尤其有家包子铺，每天购买包子的人排队数十米。他家包子的肉馅新鲜，肥瘦恰当，可口诱人，回头客特多。时光荏苒，包子铺去了哪里？

上城楼的门票很便宜，象征性收费一元钱。

大通门的城楼叫大通楼。上楼有处平台，墙上镌刻着《大通楼碑记》。碑记说：历经磨难，修建于明洪武年间的大通门城楼被毁，残垣倾颓，杂草丛生，蛇鼠出没。有识之士提议，政府安排文管所组织人力物力，于一九九八年开始整修。民众额首称道，各界关心，出谋划策，操持者呕心沥血，工匠日夜施工，文人雅士挥毫泼墨。二〇〇〇年大通门城楼修复竣工。城楼雕梁画栋，重檐斗角，昼显巍峨。站在楼上，可观泸山秀色之景，可揽邛海潋滟风光。碑记最后一句"大通楼雄姿再展，盛世重光，邛笮一大幸事也"尤让人动容。

"邛笮"是古时邛都和大笮的简称，邛指西昌一带，笮指攀枝花盐边一带。西汉时，司马相如受命出使西南夷，设置郡县，攀西地区纳入中央王朝管辖。一九五〇年西昌解放后成立专区，盐边归属西昌专区管辖。一九六五年成立渡口市（现在叫攀枝花）时，盐边又划给渡口。而今，西昌打造邛都文化，盐边宣传大笮文化，两地不谋而合。我出生于"邛"，工作安家于"笮"，在大通楼上看见"邛笮"，怎不令人感慨良多？

城楼刚修好几年，我和家人来参观过，那时还没有建瓮城和整修东边的城墙。

那次上楼，我看见展馆有许多文物，其中有棵摇钱树，十分特别。树为铜质，树高八九十厘米，红斑绿锈，树枝上挂满铜钱。精美的铜钱树，若干年前，不知是谁的玩物？

馆内还展出字画。有几幅书法尤其珍贵，系何绍基的精品。何绍基是清代书法家里的中流砥柱，曾任四川学政，相当于现在的教育厅厅长。作为四川辖区内的教育、科考主官，又是舞文弄墨的著名书法家和诗人，莅临月城，面临古城美景，挥毫泼墨，势在必行。

这次重游古城，却稍显遗憾。没有再见那棵文物摇钱树和何绍基的书法作品，不知道搬去了何处？

城楼的台面开阔。我在上面转了一圈，想起一句戏文：我站在城楼看风景，耳听的城外乱纷纷。

大通门的瓮城前，是一片开阔地。建筑没有拆除前，叫石码子。

石码子，顾名思义，石头堆码成的集市。从前的石码子，人称小香港。西昌虽然地处边陲，但并不闭塞。那时石码子有各种生意。卖百货，搞修补，卖二手自行车，卖走私手表，卖西昌卷烟厂供职工消费的内部烟，弹棉花，出租小说和看小人书……石码子终年人声鼎沸，鱼龙混杂。靠近河边的吊脚楼，开着盖碗茶馆，生意火爆，从早开到晚。城里闲人看报吹牛，农村人摆乡间异事。龙门阵聊半天，盖碗茶喝半日，遇上投缘的，相互给茶钱，花费不多，交个朋友，其乐融融。石码子的坡下有间车床房，地上落满长长的钢丝麻花，进城路过的小孩，喜欢拥挤在门口争相观瞻。遇上干活的师傅心情愉悦，允许进去捡。

石码子顺河而上两百米是新建的东河大桥。东河是季节性河流，冬春干枯见底，夏季汹涌澎湃，浑浊的河水裹挟千斤大石，轰隆隆响彻数百米。一九八五年的一个雨季，河对岸的桥墩突然垮塌，有人说是龙王路过。庞大的身躯无法钻过桥孔，用了蛮力把桥弄断的。

小时候我喜欢看小人书。有年冬天的一个早晨，我去新华书店。太阳刚出来，我从桥上过，见桥墩下院坝里有个壮汉，上身赤裸，哈着热气，在操练关公大刀。明晃晃的刀片舞动，风雨不透，宛如风车，吸引众多路人，站在桥上啧啧称奇。

从大通楼往东走，是一马平川的城墙。青砖白灰，青石铺地，城垛密布。城墙上有两处炮台，巍巍然安放着仿古大炮，让人想起远去的战事。

暖阳下，我和妻子走走停停，停停走走，欣赏城内和城外的风景。妻童心大发放飞心情，多次跳起，让我给她拍飞翔的身影。

完成了拍照工作，我的目光开始移向墙内。

靠近城墙的涌泉街民房已经拆除，亮出了空地和马路，有两道宽阔的台阶上城墙。我想，古时敌人来袭时，城内增援的士兵和战马，应该就是顺着这样的石阶，滴滴答答，马嘶人喊，蜂拥上墙。

站在高大的城墙上，我最想搜寻的是涌泉街中部的一个铁皮门大院。时隔多年，院子还在，是以前的土产公司。记得小时候，我到土产公司卖车前草。一大袋干透的草药，三姊妹两个月的劳动和汗水，仅换来区区三元钱，还被我独自花掉，禁不住汗颜感慨。又想起，八十年代末，土产公司后院，有我二中的刘正道同学，他请我到他家打牙祭，吃过几回香喷喷的回锅肉，又忍不住心生温暖。

墙外的建筑也已撤除，建起了花台和草坪，只保留通往东门的宽阔马路。记得桥头是西昌图书馆。我在西昌二中读书时办过一个借书证，在图书馆借过两本书，一本叫《图哈切夫斯基》，是记录苏联红军元帅图哈切夫斯基的传记；一本是《幕府时代》，是描写日本德川幕府的书籍。也许是为了开阔眼界，这两本记录外国人和外国历史的书籍，我都很喜欢，花了两个月，一字不落读完。

墙下从前的土石马路，现在硬化成了水泥路，有公交车不时开过。而从前的这段马路，是我高中时的"跑道"。学校没有宿舍，我家离二中远，回家不便，父亲安排我到河对面的干哥哥家住。每天上学，我都是背着书包跑步。跑过东街，跑过东河大桥，跑过城墙边的土石路。咬牙一跑，我还跑出了成绩，夺下年级中长跑的冠军。

正当妻子在城墙上感慨，念出"望长城内外……"时，四个弱冠青年从我们身边蹦蹦跳跳，打玩儿而过。他们的手臂刺着花纹。对于刺青，我最早的了解，来自《水浒传》的好汉。比如九纹龙史进、花和尚鲁智深、浪子燕青这三位好汉的身上，就纹满花纹。"好汉"通常爱惹事，我让妻子远离。

终于走到东门，也就是安定门。碰见有对青年穿着红马褂、红旗袍，惬意地坐在台阶上拍古装艺术照。摄影师指挥着"董永"和"七仙女"摆弄姿势，俩人叼着烟杆、相互凝视。突然想起，成都宽窄巷子，也有两个扮铜人陪人拍照挣钱的摆酷家伙。这帮人的行为，会不会从那里舶来？

安定门更加靠河，人少车稀，显得安静。城门、城墙刚整饬完毕，城楼也是新建的。城墙面同样长出一棵枝叶繁茂的黄桷树，宛如凤凰展翅。安定门外也建了瓮城。最前出部分，以前是铁工厂，炼铁的炉子就在城门洞前。冬天路过时，空气里散发着热烘烘的气息，每次都想停下来，靠近炉门烤烤火。

安定门往北可见残存的土城，修缮工作还在继续。有拦索拦着，游客止步。

进门有个小广场，是西昌古城的介绍和导游图，说西昌古城有九街十八巷，跟父亲说得一模一样。导游图标着东林寺和后营巷，距离我的母校西昌二中数百米。巷口的墙壁爬满爬壁藤，墙下有块菜地，巷道里住着居民。远远望去，巷子深处有个塑像，夫人说像观音。面对幽深的巷道，想起一些事情。我想起魏朝阳，他家就住在后营巷内，魏同学以前练硬笔书法，学的是庞中华的字，字形工整就像印刷体，好看得很。我又想起，从前在二中读书时，在后营巷内，有一晚协助学校的保卫（从前叫二排）捉过一位偷教室吊灯的贼。有次为了省路，也从后营巷穿过，看见巷内路边虚掩一道红漆大门。好奇透过门缝，看见里面有个院子，堂屋暗淡，弥漫着香味。以前不知道这屋的名字，看了广场导游图，方知，原来就是父亲给我讲过多次的东林寺。

大水沟往上，通向二中。三十年过去，母校近在咫尺，但我却没有勇气跨进去。人事已非，贸然闯入多半会生喟叹，说不定会坏了今天陪妻子游览古城的兴致。不如留待同学会时和久未谋面的同学一起，感受母校的变迁，拜会昔日的恩师，互道人生五味杂陈。

再往前，来到四排楼（以前叫钟鼓楼），也就是西昌古城的十字街口。往前（向西）是仓街，以前收购粮食的地方；往左（向南）是南街，连接南门，也就是之前赘述的大通门；往右（向北）是北街，通北门（也叫建平门）。

远远眺望，建平门似乎模样依旧，没有大的维修。脚底也痛了，往那个方向又是上坡，不去了，随即打住脚步。

顺着南街看下来，商铺鳞次栉比，木屋古香古色。一辆绿色的公交车自城门洞缓缓开上来。恍惚间，有种穿越时空的感觉。

太阳已经越过头顶，街道半阴半阳，正是拍照的好时光。

第三辑

如烟往事

诸葛土城

我们堡子外面以前有个土城。父亲读过私塾，知晓土城的来历。有一天，他给我讲了一个传说。

三国时，外寇突然来犯蜀国，攻城略地锐不可当，边关告急的文书像雪片般飞来。有位头领听从号令，率领族人随军征战，退敌立下首功。

蜀皇帝欢喜不尽，在金銮殿摆酒设宴，表功嘉奖。酒过三巡，"大风起兮云飞扬，安得猛士兮守四方，威加海内兮归故乡"。他唱了高祖的《大风歌》后，一本正经对立功的头领讲："英雄，朕要重重赏你。高官任你做，好马任你骑。"这位头领耳聋，将"高官任你做"误听为"高山任你住"。住高山算啥重奖？他一脸不悦，心头腹诽。但皇帝金口玉言，不敢不从，赶忙离席跪地大呼："谢陛下赐我高山良马。"此言一出，众大臣听得面面相觑，忍俊不禁，酒水从口中似水枪喷出。皇帝也听得一脸迷雾，摸不着脑壳，转而寻思："看来这家伙喜欢山水不爱做官。罢罢罢，萝卜白菜各人所爱，人各有志顺其自然。"酒足肉饱，头领春风得意，骑着奖赏的良驹宝马，带着族人从此由平原搬去了高山。种荞麦，摘野果，挖山药，弯弓射大雕，标枪扎野兔，日子过得逍遥自在，恬淡自然。

后来有一年，他们的驻地天降大雪，鸟兽冻毙，庄稼绝收，无奈继续南迁来到邛都北山。首领带着一拨人去山下拜见太守，顺便打秋风。杀猪宰羊，摆酒设宴，东道主热情款待。大块吃肉大口喝酒，他们又饕餮了一顿。道别时，太守赠给他们一些腊肉和几十坛香醇美酒。

数月后馈赠美味吃完，有功之人又回到从前。逮野兔、捕山鸡、挖野菜、种洋芋，生活艰难如旧。一天官府来人，通知他们上税交粮。鉴于山民不种粮食，就交点蘑菇、耳子、野兔、山羊皮。肚子尚填不饱，哪还有东西上税？

山下一马平川，麦香稻黄鸡鹅欢，而他们爬坡下坎腿脚软，不时饥寒腹中空。山民愤愤不平了，开始下山抢劫。官兵来征剿，他们就玩拉锯战、麻雀战。邛都官府屡禁不止，征剿多年无果，煞费脑筋。

这年，刚好遇诸葛武侯大军南征。五月渡泸，深入不毛，在雷波县的盘蛇谷一把火烧灭孟获的三万藤甲兵后来此。当地官员向诸葛亮报告恶情，希望他早施妙计，尽快除去匪患。有人还建议最好再来一次火攻或水淹。

烧藤甲兵的那把烈焰大火，虽是一场酣畅淋漓的剿灭，更是一场惨绝人寰的杀戮。事情已经过去两月，诸葛亮每晚一闭上眼睛，脑海中就会跳出那些在火焰中翻滚的肉体和鬼哭狼嚎的叫声，凄惨的情景让他后悔不已。他想，这种人间悲剧绝不能再演。于是悲天悯人的诸葛亮决定不动干戈，派人通知头领来谈判。

诸葛亮对头领说道："尔等也曾公忠护国，青史留名，为何山上住了几年，就受不了苦寒，跑来平原鸡鸣狗盗？"

头领没想到诸葛武侯会如此发问，顿时语塞。"立功受苦寒，无功享清福，我们费尽心机才狩猎了点塞牙缝的东西，还要上供，实在没有道理！"头领想起过往，忍不住鼻子一酸，老泪纵横，大倒苦水。

"社会不公，但也不能作为尔等居功自傲违法乱纪的口实。既然选择了高山流水，就不要后悔。昔日英雄今日沦为强盗，岂不为天下人耻笑？你们生活条件虽苦，但天天睁眼看美景，闭目听蝉鸣，喝清泉，吃野菜，少污染，遥望蓝天白云，俯瞰青山大地，天人合一，长命百岁，还想咋样？"诸葛亮语重心长对他们进行一番谆谆教诲。说得头领无地自容，答应不再抢劫。他扭头又一想，山上的确不如田坝安逸，既然是谈判，势必要提点条件，不然就这样拱手臣服，对不起族人，对不起兄弟。于是头领要求：住到山下，和坝子里的村民交换住地。

更改家园，交换住地，坝上的居民不可能答应，诸葛亮一口回绝。头领还不死心，提议打赌。他说道："传说先生上知天文下知地理，可谓无所不能。你若能一宿建一座城池，我部对山下从此秋毫不犯。不然，就请山下的村民和我们交换，我们吃大米，他们去狩猎。"

诸葛亮望了望出难题的头领，略一沉吟，微微一笑，鹅毛扇一指，说道："建一座城池于我还不容易？"

头领一听，脸色一变，问道："此话当真？"

　　诸葛亮正色答道："君子一言，驷马难追。"他们各自折箭为誓。当地官员脸色突变，暗暗心惊，一宿造一座城池谈何容易？瞧诸葛亮胸有成竹的样子又不像心血来潮，且诸葛亮是神人，官员们也不便掺言反对。

　　头领狐疑离去，诸葛亮紧锣密鼓安排工作。他号令周边的村民和大军全员出动。灯笼火把恍如白昼，通宵达旦马驮牛拉、肩挑手端。一个晚上，人们硬是用锄头、背篼、竹筐、挡板、石碾，在田坝筑起一座一丈高的土城墙。

　　头领心服口服愿赌服输，规规矩矩遵守诺言。鉴于山民居住条件的确不如田坝，诸葛亮给他们定下了免除赋税的规定。

　　为了纪念这件功德圆满的大事，诸葛亮和头领分别在土墙外种下一棵柏树，把这座土城叫诸葛土城。

　　后来土城里建起堡子，唤作诸葛堡子。

　　寒来暑往，春去秋来，诸葛城墙已被悠悠岁月削平，只剩下几处残垣断壁。而断壁外的那两棵柏树，历经千年，仍枝叶繁茂，苍劲挺拔。

母亲的哭声

　　我对盐源卫城既陌生又熟悉。陌生的是：卫城距离我出生地诸葛堡子一百多公里，交通不便路途迢迢不常走动，记忆里，年过半百，我也仅仅去过两回。熟悉的是：卫城不但是我姥奶的出生地，还有家未出五服的陈姓亲戚住在那里，他们是我母亲的娘家人。祖上排上来，母亲娘家共三房人。母亲家是长房，一队祖婆婆家是二房，而远在卫城的亲戚是幺房（幺房爷爷多年前已去世，他也是中华人民共和国成立前去的卫城，跑马帮在那里安的家）。

　　关于母亲的祖上，说起来话长。

　　二十世纪四十年代，雨水渐丰的一天下午，太阳已经西沉，我的外曾祖父和外曾祖母还在卫城的河边劳作，给地主的秧田薅草。

　　劳碌了半天，外曾祖母直起腰来，抹了一把额头的汗水，摘下宽边草帽当扇子摇。这时，她看见一个后生行色匆匆，赶着一匹托满货物的骡子，沿着小路向桥边急急而行。

　　木板桥年久失修突然断裂，后生和骡子扑通落水。后生是个旱鸭子不会凫水，手忙脚乱差点被呛晕。情急之间一把抓住河边漂浮的柳树根，而货物和骡子转眼被滔滔河水冲走了。

　　突发事故恰好被我外曾祖母发现，她着急，但小脚跑不快，让我外曾祖父赶紧去救人。

　　后生得救了，醒来时哭得一塌糊涂。救命恩人带他回家，给他熬粥、烧火、烘烤衣服。他坐在火塘边，喝下稀粥，恢复元气。说老家在月城的诸葛堡子，亲人已经病故。盐源产盐，他随马帮出来驮盐到西昌卖。马帮住在卫城客栈，他赶骡子出来，售卖从月城带来的货物。外曾祖父长叹一口气。外曾祖母看后生浓眉大眼俊俊朗朗，问他有无对象，后生摇摇头。外曾祖母笑着给外曾祖父使眼色，外曾祖父心领神会，微微一笑点点头。外曾祖母柔声劝后生：马帮风餐露宿，山高水远，狼虫虎豹出没，土匪打劫危险。小伙子，你不如留下来，我把闺女许配给你，意下如何？虽然我们只能吃糠咽菜，但总比你在外提心吊胆强。

封建社会时，未出阁的姑娘是不能随便见生人的。我姥奶躲在屋里纳鞋底，从门缝偷看细听。听见父母的话语，立时脸上泛红。

后生听从恩人的安排，也没有走媒妁之言，也没有交纳定亲彩礼，和姑娘拜堂成亲。就这样，后生成了我的姥爷。

姥爷勤快，又有生意头脑，外曾祖母拿出压箱子的几个银圆给他做本钱。姥爷收购村里的羊皮、狗皮、草鞋、筲箕、箩筐到集市卖，回来时带上针线、发簪、手帕、镜子、烟袋、肚兜等物件在附近几个村庄卖，靠着这份小本生意，日子不咸不淡过着。

那年月医疗水平落后，尤其是山区农村，生了病就很危险。姥爷姥奶成婚后不久，外曾祖父和外曾祖母相继染病不幸辞世。

过了一阵，姥爷和姥奶商量，想回月城老家诸葛堡子生活，他提前回去做点生意，打好基础再来接姥奶。

姥爷走后几个月，姥奶生下了我的大姨。又等了几个月，姥奶还是不见姥爷的身影，姥奶着急了，难道是姥爷变了心，难道是姥爷出了意外？姥奶不犹豫了，准备来诸葛堡子找姥爷。那时匪患严重，盐源到西昌途中，经常有强人出没。姥奶不顾旁人劝，变卖了家产，背着娃娃，跟随马帮翻山越岭。走了两天，在小高山上，马帮遭遇了土匪拦路抢劫，姥奶的细软和衣服被抢光。姥奶受了惊吓，娃娃遭了雨淋。在那个凄风苦雨的秋天，我的大姨受了风寒不幸夭折了。山上有家好心人送了姥奶一套遮蔽身体的衣衫。无论幼时还是壮年，我都难以想象：缠过足的姥奶是如何蹒跚着小脚穿越深沟峡谷？如何翻过莽莽高山？如何步行了上百公里的山路？无论如何，峡谷的风、山巅的雪、路上的狼虫虎豹最终没能挡住她寻夫的脚步。万苦艰辛含着泪水，姥奶走了一周终于抵达月城，找到诸葛堡子，找到我的姥爷，开启了新的生活。

有天姥爷家来了一位客人，他是当初带姥爷跑马帮的马锅头。大哥上门，兄弟不能怠慢。姥爷煮了家中唯一的一块腊肉，再炒上一碟花生米给他佐酒。

酒过三巡，马锅头见姥爷家徒四壁，冒着酒气红着眼睛问姥爷："堡子里抽大烟的人多不多？"

那时四川抽大烟蔚然成风，我们老家诸葛堡子也盛行。姥爷告诉马锅头，抽大烟的当然多了，地主老财抽，富农也抽。马锅头又问："其他的堡子呢？"姥爷说差不多吧。马锅头问附近堡子多不多，姥爷说有七八个。

马锅头听说周边的堡子众多，眉开眼笑，说要给姥爷指一条发财的康庄大道。他说城里的烟馆家家红火处处火爆，他有个亲戚在省城雅安做这门生意，一本万利日进斗金，两三个年头，他家就发财致富，宽房大屋穿金戴银。这桩生意，打着灯笼都难找。姥爷说他生活都困难，哪有钱开烟馆？马锅头说，那回我姥爷放单就出事，他过意不去，几年了胸中一直挂念。现在看我姥爷家贫如洗，他想救济，让姥爷和他联手，在我们堡子开个烟馆。他出本钱负责供货，我姥爷负责管理，五五分成。

马锅头掏心窝子的话打动了姥爷。于是姥爷和马锅头紧锣密鼓在堡子里租下了几间房屋，买来烟枪，布置上烟床，干起了做梦都没想过的鸦片烟馆生意。

靠着马锅头从盐源带来的烟膏，他们烟馆的生意日渐红火。

姥爷发财了，在我们堡子开始买地建房兴土木。四合院建了一套，二层的正三间大瓦房盖了十间。姥爷成了大户人家。

姥爷开烟馆少不了在云山雾罩中穿来穿去，向客人推荐成色好坏和口感，他也抽上了飘飘欲仙的大烟。姥奶在香喷喷的烟馆中进进出出也染上了烟瘾。这个时候，我的母亲出世了。

有一天，几个国民党双枪兵走进姥爷的烟馆。姥爷不敢怠慢，连忙起身，和颜悦色把他们招待进去，免费伺候上等大烟。

这帮兵痞吞云吐雾过足精神后，开口向姥爷索要烟膏。他们说他们在前线流血打仗而姥爷在后方发财，他们每月两块大洋，而姥爷一天一两银子，他们吃亏太大要求姥爷给他们补偿，大洋、银子、票子就不要了，拿银子最后还是要去换大烟，麻烦，一事不烦二主，直接要大烟膏。

狮子大开口，每人两砖，这不是要让姥爷倾家荡产？他小心翼翼说："兵爷，不开玩笑，本店小本生意。""小本生意？你房间里撒花椒——麻鬼？"兵痞们阴笑起来，然后把乌黑光亮的枪管指着姥爷瘦弱的胸膛，凶神恶煞地吼道："你给不给？老子们没有工夫跟你磨嘴皮。"姥爷战战兢兢，苦着脸被他们押着走进里间。这是寒冷的数九天，姥爷一把把冷汗冒出来，哆嗦着被烟火熏黄的手指拉开装大烟的抽屉。被勒索走的烟膏，足够他们抽上一年。

兵痞刚走，税警又来。收税的警察让姥爷缴纳一千个大洋，否则查封烟馆。姥爷哪有那么多钱缴纳税款？他被抓进国民党的监狱关押。受了惊吓和严重折财，姥爷一病不起，病死狱中，时年不到三十。

烟馆关了，但姥奶也染上了烟瘾。为了烧烟，她开始变卖家产，卖掉了四合院和大瓦房，只剩下一间小小的老屋，容母女俩避雨遮风。

烧大烟的姥奶烟瘾发作，也就顾不上我嗷嗷待哺的母亲了。母亲饥饿，在襁褓中哇哇啼哭。母亲的祖上排大房，住在隔壁的亲戚曾祖婆婆和祖婆婆祖上排二房，她们于心不忍，用围裙把我母亲裹着带过去，熬粥喂养。

中华人民共和国成立后我姥奶响应政府号召，戒了大烟改抽兰花烟。姥奶去世时我还不满四岁，她的模样，我一点都想不起。

几十年过去，当我开始懂事时，亲戚祖婆婆向我诉说过我母亲家的家史，母亲也数次向我讲述过姥奶在小高山被抢劫的事情。想起祖上复杂的过往，我就禁不住心潮起伏，不胜唏嘘。

父亲腿上的疤

有天父亲坐在门口抽旱烟。他卷起裤管，我突然发现他右脚的小腿肚上赫然有个铜钱般大的伤疤，我问父亲原因。父亲说是枪伤。他抽了几口兰花烟，慢悠悠向我讲述起关于枪伤的由来。

我爷爷的老家在遂宁蓬溪。成年后被国民党抓壮丁，抓去当随军的挑夫。爷爷跟着国民党军，挑着沉重的担子翻山越岭，吃尽苦头，来到凉山地盘。在一个风雨交加的晚上，爷爷趁卫兵放松警惕半夜偷跑出来，顺着安宁河一直往下走。走到天亮时筋疲力尽，饥寒交迫，晕倒在月城的东街，也就是我奶奶家的门口。奶奶的父亲，我曾祖父薛老大人发善心收容了他。

我曾祖母早已生病过世，给曾祖父留下两个女儿。爷爷来到奶奶家，早晚帮挑水、劈柴、种菜。小伙子勤快，大女儿又待嫁，年轻人两情相悦，我的曾祖父就招落难青年做了女婿。

两年后我父亲出世。后继有人，曾祖父欢喜，在院里摆上八仙大桌九大碗，和亲朋好友开怀畅饮。曾祖父喝醉，晚上受了风寒，第二天就没有起来。

父亲还是垂髫少年时，爷爷生病意外去世。安葬了爷爷，奶奶在河东街开了一家汤圆店，起早摸黑挣钱。把父亲送去学堂念国文，学算术，打算盘。父亲聪慧，从初小念到高小，年年优等生，欢喜得奶奶眼眶盈泪。

时光荏苒，父亲在奶奶的呵护下长成英姿少年。

一九五〇年三月，西昌战役，解放军摧枯拉朽，国民党的残兵败将不堪一击。还未作战，总指挥胡宗南和贺国光就提前坐飞机自西昌青山机场逃往海南岛。树倒猢狲散，结果一边倒，没放几枪就打白旗。双方几乎没有伤亡，建筑也没有被破坏，所以，西昌有和平解放一说。

攻下西昌城的当晚，解放军没有惊扰老百姓。春寒料峭，他们打开被盖卷，数千人整整齐齐露宿在城外的街沿上，第二天才正式入城进驻。父亲和奶奶举着小红旗，在古老的大通门城墙根下，热烈欢迎雄赳赳气昂昂的解放军。现场锣鼓喧天，炮仗齐鸣，看得父亲热血沸腾。他虚报了两岁，和几个同学偷偷跑去报名参军。娃娃们的计划被一个同学的父亲发现，向我奶奶告密。

部队集合的号子吹响，父亲却出不了门。奶奶把他锁在二楼的房间，父亲心急如焚，在屋内着急跺脚，把木板门敲得震天价响，他大声呼喊："开门呀，娘，我要参军。"奶奶对父亲的诉求无动于衷，端条板凳坐在门口把守着。她说："娃呀，我们孤儿寡母的，你走了我咋办？"

过了半年，国际风云变幻，朝鲜战争爆发，我国开始抗美援朝。隐藏在西昌地区的特务乘机煽动袍哥大爷、舵把子、兵痞闹事，上山当土匪，下山杀人越货，气焰嚣张，闹得人心惶惶。比如我们县城，就曾被土匪围攻，我们周边的几个堡子一度也被土匪占据。抛头颅洒热血，万苦艰辛刚刚建立的红色政权，岂容土匪颠覆？为了稳定凉山局面，给老百姓安宁，让部队早日赴朝作战，军分区决定尽快剿匪。部队来自外地，剿匪需要民兵配合。父亲没能当成解放军，他又去报名参加基干民兵。父亲在武装部训练场参加集训，练习打枪和刺杀。一周刚结束，他就迫不及待，主动请缨跟随小分队上山侦查，寻找土匪。

这天黄昏，小分队在牦牛山上的一个山洞附近，发现了一股土匪的踪影。土匪刚抢劫归来，乌泱泱黑压压一片，正在坝子里分享抢劫来的财物，烧火架锅，宰鸡杀羊。队长和其他人继续监视，让父亲回去搬兵。为了赶时间，父亲抄小路，翻越山梁。

这是秋天的一个下午，晴朗的天空突然变得彤红，天际边出现难得一见的奇幻云彩，一会儿像老虎，一会儿似野兔……火烧云烧红了半边天。

十万火急，军令在身，父亲不敢留恋天空的神奇。一路上连走带跑，加快报信的步伐。山风拂过头顶，松树发出沙沙的响声，四周开始虫叫蛙鸣，有点吓人。山梁上遍布茅草，两边山崖兀立，一眼望不到底。父亲小心翼翼行走，用马刀斩断荆棘开路。

他突然听到前面传来一阵窸窸窣窣的声音，走上前去看见山梁上横卧着一条蟒蛇。蟒蛇短凸的尾巴隐在草丛，绿莹莹的眼睛盯着父亲，龇牙咧嘴，吐着赤红吓人的蛇信。

左边是悬崖，右边是峭壁，无路可绕，军情紧急不能走回头路。我父亲当时还很年轻，只有十六岁，他又急又怕，冷汗淋淋。父亲手握钢刀死死盯着恐怖的蟒蛇，和它对峙起来。

　　钢刀晃动，突然闪过一道耀眼的光芒。父亲急中生智，继续晃动刀片吸引蟒蛇的眼睛，然后矮下身子捡起一个石头，砸向蟒蛇的腰杆。长虫疼痛扭头看后面。父亲抓住战机一个箭步冲上去，挥起马刀狠狠砍断蟒蛇的脖颈。蟒蛇的脑袋滚下左边的峭壁，长长的身躯落下右边的悬崖。

　　打着松明火把，未成年的父亲又走了两个小时。终于在半夜艰难到达河西兵站，搬来解放军，秋风扫落叶，消灭了土匪。

　　后来，父亲又参加了一次剿匪行动。战斗结束后才发现腿上挂了彩，幸好伤无大碍。一颗流弹擦伤了右脚的小腿肚，留下一个铜钱大的疤痕。

　　这块不起眼的伤疤，隐匿着父亲悲凉的身世及一段光荣的经历，倘若我没有发现，他这辈子可能都不会对我讲。不知晓先人的过往，该是一件多么大的憾事！

米粉坊

从前西昌城边的东街附近有个蔬菜生产队，队上有个生产米线的米粉坊。

米粉坊的房间很高大，正三间，七八米高，土木结构，盖青瓦。

小时候，我跟母亲去买过米粉。有两口大锅安放在堂屋的灶台上。锅内正在煮大米，有个大叔正站在灶台的边沿上，大汗淋漓，赤裸着上身，穿着黑色的橡胶防水服，双手握着一把一米多长的锅铲，费力地翻动锅中上百斤大米。灶孔火光熊熊，锅口云遮雾罩，看不清大叔的脸。母亲跟大叔打了一个招呼，喊我叫他王伯伯。

母亲告诉我，王伯伯是她和我父亲的婚姻介绍人。母亲又指了指粉坊左边门口的一间屋子，说那是我父亲的。这里竟然曾经是父亲的家园，我感到奇怪。回家的路上，母亲才向我打开父亲尘封的往事。

一九六〇年，为了增收，父亲的生产队成立米粉坊。粉坊就设在父亲住的四合院内，也就是刚才我们去的那个地方。

米粉坊张贴启事招聘会计。父亲有文化又学过打算盘，正愁无用武之地。启事刚贴出来，他就迫不及待去找队长。队长告诉他莫着急，要择优录用，让他耐心等候。

应聘会计，前后共有四人报名，除了父亲，另外还有两个青年和一个老者。青年跟父亲年纪相仿，是父亲小学的同窗；老者是以前东街财主家的账房先生。队长不准账房先生应聘，拉下脸批评。说老先生一把年纪了该去养老，莫跟年轻娃娃抢饭碗，再说财主家也莫少给他钱，未必他家还缺吃少穿？队长的话呛得账房先生晕头转向无言以对，气得吹胡须瞪眼睛好不郁闷，转身抬腿就要离开。队长又说：先生莫慌，我还有话要说。账房先生转过身来背剪双手，瞪了队长一眼，一脸不悦，狐疑问他还有啥事，队长不开玩笑了，一本正经说道：你是先生，我不懂算盘，娃娃们的比赛，请你当裁判？账房先生沉吟一会儿，脸色终于阴转晴，点头说："这还像话！比赛时间？地点？"

院子里的柳树和桃树次第开花。比赛这天，金丝挂柳，桃树吐霞，明媚的阳光穿过天井，照耀着米粉坊，照耀着赛手和围观的群众。粉坊簇拥着比赛的三个青年、生产队长、当裁判的账房先生和兴致盎然围观的几十个社员。父亲坐在比赛的长桌前，心情愉悦又忐忑不安。

队长宣布比赛由账房先生主持。账房先生点点头走到前面。他说："娃娃们，你们听好了！今天比赛不打练习算盘的基本功——九盘清，也不让你们死背硬记珠算口诀。你们就来实战，直接打账簿。比赛的账簿是以前财主家的，账是我记的。账本上的合计数和累计数，我用墨水涂抹了，数字我已经抄下来了。你们的比赛时间是一炷香，我喊打你们就打，喊停你们就停，谁打得最快最准，谁就赢。"

账房先生给每个选手发了一本增减记账法的账簿，账簿上工工整整写满了阿拉伯数字。他在桌子正中间放了一个装满沙子的土碗，点燃一支既提神醒脑又计时的檀香，把檀香插在碗中，再端来根板凳坐在桌前。账房先生山羊胡须一翘，提起苍老的声音喊道：打。于是粉坊里立马响起悦耳的算盘拨珠子噼噼啪啪声和紧张的翻动账页沙沙声。当檀香不再冒烟，香灰不再发红的时候，比赛也就结束了。老先生复核了三位比赛青年提供的数据后，走到父亲面前，拉起他的手，扬声说道：你胜！

父亲如愿以偿当上会计，奶奶的脸上洋溢着笑容，流下幸福的眼泪。好日子刚过几年，奶奶就染病去世。村民帮父亲把奶奶安葬在北山。父亲跪在奶奶墓前，泣不成声：子欲养而亲不待！

父亲当了几年会计，转眼就成年了。男大当婚，女大当嫁，父亲该成家了。父亲是孤儿又不富裕，哪个闺女愿意嫁呢？

姥奶她老人家是中华人民共和国成立前的人，用布条裹过小脚走不得路。姥奶喜欢吃粉，经常喊母亲陪她去米粉坊购买。

那个时候，母亲穿着花棉袄梳着大辫子。

结账的会计是个小伙子，也就是后来我的父亲。母亲看他眉清目秀，精精神神的，不由得多看了几眼。父亲也看了母亲一眼，脸红了，不言不语低下头去。

王大伯，也就是刚才裸着上身穿黑色橡胶防水服的大叔，那天也在作坊做粉条。他刚好看到母亲看父亲的表情。母亲刚刚走开，他就悄悄走过去对父亲说："兄弟，那姑娘看上你了！"

王大伯是我父亲的发小，跟父亲情同手足。他对父亲的婚事很关心。但父亲以为王大伯这回是调侃，就说："大哥你瞎说！"

王大伯说："大哥是过来人，骗你做啥？你也老大不小该成个家了。我看这姑娘蛮机灵的，对母亲也孝顺。"

父亲说："是有点机灵，眼珠子骨碌碌地转，进门来就喊这个叔叔喊那个伯伯。"

王大伯说："这样说你也喜欢了？"

父亲默不作声了。王大伯说："喜欢就喜欢嘛！看你大姑娘样扭扭捏捏的不痛快。"

父亲摇头皱眉说："你看我这囊中羞涩，拿啥成家？""古人说成家立业，成家在前立业在后嘛。我看这姑娘与你般配，你天庭长一颗痣，她也长一颗，这不是天生一对？"王大伯振振有词，给父亲打气。

王大伯见父亲不反对，于是去跟姥奶打招呼，攀谈起来。

王大伯问："嬢嬢，这是你闺女呀？"

姥奶点点头说："是我闺女。"然后揉了揉被旧社会棉布裹过的小脚，她的脚趾走疼了。

王大伯又问："家里还有啥人呢？"

"没有人了，就我母女俩，她爹死得早。"姥奶边抽兰花烟边说。

王大伯看了母亲一眼，又问："丫头说亲没呢？"

"说啥亲？不说亲。"姥奶摇头说。

大姑娘到谈婚论嫁的年龄但不说亲，王大伯奇怪起来。

姥奶解释她要招个女婿。

招女婿，这不是现成就有一个吗？王大伯一阵窃喜，故意问姥奶招到了吗？

姥奶白了王大伯一眼，说："大侄子，你这不是明知故问？招到女婿，跑路买米粉还用我娘俩大老远跑腿？"

王大伯讪讪一笑，转身走开了。

过了一阵，母亲和姥奶又去买米粉。王大伯把姥奶喊到旁边，说准备给她介绍个女婿。

姥奶问哪里的？王大伯指了指坐在柜台前正在记账的父亲，说：就是那个小伙子，我们粉坊的会计。

姥奶看了父亲一眼，说不错，后生精精神神的。

王大伯说：嬢嬢，我看你丫头也喜欢呢，来回眼神都落在会计的身上。

姥奶点点头，问后生家啥情况？

王大伯说：造孽哎，孤身一人，他爹死得早，母亲几年前也去世了。

姥奶叹了一气，怜悯起来。又问他姓啥呢？王大伯告诉她，姓廖。姥奶念出一句：阿弥托福！天意！原来是本家！不是那个人，不进我家门。

于是，王大伯就当月老，牵了母亲和父亲的红线，让父亲做了姥奶的乘龙快婿，住到诸葛堡子。

隔三岔五，父亲下班回去时，不忘带上两斤米粉孝敬姥奶。姥奶更加欢喜了，把父亲视同己出，当亲生儿子待。

勒紧裤腰带

小时候，我们堡子的一些老人，经常会脸露悲戚，目含泪水，坐在屋子外面的石凳上，给我一般大的娃娃忆苦思甜。

一九五一年土改后分给村民耕种了几年的土地，在一九五八年又被收回村上统一管理，实行农业集体化。乡上成立公社，村上成立大队，组上成立小队。小队兴办公共食堂、幼儿园、托儿所。

我们队上的幼儿园办在堡子中间，是间五十平方米的房屋。幼儿园撤销后，这间房屋改作生产队的办公室。后来土地包产到户时卖给了我家做粮仓。

生产队长的哨子一响，社员就集体出工，田间地头哨子再一响，大家又集体收工。每天日出而作日落而息。为了提高劳动效率，节省做饭时间，社员们都到生产队开办的公共食堂吃饭，吃大锅饭。

公共食堂设在晒场边的大屋子。配备了两个厨师，一个是队上以前给地主家主厨的王师傅，一个是晒场边的李家媳妇。堂屋内摆着十多张八仙桌。开始的伙食相当丰盛。每天三菜一汤，有肉有蔬菜。早上稀饭、馒头、包子、花卷、咸菜，中午鸡蛋炒番茄、凉拌三丝、回锅肉、白菜汤，下午宫保鸡丁、炖萝卜、鱼香茄子。顿顿菜不同，天天换花样，隔三岔五还要来顿水煮肉片、红烧肉、萝卜炖鸭。可口的菜肴让社员吃得舒心，大喊过瘾。"吃饭不要钱，老少尽开颜；劳动更积极，幸福万万年。"社员们唱着赞歌，在大食堂敞开肚皮。

王大厨有次生病卧床，由帮厨的李家媳妇亲自掌厨。李家媳妇味蕾有问题，不是盐重，就是味淡，社员不满意，倒饭倒菜，还有人开骂，要求换厨师。

食堂养猪也养鸡鸭。晒场上有猪七八头，鸡鸭几百只。食堂吃剩的饭菜，正好便宜猪鸡鸭的嘴巴。猪鸡鸭长肥壮，又宰杀给人享受。生活的美好让社员心情愉悦、幸福无比。

正当麦苗拔节生长，需要雨水浇灌的时候，老天爷却不施甘霖。整整两个月，每天明晃晃的太阳火辣辣地照耀大地。河水干涸，麦苗打蔫，苞谷叶黄，红薯藤焦干，庄稼大量减产，不到正常年份的一半。第二年夏天，龙王爷又跟人作对，雨水又瓢泼一样下落，低洼的地方一片汪洋，扬花的禾苗又遭殃。

粮食产量再度锐减，大食堂开不下去，垮了。社员们开始饿肚子。吃不饱无气力懒得劳动，恶性循环，田地开始荒废了。大家面黄肌瘦，口水直流，走路能被一阵风吹倒。为了果腹，众人只得逮耗子、挖野菜、剥树皮。饥饿导致身体水肿，一按就是一个深窝。三年饿死不少人。活人都半死不活，哪还有工夫把死人好好安葬？活人把死人用烂席子一裹，拖到堡子外面的荒地，随便挖个浅坑，草草掩埋了。

听说冕宁县一座山上有种白色的观音土可以吃，我姥奶和几个社员也去背。披星戴月，来回三天脚背走肿，背回一背篼观音土。她把观音土用碓窝舂碎，淘洗干净，加上少许小麦面和匀，捏成馍馍蒸来充饥。观音土虽然吃在嘴里有点糯糯的感觉，但土毕竟不是粮食，也只能暂时抵挡饥饿的感觉。观音土毕竟是土，土哪能消化？吃了几天，大便排不出，腹胀难受，不敢再吃。

耕地的水牛是生产队最重要的劳动工具，是社员的宝贝疙瘩，不但不能宰杀，反而，无论社员的肚皮如何饥肠辘辘，还要勒紧裤腰带，首先保证耕牛的口粮。

写到这里，我不得不专门说说"勒紧裤腰带"。这个用语，是诸葛堡子活下来的人的口头禅，是他们战胜困难的法宝！以后凡是遇到困难时，就会安慰自己或他人：勒紧裤腰带，啥难关都能渡过。

每天靠着从耕牛嘴里抠出来的一把粮食，我姥奶家对面放牛的包爷也没有饿死。有时还帮衬姥奶和我母亲一把。三年自然灾害人口锐减，家庭残破。政府提倡社员建立组合家庭，对门孤身的包爷和我姥奶也去公社扯了结婚证。

三年困难时期终于艰难熬过，活下来的社员眼睛噙泪，祝福他人，也祝福自己。

逼出来的手艺

父亲被扫地出门，被迫离开月城边的蔬菜生产队，愁云惨淡来到母亲住的诸葛堡子。今后的日子如何熬过？好多天晚上，他彻夜未眠，冥思苦想。

诸葛堡子地势低洼，就像一个舂米的碓窝，雨水过大时常积水成涝。因此，三年自然灾害的最后一年，许多土房在洪水的浸泡下相继倒塌了。房屋亟待重盖，但土匠师傅缺乏，工程量大忙不过来。

天不绝人。父亲有天早上想到这里，眼明心亮了，兴奋起来。天一亮就翻身起床，去找光谱叔商量。光谱叔是退伍的解放军，参加过盐源县卫城罗家村剿匪战役。父亲当过民兵也参加过剿匪，他俩志同道合，是知心朋友。

父亲说，堡子的老土匠不是衰老，就是饿死，许多房屋需要重建，建议学学手艺，成立个土匠组。

光谱叔告诉父亲，心急吃不了热汤圆。土匠手艺不是短期能学会的。他观察过砌土砖，技术不难，之前跟人学过两天，不如先干砌土砖的活。听人劝吃饱饭。父亲问切土砖需要几人，光谱叔说要四个。掌铲子要一个，切刀要一个，拉铲子要两个。

晚上，光谱叔和我父亲又去找了两个要好的村民。

第二天，他们四个翻箱倒柜凑到三十块钱，兴冲冲到高家堡子铁匠堡请铁匠打造铲刀、切刀、划刀、量叉。他们把新打的刀具磨出锋口，把铲刀和划刀绷上麻绳，套上手把和拉棒。一串炮仗响起，诸葛堡子切土砖的队伍宣告成立。

打仗练兵，砍柴磨刀。堡子头上有一坝空田，父亲他们几个在那里操练。

他们先抬来高大的石头碾子，把田土来回碾实。下刀从田角开始。光谱大叔掌铲和掌划刀，另外两个大叔拉绳。划刀就像现在可以站立的袖珍电动车。踏板下安装着划土的月牙状弯刀，踏板侧装着测距的直角铁板。划刀插入土里，直角铁板的底部卡在土边，土砖的宽度就被固定下来。

光谱叔站在划刀踏板上，双手撑着把手。大叔俩面对光谱叔，并排站立，双手正握着拉绳上的木棒，身子直挺挺往后仰。扑哧、扑哧，划刀没入土中，剖出一道深痕。

轮到父亲上场。他拎着圆规样的叉子，拧动着叉尖，在划好的深痕边戳出一尺长相等距离的洞眼。放下量叉，父亲又拿起鲁智深用的禅杖样的切刀，与土缝垂直而站，对准戳好的洞眼，抬起一脚，使劲踩向刀背。扑哧一声，刀刃没入泥中，切断土块。如法炮制，一刀一刀切下来，挨着从田埂的这头一直切至那头。

父亲长年累月踩刀背，脚掌生疼。布鞋和胶鞋也不经用，两三个月就踩断一双，心疼胜过脚疼。有天，队上一位在养路队上班的大叔回来，穿着一双又厚又重的翻皮劳保鞋，在碎石路上走来走去。他走得肆无忌惮，踩得脚底嘎吱嘎吱响，吸引了父亲的目光。父亲看见大叔脚上的劳保鞋，豁然开朗，心情愉悦了。第二天就兴冲冲进城，去劳保商场买了一双，请城门洞边的修鞋匠把鞋底钉上铁板。有了加装铁板的劳保鞋，父亲果然得心应手，踩刀不费劲，一双穿几年。

最后的工序，叫翻铲。

铲刀光滑平整，刀口锋利，大小同土砖，刀尾焊着一米多长的马头把。光谱叔把铲刀掌平，对准田土的下部。两位大叔在前面拉绳，突然发力，铲刀一声闷响，钻进土里。拉绳再次突然绷紧，铲刀带着土砖脱离地面，悬停在空中。拉绳轻甩，铲子扭动，土砖哐当一声翻转，倒在一边。

父亲除了使用量叉和切刀，也要帮光谱叔他们扛铲刀和划刀。从终点扛回起点，来来回回，往复循环。从早晨走到黄昏，每天数十公里。

劲用小切不透，铲刀浅土砖薄，深了难看又费劲，切土砖的技术不好学。他们没有打退堂鼓，继续操练着。一个月后，终于配合默契，技术娴熟，把土砖切得又快又好。本堡子切了一年，名声在外，外村的建房户也纷纷找上门来。

小时候，父亲和其他三位伯伯只要在寨子周边切土砖，我有空就要去观瞻。我喜欢看奇特的刀具被黏性的泥土打磨得铮亮，我喜欢看光滑闪亮的土砖在田间齐刷刷排列。我不但欣赏刀具，也帮父亲搬运。切刀轻，我就扛；

铲刀重，我就拖。从这头拖到那头，泥田的表面被拖出一条光滑的痕迹。

过了几年，我四妹和五妹相继出世，我们堡子里的娃娃也纷纷降临。添丁加口，家长们的压力也随之跟来。靠这点收入，生活依旧艰难。父亲和其他三位伯伯又开始寻找其他出路。他们给泥土匠当小工、打下手、和稀泥、递土砖，拜师父学手艺，忙得不可开交。

世间的许多技术如同艺术，相融相通，相互转换。比如书画不分家，切土砖和盖房屋也一样。

半年过后，父亲他们几个长辈又掌握了泥水匠的技术。墙体切得横平竖直，墙面抹得光滑平整，可以出师了。

队上农闲的时候，只要没有雨水的早晨，我第一觉睡醒，总能听见窗外有人在低低地呼唤父亲。父亲答应一声，很快起床，在天井边洗脸刷牙，然后吱呀一声开门又关上，笃笃笃的脚步声就逐渐远去。四周又恢复寂静，隔了很久才听见公鸡打鸣。晚上掌灯的时候，才又看见父亲疲惫的身影。

除了切土砖当泥水匠，我父亲和光谱叔他们还做挂面。我不知道，也没有问过父亲，他们的手艺是否是自学的。

挂面机是手摇的机器，生产队买的，父亲他们只是挣工分。挂面坊在下晒场。晒场地方宽，方便晾晒。挂面机就像一个铁风箱，只是下部多装了压面的链板。两个人摇把，一个装面，一个剪面条，分工合作，效率很高。半自动做挂面是累人的活，摇把的人不轻松，剪面条的人也不能松懈，需要眼疾手快。沉重的大齿轮带动面板的小齿轮，发出嘎嘎嘎的声响。面皮从链板头钻出，被划刀划成根根牵连不断的细条。拿着长长的大剪刀，待面条下坠到地面前，用竹棍迅速拦腰挑起。咔嚓一声剪断，举着新鲜的面条，疾步小跑，跑到外面的晒场，搭在铁丝架上晾晒。面条晒干后，切成一尺长。按斤称两，再用牛皮纸包装，最后交给生产队的保管销售。

父亲手掌上的老茧在一天天变厚，指尖仿佛镶嵌了硬硬的胡豆，指甲背深深凹陷，装得下一滴水珠。这是辛劳的体现，也是过度的艰辛。但我的印象中，从未听见父亲喊过苦说过累。每天，他总是早早出门，夜晚带着解乏的酒气而回。回来就上床呼噜呼噜，沉沉地睡。

每年其他人户农闲的时候，父亲他们几个长辈就开始忙活。夏天切土砖，冬天盖土房，春秋做挂面。长年累月劳作，他们像不知疲倦耕耘的水牛。

大圆墓

我们堡子对面，隔邛海相望川南胜景——泸山。在泸山的半山坡上，烈士陵园内有座大圆墓。我上小学二年级时，清明节去扫过墓。

扫墓的头天下午，我把消息告诉了父亲。烈士陵园虽然近在咫尺，就在邛海的对面，但没有渡船，我们去泸山要围绕湖边转，绕道八九公里，步行累人我不想去。父亲劝我：陵园中有座圆形大墓，是剿匪英雄周培成团长的。周团长是中华人民共和国成立时期牺牲在西昌专区的解放军最高首长，我们堡子里许多人都给他扫过墓呢。去吧，给英雄扫墓，你也不要落后。我听从了父亲的劝导。

翌日，天亮我就和堡子里的同学聚集到学校。在老师的带队下，步行三小时，来到海滨公园附近的泸山脚下烈士陵园中。

拾级而上，园内庄严肃穆，苍松翠柏，空气清新。高处的平台有座高高大大的圆形大墓，是革命烈士周培成团长之墓，墓碑上镌刻着红五星。大墓两边还有许多红五星的小墓室。老师带领我们给墓室鞠躬，献菊花，折下松枝掸去墓碑顶上的蛛网、松针。

那天扫墓，我没有详细了解周团长的事迹，只知道他牺牲在盐源剿匪的战场。

过了几年我在念初中。有天我从光谱叔家门前经过，他家的门开着。门口的小板凳上坐着光谱叔和两个中年男人，他们好像在说啥事情，一个在问，另外一个用钢笔做记录。

我有点好奇，想凑过去听，但又担心他们有啥秘密，我去旁听显得不懂规矩。犹豫一番，还是走了。

少年的疑问藏不住，我回家赶紧问父亲。说有人在问光谱叔，不知问啥事情，奇奇怪怪的，还拿本子记。父亲说那是史志办的工作人员，在采访周团长牺牲的事情。父亲说光谱叔是解放军，中华人民共和国成立前参的军，是周培成团长的兵。

光谱叔是外地人，退伍后留在我们村，做了上门女婿。父亲从前也参加过民兵剿过土匪，他俩都是土匠，是砌土砖和修建房屋的搭档，平时关系要好，喜欢一起喝喝小酒聊聊天，无话不谈。父亲说周团长牺牲的事情，光谱叔给他讲过一回。

我对那次扫墓没有问清周团长的事迹有点耿耿于怀，于是缠着父亲，让他给我详细说说。

父亲喜欢看书、看报、听新闻、坐茶馆，晓得中华人民共和国成立初期西昌地区剿匪的背景。一九五〇年十月朝鲜战争爆发后，美帝第七舰队游弋在台湾海峡。盘踞海岛的蒋介石认为天赐良机，妄图反攻大陆，给西南地区的流氓、舵爷、地痞、恶霸发委任状，遥控潜伏的特务煽动土匪闹事，牵制驻川的解放军。匪特勾结，经常下山杀人越货，甚嚣尘上，搞得群众人心惶惶。

当时攀西地区盐源县的股匪张玉麟和盐边的股匪葛绍武最嚣张，不仅人强马壮，还结盟对抗解放军，意图颠覆红色政权。

张玉麟起家依靠种大烟，赚了钱买来枪支武装起人马。国民党西南军政长官公署主任胡宗南发给他一张委任状"西南反共救国军第5路军司令"，还空投给他电台、军饷、武器、弹药。西昌解放后，解放军一部进驻盐源。张玉麟虽然是土匪，但读过书，受过军事培训懂得兵法。他耍诈，象征性交出一些废枪伪装投诚。在西昌学习班学习的一天，趁看守松懈，越墙逃跑。

回去找回隐藏的武器，召集旧部，啸聚土匪，重新拉起队伍，在卫城的罗家村修碉堡、挖工事，勾结盐边的大土匪葛绍武，联动闹事。

解放西昌的解放军是44师及184师。184师旗下的552团团长是周培成。他是山西人，武工队员出身，作战英勇，痛击日寇。日本投降后，又率队和国民党军队作战几百次，立功无数，从山西一路南下打到西昌。

盐源的土匪闹腾得厉害。师部命令552团前去消灭。光谱叔是552团的兵，当年也参加了盐源那场剿匪战役。那场战役打得艰苦惨烈，牺牲了一百多个解放军。

那场剿匪战发生在一九五一年的一月。552团派出一营和三营去盐源作战。为了麻痹敌人，他们昼宿夜行秘密行军。翻过磨盘山，跨过雅砻江，翻越小高山，花了五天时间，在一月十八日夜到达盐源卫城外，秘密隐蔽在松树林。团部开会制定战术，分营作战。休整了一天。十九日夜从三面包围了张玉麟盘踞的罗家村。

匪巢罗家村四面开阔，炮楼群集碉堡坚固，易守难攻。一营派了一个连进村侦查敌情，突然枪声大作子弹横飞。村内有两座碉堡，一左一右，密集的子弹飞来，战士们无处躲藏中了土匪埋伏。大部分战士牺牲，团长周培成又急又心痛，不顾危险到前沿观察，突然被潜藏的土匪开枪击中头部，一头倒在血泊中。政委让三营长代团长临阵指挥。三营长调来迫击炮排连续轰击碉堡，炸得土匪人仰马翻，房倒屋塌，土匪的气焰终于被压制住。炮火一停，解放军的轻重机枪又怒吼，掩护战士炸掉土匪的火力点，大部队乘机一拥而上，迅速冲进村里和土匪打巷战。杀声震天，炮声隆隆，经过一夜激战，解放军终于攻下了罗家村，俘虏了张玉麟的两个副司令。狡猾的土匪头子张玉麟乘乱逃脱，带着几个随从东躲西藏，最后蜗居在一个隐秘的山洞中，继续苟延残喘了一年。天网恢恢，疏而不漏，苍天不放恶人。有天，张玉麟的一个贴身保镖回去拿粮食，被母亲教诲弃暗投明，决定戴罪立功。他买了鸦片烟膏，邀约了几个帮手，回到张玉麟躲藏的山洞。一天，趁张玉麟在吞云吐雾不备时，悄悄搬起石头砸烂了他的脑壳，打死了其他的帮凶。

周团长壮烈牺牲，百姓哀痛，万人公祭。周团长和他牺牲的战友们被安葬在盐源卫城的烈士陵园中。为了弘扬爱国主义教育，让更多的人缅怀英烈，一九五七年，西昌人民政府在泸山烈士陵园给周团长和他牺牲的战友修建了衣冠墓。

青山有幸埋忠骨，松涛阵阵吊英魂。每年的清明，西昌各界都要组织人员去烈士陵园扫墓，去拜谒牺牲在大凉山土地上的英烈。

水碾坊

我们堡子的水碾坊位于堡子尾巴的周家河上，三层楼高，占地几分。

高高大大的水碾坊，以前是大地主家的。水碾坊是他家最显眼的财产，花费了不少银子。

一九五一年土改时，水碾坊被没收归公，由生产队安排专人经管。我记事时，记得无论本队或外队，碾米碾麦面时需要交钱，一担五角钱。如无现钱，也可以赊账。但年底前必须付清，否则催款通知上门，面子过不去，以后也没有再赊账的资格。无钱又不想赊账，也可以用碾出的谷糠麦麸按照市价折算抵扣。生产队喂养着饥不择食的猪儿，糠渣不愁消化。

周家河水雨季丰沛，但干季需要蓄水。扎上水闸，河水就堵涌起来，从闸口往上涌七八百米远，一直涌到我家自留地附近。两个时辰，聚集的河水就涨平渠埂，碾几担稻谷不成问题。搬开闸门，清凌凌的河水顺着水槽轰轰而下，冲动着水碾坊的巨大水轮。水轮顶上的大齿轮咬着楼上石磨小齿轮不停地转动。石磨上的齿轮木棒连接着圆溜溜的半人高石磨，在装满稻谷的圆木槽内，宛如一个上了发条的大钟，按部就班、不紧不慢，吱吱吱地转。

碾米的时候，需要有人拿扫把，不时跟在磨盘后面，把挤压时跑出碾槽的稻谷扫回磨盘。碾上一阵，从碾槽内抓出一把谷和糠的混合物摊在手掌，鼓气一吹，吹糠见米，满鼻子清香。手指一扒拉，掌中出现大米不现谷子时，稻谷就碾妥了。工作人员搬来粗大的木杠，逆向顶住磨盘的磨把，磨盘立马停下。主人家赶紧上前，用推耙和扫把扒出糠、米，移至风箱处，倒进风箱斗中分离。摇动风箱手把，风箱就呼哧呼哧响起来，白花花的大米从风箱肚皮的梭槽内争先恐后，哗哗哗急速冲下来，噗噗噗落进箩筐中。轻飘飘的谷糠，在叶轮搅出的疾风中从风箱尾部吹出，悄无声息落在碾坊的木地板上，一层盖一层，很快形成金色的小丘。

这时，楼板上倘若爬过几只莽撞的蚂蚁，就会上演一场袖珍版大漠狂沙袭击剧。蚂蚁遇到下落的谷糠，就像马儿在沙漠中遇到暴风和黄沙，纷纷扬扬的谷糠很快淹没蚂蚁们微小的身体。费九牛二虎之力，小不点才从糠堆里狼狈钻出黑黢黢的脑袋，扬着细小的脚杆，在"沙漠"里艰难跋涉。

碾好米的人家还在摇动风箱，后面排队的稻谷又迫不及待倒进碾槽。碾坊工作人员上去，拿起大木槌，甩动胳膊。梆梆两声，砸脱卡磨盘的木杠。磨盘又开启了新一轮的工作。

小时候我陪母亲去碾过几次米。我喜欢碾坊的楼板和扫地的感觉。经过无数次的打扫，古铜色的楼板早已光亮鉴人。看见圆溜溜的磨盘转动，我感到新奇，抢起母亲手中的扫把，边扫谷子进槽，边跟着磨盘转圈。扫把轻拂楼面，谷糠就轻轻地滑进碾槽。楼板一尘不染，泛着光亮的颜色，仿佛时光倒流，弥漫着古时的气息。那种感觉真好，心中顿时升起一种难以言说的欢欣。

生产队后来用上了电动碾米机，方便又快捷，水碾磨坊也就闲置了。水碾坊退出历史舞台，孤零零两年，成了蜘蛛和老鼠的乐园。

队上的人口剧增，粮食不够，生产队开始围湖造田。粮食增多，仓库显紧，队上决定废物利用，拆碾坊，用拆下的材料盖仓库。拆碾坊的时候，社员倾巢而出，风风火火拆除了一周。遇到星期天，我也去帮忙，扛过几根木头。

不可思议，一两百平方米的碾坊，拆下的木料和瓦片，竟然堆满了半个晒场。

水碾坊没有拆除前，我喜欢约几个玩伴，坐在水闸边的大石头上玩泥巴，倾听河水冲击水车发出的巨大轰鸣，看水花四溅激越的情景。看着看着，就不由自主发呆起来。发呆真是一件令人愉悦的事情，自然神思妙想，消磨无聊时光。有时我们也下到碾坊两边的河坎上，观察槽下的水车慢悠悠地转动。楼板下面的水塘终年荫蔽，氤氲着湿气，水底仿佛深不可测，我满脑子充斥着神奇。我总爱遐想：里面可能藏着龙、蟒什么的东西。碾坊拆除，水塘彻底暴露，根本没有发现啥古怪稀奇，连像样的大鱼也没有钻出一条，颇让人失落。

建仓库还需要大量的土砖。父亲和其他几个表叔是砌土砖的师傅，责无旁贷，中秋后收了稻谷，他们马不停蹄到秧田忙碌，也挣得十多天的工分。

冬天农闲的时候，拆下的木料和砌好的土砖很快派上用场。队上不乏土匠和木匠，小工也不少，修房造屋小菜一碟。七手八脚，一周后，社员们在晒场边盖起了四间二层楼高的大粮仓。粮仓阔大，每间装粮上万斤，还显得绰绰有余。

粮仓使用了七八年后又改名换姓，由公产变成私产。田地包产到户那年，竞价卖给了我一位远房的堂叔，做了他的婚房。

马驴娃

那年开春时，有天我们下堡子的李大爷和村姑陈阿花，各自赶着一匹白毛驴和黑马儿，驮着谷子来碾坊碾米。

碾米的人太多，大爷和阿花把马儿和毛驴拴在水碾坊墙根边的桦树上，上楼去排队。

春暖花开，牲口发情。一位大妈路过，看见马儿正爬上毛驴的后背，红着脸对着碾坊大喊："谁家的马儿，拉拉，快拉拉。"

阿花慌慌张张从楼上跑下来使劲拉马。李大爷拦住阿花，央求道："驴马配种出骡子，顺其自然让它们交配吧，让俺的毛驴也下匹骡子。"阿花呸的一声，啐了李大爷一脸口水："想得美！"李大爷没有生气，用手抹去唾沫，继续说道："今天的碾米钱我给你出。"阿花白了李大爷一眼："几个铜板，就想让俺的良马配种？"

李大爷吸了一口旱烟，把烟锅在桦树上吭吭吭磕了几下，挂在腰间，跟阿花商量："你的马和我的驴相好，看来咱两家挺有缘分，也算是亲家，要不这样，骡子生下来，算咱两家共有？"

阿花脸红，说谁和你是亲家？嘴上虽这样讲，可大爷的想法倒也不差，于是松开了缰绳。

白毛驴怀上了。阿花欣喜，不准李大爷再让白毛驴负重，还捎给大爷许多豆饼，让大爷好好犒劳任重道远的毛驴。大爷连忙答应：晓得咧，晓得咧。大爷把白毛驴精心照料，不让它劳作，养得膘肥体壮。九个月后，白毛驴水到渠成，顺利产下一匹黑底白斑的花骡子。阿花和李大爷两家合伙杀鸡宰羊，聚在大爷家院里大块吃肉，大口喝酒，热闹庆贺。阿花提议给花骡子取名马驴娃，意思是马和驴的结合体，大爷哈哈大笑，点头赞许。

　　马驴娃奶水不够，大爷照农村产妇催奶的方法，给毛驴吃黄花菜。马驴娃在大爷精心照料下渐渐长大，四蹄饱满，体格雄壮，跑起路来疾步如飞，扬风带尘，大爷看在眼里喜在心头。

　　娃不教不乖。马驴娃满岁了，大爷带它上山训练。大爷弄好两捆干柴，喊"跪下"，马驴娃温顺地跪下；大爷把柴架放在它背上，喊"起"，马驴娃四膝一蹦，噌地一下挣起身子；大爷喊"走"，马驴娃点点头，甩开蹄子轻松迈步。大爷相当满意，说这娃聪明。马驴娃乖巧扬起脖子"玉、玉"叫唤两声，乐得大爷摸摸胡子，大笑着说这娃通人性！话音刚落，李大爷脚下拌上一根山药藤，直冲冲摔进路边一个隐蔽的窟窿里。窟窿太小，把大爷的手脚卡在洞壁，动弹不得。大爷挣扎良久，终不得脱身，累得汗水淋漓，绝望闭上眼睛，以为要埋在那里。正在胡思乱想时突然脸上一痒，睁眼一看，原来是马驴娃正倒跪在地上，用尾巴拂他的脸颊。大爷惊喜，忙张嘴死死咬住骡尾巴。马驴娃"玉"地大叫一声，四蹄发力，把大爷从洞中拉了出来。大爷抱住马驴娃的脖子，眼泪直流。

　　马驴娃两岁后，大爷把它交给阿花。阿花已嫁了人，儿子已经两岁。当然，阿花对马驴娃，同样是疼爱有加，不让马驴娃干重活，还舍得喂精饲料，红苕藤、青苞米、嫩高粱，一把一把丢给马驴娃。

　　这天，陈阿花在苞谷地干活，她让儿子陪马驴娃玩耍。

　　太阳落坡，晚风吹拂，阿花突然听见远处传来儿子哇哇的叫唤和马驴娃"玉玉"的叫声。她直起腰抬头望去，一头半人高的豺狗正对着她儿子和马驴娃龇牙啮齿。马驴娃护在她儿子的前面，对着豺狗乱踢。阿花一声尖叫，挥舞着镰刀，发疯似奔来。豺狗跑了，儿子安然无恙。阿花惊魂未定，抱住儿子呜呜大哭。

　　马驴娃成年后，在大爷和阿花家轮流干活。一家一年，拉车驮粮驮薪柴。马驴娃力气大，其他骡子驮两担，它驮三担，其他骡子拉八担，它拉十担，仿佛有使不完的劲累不坏的身。

　　有个盗贼听说大爷的马驴娃百里挑一，盘算来盗。

　　盗贼选了一个月黑的夜晚，穿上草鞋戴上面罩，下半夜悄悄潜进堡子摸进大爷院子。他先锁了住人的房门，然后轻手轻脚来到马厩，解开缰绳，牵着马驴娃的鼻子往外走。畜生也是认主人的，马驴娃感到眼前的面孔陌生，仰着脖子四蹄扎钉，死活不从。盗贼掏出豆饼，马驴娃一甩头，把豆饼打翻在地。盗贼生气，使劲拉扯缰绳。马驴娃忍住疼痛，突然转身，飞起一脚，不偏不倚踢中盗贼的脑门。盗贼大喊一声，扑通倒地。

李大爷惊醒，拉亮电灯，推门发现被锁，明白遇到了贼人。从内卸下门板，打着电筒拿着一根棍棒跑到马厩，发现地上躺着一个蒙脸的大汉。探他鼻息，有气，只是晕了，李大爷如堕云雾。马驴娃扬起后蹄对空砰砰砰三连踢，大爷终于明白，抱着马驴娃的脖子哈哈大笑，连连赞叹："真是个好娃！"找来麻绳把盗贼捆结实，舀来清水把盗贼浇醒。一审问，盗贼交代了来龙去脉。

天亮后李大爷雄赳赳坐在马驴娃背上，兴高采烈地拉着捆绑如粽子的盗贼，游遍堡子。

我们堡子的"阿庆嫂"

中华人民共和国成立不久的一天晚上，我们堡子外突然灯火通明，气氛紧张，冒出上百个土匪。土匪们打着松明火把，把堡子围个水泄不通。为头的土匪提着驳壳枪，带领手下闯进堡子四处搜查，嘴里还不停叫嚣：先杀党，后杀团，先进分子都杀完。

东方叔是民兵，三天前跟随武装部在山上剿匪时胳膊被流弹擦伤，回家休养。土匪来袭时，东方叔正在屋中卷兰花烟。眼看土匪很快搜上门，东方叔眼睛一红，着急抄起步枪就想往外冲。

干啥呢？娃他爹。芝兰婶一把抱住东方叔。

你看好娃，我出去跟他们拼！东方叔说道。

别，咱命贵，犯不着换畜生的命！我有办法。芝兰婶眨眨眼睛说。

一会儿，他们就进来搜家，你有啥法？东方叔焦急问。

跟我来。芝兰婶端起一根高板凳，拉着东方叔就跑向后院的猪圈。芝兰婶手脚麻利地掀开两块猪圈板，放了根高板凳进粪坑，她对东方叔说：下去，我不喊你，你别出来。

行不？东方叔问芝兰婶。死马当作活马医。别废话，快下。芝兰婶回答。

东方叔钻进粪坑，坐在板凳上。芝兰婶递给东方叔一根竹竿。猪儿来头顶拉屎尿，拿它捅捅。芝兰婶叮嘱一句，还原了猪圈板，伸手一按，一个纵身翻出猪圈，用瓜瓢舀清水洗手，回到房间，挨着刚满三个月的儿子悄悄躺下。

噼噼啪啪。开门，开门。门外很快响起重重的枪托砸门声和吼叫声。芝兰婶不乐意起身开门。十几个恶狼样的土匪端着枪一窝蜂涌进屋。

搜。一脸络腮胡子豹子眼的匪首吼了一声，土匪们端着长枪拿着大刀，开始楼上楼下翻箱倒柜，乒乒乓乓四处搜索，粗野的动作和明晃晃的刺刀，把娃娃吓得哇哇大哭。

芝兰婶用小花棉被包住娃娃抱起来哄：乖乖莫哭，乖乖莫哭，吃奶，吃奶。饱满的乳汁一下就止住娃娃惊慌的哭声。

找不到人，土匪回到屋中。

你男人呢？匪首把一只脚掌踩在板凳上，扬着手中的驳壳枪，绿莹莹的眼珠子盯着芝兰婶凶神恶煞般吼道。

他没回来。芝兰婶不慌不忙看看土匪，镇静回答。

哄鬼，没回来谁抽的烟？土匪头用枪管拨了拨饭桌上的兰花烟卷，斜睨着眼球问芝兰婶。

哦。芝兰婶看了匪首一眼，拢拢头发，轻松说道：我抽的。

婆娘也抽兰花烟？土匪头子狐疑。

不相信？芝兰婶一边回答，一边放娃娃回床上，转身拿起桌上的一根兰花烟含在嘴里。

给她点上。土匪头子半信半疑，命人给芝兰婶打火镰。

兰花烟点燃，芝兰婶深深抽了一口。烟味刺鼻呛人，咳咳咳，不由自主咳嗽起来。

臭婆娘，你会抽烟吗？土匪头子扬了扬枪，狞笑着逼问芝兰婶。

芝兰婶咳咳咳又咳嗽几声，用手抹了一把眼泪，回答道：这两天犯哮喘，抽不得烟。丢了烟，又把娃娃从床上抱回怀中。

土匪们仍然没有解除怀疑，他们说：接到线报，昨天堡子里看见过东方叔的身影。

砍脑壳嚼舌根的，芝兰婶提高声音指桑骂槐，他才不管我们呢，娃生下来三个月了，他回来过几次？天天在外面鬼混，要不是他喊张庄的双胞胎兄弟隔三岔五带点粮食给我，我早就卷铺盖回娘家了。芝兰婶边骂边抹泪，眼泪滴在儿子的脸上，有股兰花烟味。

双胞胎兄弟？愚蠢的土匪头子没有想到，拍拍脑袋，自言自语。

臭婆娘，你不晓得张庄有解放军吗？土匪恼羞成怒骂了芝兰婶一句。

哦，有解放军！芝兰婶低下头来，意味深长地拍了拍儿子的后背。

土匪仍然不死心，仍然盘桓在屋内。

芝兰婶心中急啊，担心时间长了东方叔在茅坑中憋坏，开始冒冷汗。过了一会儿，芝兰婶又急中生智。悄悄把娃娃抱紧，让他的鼻子和嘴巴紧贴在她的胸口。娃娃呼吸困难，粉白的脸蛋逐渐变红，仿佛一个红富士苹果。芝兰婶赶紧把儿子松开，又用指甲悄悄掐娃娃的嫩屁股。哇。娃娃张开喉咙，撕心裂肺一声喊。

娃娃不哭，娃娃不哭，天花一出，娃娃享福。芝兰婶轻轻拍打着儿子的背脊。

啥子？天花？死婆娘，你想拿传染病害我们？晦气！土匪们边骂边逃出门。

你们才得天花！看着豺狗样悻悻退却的土匪，芝兰婶对着他们的背影呸呸呸，啐口水。

东方叔得救了，从茅坑中出来回到堂屋，听芝兰婶讲刚才的智斗，呵呵呵笑起来，连竖三次大拇指。

几天后，这帮土匪被张庄的解放军和民兵剿灭。

我长大后，看了样板戏《沙家浜》，想起堡子里老人们摆起的这个龙门阵，我想，芝兰婶就是临危不乱的阿庆嫂，智斗了一次刁德一。

战鼠记

一九八四年包产到户时，生产队把靠近牛圈的办公室（也就是我之前写的我们堡子从前办幼儿园的那间屋子）拿出来拍卖。办公室靠近晒场，做粮仓最善，很多人竞争。

卖屋子的那年，刚好遇到我父亲的冤案得以昭雪。政府给补助了八百块钱。父亲手中有钱，竞争也就有底气，击败了竞争者。最终花了六百元，把办公室买下来。里边储粮，外面做大姐和二姐的闺房。

过了几年，姐姐们相继出嫁，闺房变成我的书房。

我原本以为那屋清静，适合看书，但情况恰恰相反。

十二生肖，耗子最大，最小的耗子竟然排在最大的牛前面。传说动物比速度排生肖。耗子狡猾，偷偷爬在牛身上，到终点时，纵身从牛脑袋跳到前面撞线。这个传说，说明老实的牛斗不过狡猾的耗子。牛无法驱赶耗子，牛圈里喂牛的谷草也夹杂着耗子喜欢的粮食。我的书房后面，一墙之隔，也就是生产队的牛圈，俨然成了耗子的乐园。白天，耗子时不时贼眉鼠眼从墙根钻进钻出，来去自由。晚上，又从牛圈纷纷钻进隔壁我住的房屋。

可恶的耗子上门，不但来偷我家的粮，还洞洞眼眼咬坏竹粮囤的底。粮食淌地，惨不忍睹。母亲气恼，给耗子下套、放夹、投毒。耗子狡猾，收效甚微，一个月仅毒死三只大老鼠和逮住两只不谙世事的小咪渣。余下的耗子依然天天来去自由，我行我素，每晚在粮囤里吱吱欢歌。赖皮的耗子不但偷粮，还严重影响我看书学习，扰我清梦，我只能蒙头而睡，在被窝里诅咒它们。

我向父亲诉说耗子的可恶，父亲说他晚上来陪我。

那晚，我睡至半夜，又被耗子的窸窸窣窣声吵醒。一只耗子失足，仿佛一个石头坠落，重重落到床上。耗子尖叫一声，纵步跳向地面，跑向墙角。父亲迅速爬起来，抄起我编箩兜剩下的厚篾条，几步追至墙角，手掌一挥，一下要了耗子的小命。

初战告捷，弹性十足的篾条打鼠霸气又容易，父亲和我兴致盎然起来，卷起袖子，决定来场歼灭战。我们收妥杂物，把床抬离墙面，在床架和墙壁间搭上一根扁担，给耗子们修好一条不归路，搭好一座奈何桥。然后，关灯静候"客人"上门。

一支烟的工夫，扁担天桥上又传来硕鼠的声响。父亲突然拉亮电灯，两只小猫般大的耗子敏捷跳下地来，轻巧翻个跟斗，疾速射向粮囤。打，父亲一声令下，我们抄起篾条，顺着墙根分头夹击，呼呼几下，篾条带着愉快的欢声，以迅雷不及掩耳之势，把可恶的老鼠打翻在地。如法炮制，挥竹猛打，每次都有战果。从半夜一直打到黎明，打得耗子呼天抢地，尸横累累。

天亮后，我用麻绳拴着一串大大小小数十个死耗子给母亲报喜，引来队上好多人看稀奇。

那晚过后，我住的屋子终于安静下来。

少了耗子的烦扰，我终于舒坦睡觉，顺利高考。

小妹当家

一九七九年，我们生产队只有两个高中生，其中一个就是我大姐。大姐读了两年的高中后参加高考，不幸落榜，父亲让她复读。她犹豫不决，左思右想，进了学校大门，又扭头往回走。弟妹些还小，大姐不想让父母的老茧又添一层。

第二年，二姐初中毕业也回家务农。两位姐姐放下镰刀担起粪桶，栽秧割麦一把好手，她们成了生产队的强劳力，堡子里的姐妹花。

又过了一年，也就是包产到户的头一年，太阳终于照亮我家黢黑的房顶，多年分粮倒补户的帽子终于摘掉，全家欢喜，不言而喻。

周边几个堡子，也都知道我大姐贤惠，二姐泼辣，父母的脸上容光焕发。我感到我家在队上的地位在日益提高，堡子里的人，看我家的脸色也与往年不同，甚至有些羡慕的味道。

突然我又发现，隔三岔五就有生人进我家门，给大姐提亲说媒。那个年月，农村高中生还屈指可数，算是比较有文化的人，再加大姐贤惠貌美，媒人们自然乐此不疲。男大当婚女大当嫁，但那时我少年懵懂，不谙世事，一家人怎么说分就分？想不明白，也不舍大姐早早分离。故每次来人，我都不想与之见面，或者偷偷躲藏。有次躲到天井边的门楼，睡在谷草上，一睡就到半夜，透过天窗数星星，听蔡家后院石榴树上的鸟儿打鼾声。

可能是大姐的姻缘不在我们堡子，好几个媒人介绍的对象，都没有合大姐的意。后来有个亲戚介绍，大姐嫁到凤凰城，生了一双儿女，培养出两个大学生。

虽然大姐远嫁了，我们家少了一份强劳力，但我的身子也长高了一头，肩膀也宽阔了几寸，也能够跟着二姐，摇摇晃晃把一桶桶粪水挑到菜地，和母亲及两个妹妹拾掇菜园。放学后，我也经常拿着锄头和瓜瓢到大田放水、浇豆苗，和家人一起栽秧打谷收麦子，算半个农人。

五妹属兔，生于一九七五年，也就是计划生育开始的那年，再晚几个月，就要被罚款。五妹从小就很机灵，能说会道，小学一年级荣获班上故事大王的称号。二年级，她代表班级，参加全县儿童歌咏比赛。记得她唱的是电影《刘三姐》的歌曲《只有山歌敬亲人》。那天，五妹独自站在长征影剧院高大的舞台上，气定神闲，放声高唱。她脸不红心不跳，观众掌声如潮。五妹的台风，不逊现在经常上电视的大方孩子。

八十年代后期，我在念高中，四妹和五妹读初中。我家一个月才能吃一两次肉，还很穷。为了让我念书，五妹初中读了一学期就主动辍学，回家参加劳动。多好的一棵苗子，就这样浪费了，让我心生愧疚，又扼腕痛惜。

回家务农的这年，五妹十二岁。有天刚吃过晚饭，父母突然宣布，说让五妹当家。五妹小小的年纪，一个小娃娃，如何当家？当家不是儿戏，我有点惊讶了，不懂父母的意图，怀疑父母是心血来潮，草率犯糊涂。嘴上虽不说，心头却打一问号。父母也看出我的心思，只是微笑，也不做任何解释。

五妹走马上任财政大臣，自然是喜气洋洋。她用辍学后没用的作业本做账本。父亲当过会计，先教她一些记账的规则。叮嘱她今后家里的油盐酱醋茶，开门七件事，每一笔开支都要记清楚。日清月结，要有月计和累计。教完这些功课，母亲才把家里唯一的存折交给她保管。存折上的钱不多，也就区区几十块。五妹接过存折，连同记账的本子，小心翼翼锁进楼上的小匣子。

十二岁的五妹当家，很快在堡子里传为佳话。收获了粮食，卖了钱，母亲把钱交给五妹存，每次要用钱时，头晚上找保管员五妹要。零钱用完，五妹第二天又去乡上信用社取。隔上一月，父亲又问问五妹收支情况，有时候也看看本子查查账。

五妹当家，不满一年就辞职不干了。父母让她当家，其实只是让她记记收支算算账，管管存折，仅此而已。而婚红丧白送礼多寡，家里添置物件，这些大额的支出，真正做主的不是五妹，还是父母。聪慧的五妹感觉当了傀儡，生起气来，心头开始腹诽。争不到实权，后来干脆故意顶撞母亲，撂了挑子。

让娃娃当家，其实是父母的苦衷。关于这事的来龙去脉，若干年后，我才搞明白。

我家虽然子女众多，男丁却只有我一个。大姐二姐已经出嫁，我高中毕业，一旦考取学校跳出农门，家里只剩两个妹妹，父母的身边，没有男劳力不行，故未雨绸缪有意招个女婿。按照农村的规矩，上门女婿是不能当家做主的。因此，砍柴先磨刀，捕鱼先织网，从小锻炼自家姑娘，也就理所当然，顺理成章。

豪猪的叫声

　　田野里白茫茫一片，不是下雪，而是白头霜。白头霜覆盖着田间的麦苗和胡豆苗，也覆盖着路边的枯草。

　　那天，父亲一大早就出门。

　　父亲是土匠，去其他堡子做活。他顺着我们堡子的小路，咔嚓咔嚓，踩着冰霜往前走。

　　走了一两里路，父亲突然发现前方麦田的异样。一只棕褐色的豪猪，正埋着小脑袋，在麦地里呼哧呼哧，欢畅地收割生产队清幽幽的麦苗。父亲心想：豪猪是夜行动物，白天一般不出门，也许它饿慌了吧？不然，是不会冒着严寒，违反规律出来找食的。豪猪是动物人参呢，送上门的野味哪能放过？父亲又欣喜起来，想把它逮住，抱回家改善生活。他撒开欢快的脚步，快速跑向豪猪。

　　父亲的脚步急促，声响惊动了豪猪。豪猪跳上小路，撒开四脚叮叮咚咚逃跑，路上的白头霜被踩得乱雪纷飞，霜花四溅。

　　豪猪的四脚再快，毕竟比不过人的双腿。眼看父亲追近，狡猾的豪猪突然急刹车，停下来。它转头，立起，用头上的短刺迎头撞向父亲。豪猪的举动让父亲猝不及防，猛吓一跳，一个纵步从豪猪的身上跃过。

　　父亲转过身来时，豪猪又散开四脚，疾速奔逃。

　　父亲摇摇头，再次迈开脚步，向豪猪追去。

　　快追上豪猪时，豪猪又故技重演，再次举着短刺刺向父亲。这回父亲有了经验，追赶它时，早就取下身上的背包。豪猪向他刺来的时候，他挥起装工具的背包，扫向豪猪的脑袋，重重砸中豪猪的鼻子。豪猪一声嚎叫，被砸晕在地，鼻子里流出几滴鲜血，地上染出了几朵梅花。

父亲把豪猪装进背包，拉上拉链，背回家去。

我睡醒后起来，发现院子里拴着一个"刺猬"，觉得新奇，问父亲："这个刺猬哪里来的？"

"啥刺猬？这是我早上在路上逮的豪猪。"父亲说，"刺猬吃虫，豪猪吃素，它们不同的。"父亲有些文化，见我不懂，饶有兴致，开始给我普及豪猪和刺猬的区别。

灶孔的柴火在旺旺地烧，烫猪水沸腾了，烫猪的大盆也已备好。父亲走到磨刀石边，撸起袖子磨杀猪刀。豪猪似乎嗅到死亡气息，突然战战兢兢，想挣脱脖子上的麻绳，发出几声哀叫。凄惶的叫声被自留地摘菜回来的母亲听到了。母亲皱皱眉头说："先不杀，这猪儿未必怀了崽崽？"

我们一拥而上，把豪猪按住，母亲伸手抚摸豪猪的肚皮。摸了一会儿，母亲露出笑容，说："真有呢！"

原来，豪猪早上出来冒险偷吃麦苗，是为了腹中的崽子！

有了崽崽，阎王爷门前走了一圈的豪猪，命被保下来。

烫猪盆变成豪猪的洗澡盆。洗了温水澡，豪猪的身体暖和起来。我们在它的身边笼起一堆篝火，帮豪猪烤干毛发。恢复了精气神的豪猪似乎是在感恩，在我们面前走了几圈，棘刺顶端的小球晃动起来，相互碰撞，发出叮叮当当的声响，悦耳之极。看得我们忍俊不禁。

母亲在它面前丢了一棵新鲜的大白菜，又给它端来一盆米汤。饿慌了的豪猪张嘴朵颐，边吃边发出嗯嗯嗯的声音。吃了白菜，它又把尖嘴插进米汤盆中，咕噜咕噜畅饮一番。

怀崽的豪猪就这样活了下来。

过年猪刚杀，猪圈空置，豪猪住进了猪圈，睡在温暖的稻草上。它每天吃大白菜、红萝卜、青莴笋、土豆，有时母亲还给它加黄豆或稻谷。豪猪吃食的时候，嘴里哼哼叽叽的，仿佛是愉悦的歌声。看见它吃食的样子，我禁不住想：它在荒郊野岭，肯定没有这里舒心！

春暖花开时，豪猪产仔了。产第一只顺利，第二只却出了问题，胎位不正，卡在产道里。折腾了两个小时，生下第二只豪猪崽，却要了豪猪妈的命。

豪猪幼崽落地就丧母，没有奶吃，母亲给它们吃米汤，磨豆浆。吃了几天，小豪猪开始吃菜，吃粮食。背上的长毛带刺也一天天坚硬起来，像披着一副猬甲，威风八面。我们把豪猪当宠物养，豪猪也给我们带来许多乐趣。

豪猪幼崽一天天长大，但似乎并不满意我家给它们营造的舒适生活。猪崽子们时不时拿嘴巴拱猪圈门，拱不开，就发出阵阵莫名其妙的叫唤。尤其是晚上，声音更是带着凄凄惨惨。母亲听见，皱皱眉头说道："他乡再好非故乡！把它们放了吧，田头草坡，才是豪猪的栖息之所。"

放生的那天，我也去参加了。我们用背篼把小豪猪背至远处的河坎，来到一片茂盛的草丛前，把它们抱出来。

两只小豪猪呆呆地站在地上，玻璃球样的小眼珠凝视了我们一会儿，然后发出几声不同往常的叫唤。最后，才一头钻进草丛，消失在花花绿绿的大自然中。

豹子下山

小时候，我们堡子有句吓唬小孩的话："再哭，豹子下山了！"看见那些哭泣起来没完没了的娃娃，只要搬出这句，小孩眼睛一眨，哭声戛然而止。

豹子下山，应该是很早以前的事情。豹子通常出没在荒郊野外，一般不会光顾田坝。但不知为何，位于田坝里我们的堡子，责任田包产到户后，还遭遇过两次。

有一次，我和父亲去秧田放秧水。上堡子的一个表叔，在河坎边的甘蔗田里干活。父亲跟他打了招呼。他们坐在河坎上休息，抽兰花烟，摆龙门阵。我坐在边上听。

那位表叔说："最近，我们堡子发生了一件怪事，隔三岔五，不是丢鸡就是少鸭，堡子里不知来了啥凶猛动物，鸡圈鸭棚乱羽纷纷，血迹斑斑，有些鸡鸭被咬得缺胳膊少腿，吓人得很。"

我问："不会是老虎吧？"

父亲有些文化，他肯定地说："不会是老虎，我国目前只有东北虎和华南虎，还没听说过有西南虎。"

表叔说："你说得对，我们堡子里有人推测，肇事的估计是野狗。"

表叔说的野狗，其实就是豺狼。

我问他："我们这里也有野狗吗？"

表叔说："野狗当然有，你年轻不晓得，我们这个坝子以前野狗成群结队，到处出没。困难时期时，饿死的人随便挖个坑掩埋，人走后，野狗又把土刨开，拖死人吃。野狗现在已经很少见了，上山抓松茅找柴火时，偶尔还能碰到。但现在的野狗怕人，见人就躲。也不知啥原因，这回野狗不好好在山上待着，大起胆子，下山来我们堡子肇事。"

父亲爱看书听新闻，懂得一些生态问题。他说道："可能是动物的居住环境遭到破坏，野狗才迫不得已下山。现在山上乱砍滥伐很厉害。远处那几个山头，以前绿茵茵长满松树或灌木，现在像被剃了光头，哪里还有野狗的容身之处？不要说乱砍滥伐野狗难过，我们堡子也遭殃。以前的河水青花绿亮，现在下雨就浑浊得很，秧田放这样的浑水，淤泥严重，水田地势越来越高，放水困难，不好收拾了。"

表叔也叹口气说："我们平头百姓，管不了偷砍盗伐的事情。"

听表叔说他们堡子有野狗出没，那周，我看见丛生荆棘和浓密的茅草就感到头皮发麻，身上起鸡皮疙瘩。我总是担心，茅草深处突然会跳出一只野狗。放秧水的时候，我不敢独自在河坎上走。

过了两周，我放学回去后，父亲告诉我上堡子偷鸡鸭的案子已经告破：野狗背了黑锅，不是野狗而是一只金钱豹。说起豹子，我突然想起最喜欢读的小说《水浒传》，书中有两个好汉，一个是八十万禁军教头豹子头林冲，武艺出众；另一个是打铁的好汉汤隆，身长七尺，一脸麻子，绰号金钱豹子。我对金钱豹立马来了兴趣，问父亲："破了案子逮住豹子没呢？如何发现豹子的呢？"父亲笑笑："豹子是猛兽，拿啥逮？"

上堡子接二连三丢了鸡鸭后，有天一个稚童被咬伤了脚，家长问他，小孩咿咿呀呀说不清，道不明，比画着说是只大花猫。听到大花猫，大人们瞬间变脸色，堡子里如临大敌。

老虎下山非同小可，还咬伤娃娃，那还了得？派出所接到报告，派人带枪来堡子蹲守猎杀。公安人员熬了几个通宵，几天过去，没有发现老虎的踪影。公安撤走后，村民担心老虎再来，于是，生产队向武装部申请，领来枪支，发给基干民兵，晚上在村里巡逻。

这天轮到两个民兵值班。半夜路过竹园，听见一丛慈竹后面传来异响。电筒光照射过去，照在一只大花猫身上。花猫穿金钱褂子，拖长长的尾巴，静静地站在竹子旁，圆鼓鼓的眼睛发着凶光。花猫不是老虎，是金钱豹，豹子是要主动攻击人的。看见民兵，豹子突然扬起爪子，气势汹汹扑向他们。有个民兵手上端着上膛的冲锋枪，哒哒哒就是一梭子，豹子发出似猪又似狗样的嗷嗷叫声，一个踉跄栽倒在地。被打伤了的豹子很快又翻爬起来，连跑带跳，转眼跑出他俩的视线。民兵上去检查，发现地面留下几滴鲜血。

豹子被打跑，死活不明，空气依然紧张，堡子里的民兵继续值班，直到一个月后，警报才解除。有位村民向政府报告：山沟里发现一只腐臭的金钱豹。

我们堡子有人也遇过一次豹子夜游，地点就在我家粮仓门外的路边。

我家粮仓，其实也是我的书房，我喜欢独自睡在那屋，方便看书。有个星期天早上，我还在睡觉，听见母亲在重重拍门。她在门外喊道："华华，你昨晚听见外面有啥动静？"

我在床上打了几个哈欠，伸了伸懒腰，答道："没有啊，我睡得沉。"

母亲说："你睡得真够沉，昨晚门外路上有豹子呢！"

听见豹子，我兴奋得一骨碌翻爬起来，推开门，看见门外有几个人在小声议论。

承包生产队碾米房的曾表婶，这晚独自在下晒场的碾米房碾米，碾完米后已经是下半夜。

月光皎皎，曾表婶走到我家门外，突然看见岔路口下方站着一只眼珠子发光的花斑野兽。曾表婶倒吸一口冷气，暗暗叫苦，她明白遇到了豹子，她不敢声张，也不敢跑路。豹子深更半夜与行人不期而遇，可能也感到意外，站在原地纹丝不动，默默地和曾表婶对峙起来。

曾表婶娘家在山区，她有经验，从小就晓得野兽怕光怕火。她惴惴不安了一阵，见豹子没有主动攻击人的样子，开始镇静下来。曾表婶明白，人怕豹子，豹子也怕人。急中生智，她突然把电筒开到最亮，强光射向豹子的脑袋。豹子睁不开夜视眼，脑袋扭向一边，转身避开。豹子的举动正中曾表婶的下怀，她一边继续用电筒照射豹子的脑袋，一边轻手轻脚顺着我家墙根，慢慢绕道，退进晒场，咣当一声，迅速关闭大门，七上八下的心才落定。

发现豹子的那阵，堡子里派出民兵，夜间拿着棍棒到处巡逻，家长也不准娃娃们晚上出门，小孩子少了许多打闹的乐趣。过了两月，没有发现豹子的踪迹，我们堡子才又恢复往昔的平静。

槐树上的观音菌

下堡子有家人的院里有棵老槐树，树冠硕大，虬枝伸展，浓荫密布，遮盖了他家大半个院子。槐花开时，枝头雪白，香甜四溢，大人和娃娃都喜欢摘吃。

槐树的十多米高处，半腰上分了三杈，每一杈有小桶粗。有年，中间的那杈遭雷击，打得黢黑，最后焦干枯死。

树大自然有鸟窝，这棵树顶上就有好几个，有乌鸦也有喜鹊。鸟儿为了防蛇，往往把鸟窝搭在高处。乌鸦和喜鹊，一左一右，分别占据着高处的楼台。

老槐树上很热闹，晚上乌鸦呱呱叫，早上喜鹊嘎嘎响，你方唱罢我登场。乌鸦的叫声低沉凄凉，槐树的主人皱眉忌讳，想方设法驱赶。但鸦窝搭得太高，架上梯子使用竹竿仍然够不着，丢石头打又怕砸坏屋瓦。主人纠结，最后狠狠咒骂几句，不了了之。

鸟儿除了叫唤，还随意拉屎。屎尿从天而降，落在院子地上，有时也落在院中活动的人头顶。鸟屎落头顶，迷信的人怕得要命，乌鸦少不了又迎来一通臭骂。恶作剧不一定是乌鸦搞的，也可能是喜鹊，但人是不骂喜鹊的，所以乌鸦也就难免背黑锅。骂不管用，鸟儿根本听不懂，还以为人在唱赞歌，继续在浓荫密布中我行我素。不过，大多时候，鸟儿拉屎还是拉得比较有规律，它们站在鸟窝周边，撅起屁股，天长日久，下边的树杈就堆积起了一个圆圈。

我刚上初中这年，有天听说那棵槐树出了古怪，长出两朵形似观音的菌子。菌子不仅形像，周边还套着一个白圈，宛如画像里菩萨头部的佛光。

附近好多人去围观。母亲也去看了一次，说观音菌长得活灵活现，说得我心痒，也想去观瞻。但我在上学，平时没有时间。等到星期天，前一天晚上又下暴雨，下堡子和我们上堡子之间隔条河。河水暴涨，桥梁被淹，去看观音菌的人回来说涉水危险，我只好作罢。

这棵树上生的菌子像观音，据说是下堡子的巫婆认出来的。

农村人爱说"跟着好人学好人，跟着巫婆学跳神"。这位巫婆跳大神我没有看过，但她帮人立水筷我倒是亲眼所见。有天我们大屋子后面的陈家姑娘生病，胡言乱语，她家奶奶请来这位巫婆给她立水筷。筷子能在水中站起来，简直不可思议。母亲听说，黄昏时带我去看稀奇。年过半百的巫婆穿得干净利索，提着一个竹篮，急匆匆带着一把筷子和几张纸钱来她家。她先摸了摸姑娘的额头，很快站起身来。她在床边烧了几张黄纸钱，然后抓起三根筷子并在一起，口中念念有词，插在装满水的小碗中。过了一会儿，她松开手指，奇怪呀，筷子立在水中竟然不倒。筷子是立住了，但姑娘的胡话还是没有消除。巫婆给姑娘吃了几片白色的药片（父亲后来分析是感冒退烧药），然后说道："小鬼已经驱除，只是还在跑路，下半夜姑娘就会正常。"陈奶奶千恩万谢，塞给她十元钱。那个时候的十元钱，是一个小学生一学期的学费。巫婆微微一笑，满意接过"大团结"，放进手绢包裹着，揣在怀里，提着竹篮，转身又匆匆离去。

看见立水筷如此神奇，回到家，我也拿来筷子做试验。我用三根筷子，立了几次。奇迹出现，我竟然也让它们屹立不倒。我一个毛孩竟然能立神乎其神的水筷，我兴奋起来。兴奋过后，我开始研究原理：三根筷子并列，蘸了水后粘连，接触面大，相互依靠，平衡不难找。事实胜于雄辩，我告诉母亲，巫婆立水筷，是糊弄人的把戏。母亲看了看我立在碗中的筷子，不反驳，也不跟我争辩。后来我儿子刚学会走路还不会说话这年，我带儿子回老家。下午，姐姐们带他出去玩耍，晚上回来睡觉时，他大哭不止。母亲也给我儿子立水筷，筷子立住了，儿子仍然在哭。看见我妻子神色紧张，姐姐们这时才说实话。之前她们带我儿子去朋友家耍，那家好客，给他吃了红薯和肉，小孩不知饱胀，吃撑住了。半夜三更，两个姐姐和我们两夫妻把儿子用毛毯包裹，急匆匆抱着去几公里外找医疗站。赤脚医生随便问了两句，取了一张宝宝一贴灵膏药，啪的一声贴在我儿子肚皮上，再给他吃了一瓶藿香正气液。一会儿工夫，我儿子就不嚷不叫破涕为笑。

老槐树的枯枝长菌子，本来不应该算怪事。有次我和一个玩伴，在我们堡子口有家人自留地的水沟边，发现一棵半枯干的槐树根部，团团簇簇长着一大团白乎乎的食用菌。不同的是，老槐树这回长的两朵菌子，有点像写意的菩萨，再加鸟儿拉下的粪便在菌子后面又围起一个圆圈，更让人浮想联翩。

主人发现槐树上长出奇特的菌子，左邻右舍也发现了，消息不胫而走。队上的人陆续围观，巫婆也匆匆赶来。她来到树下，抬头望了望菌子，回过头来对人群说，这棵是神树，观音坐台，树菌成仙，须要敬拜。说完这些，她转身回家，取来香蜡纸钱在树下点燃，开始磕头作揖。有巫婆解说和烧香，观音就越看越像，围观人也跟风跪拜。后来还有人买来红布缠树，在树下许愿。红布越来越多，槐树的下边全部被包裹。

再往后烧纸的人络绎不绝。树下人山人海，排成长龙。他家院子仿佛成了香火旺盛的寺庙。

院中烟雾缭绕，火光熊熊，一阵风吹来，没有烧尽的纸钱漫天飞舞，树上的红布条呼啦啦作响，主人家眉头冒汗，心里发慌。众人烧香拜菌，已经严重影响他家的生活了。

摘除菌子，怕乡亲们责怪；关门不让人进，情面磨不开；进来又搞得乌烟瘴气，早晚不得安宁。槐树主人叫苦不迭。

又犹豫了一周，苦恼了一周，最后无奈求助公社。

派出所派来两个公安人员，把烧纸烧香的群众驱散。他们架上楼梯，把那两朵闹得沸沸扬扬的菌子摘了下来。

堡子口的那片田

堡子口的那几十亩水田，是我们堡子最好的土地。土质肥沃，放水方便，离堡子最近，粮食产量高，栽种、施肥、收割，样样省劳力。包产到户时，抢手至极，相当于现在的网红地。分田靠抓阄，我家没有抓到，我叽叽咕咕，埋怨了父亲许久。

那片田，在我上小学时，杨家犁地时翻出过一把汤姆逊冲锋枪。这枪估计是中华人民共和国成立时国民党逃兵仓皇丢弃的。埋在土里二十多年了，外表早已锈迹斑斑，枪管也几乎锈烂，只有枪壳没有枪栓。这把烂枪成了杨家小孩的最爱，时不时拿出来在小孩群里炫耀。有次我去他家玩，他一高兴，就把枪拿出来给我玩，但不准我带出门。我在他家玩着这把烂枪，开始遐想：中华人民共和国成立前的战争，似乎不是啥遥远的事情。杨家小孩玩烂枪玩了两月，玩腻了。干脆卖废铁，换几包零食，犒劳肚皮。

土地承包到手种了一季。有天来了几个陌生人，带着仪器在这片田里比比画画，这看看，那瞅瞅，他们是地质队的勘测员。过了几天，这帮人又搬来机器，说要在田里打桩钻探。村民问探啥？他们说探石油。沧海桑田，地下到底埋藏着啥东西，谁说得清楚？田主人顿时窃喜，万一地下真有石油，不是糠箩篼跳进米箩篼？坐在金山银山上哭穷？期盼一周，探桩打完，勘测人员摇摇头，说一滴油都没有。

希望的泡沫破灭，发不了意外之财，只有老老实实，继续种稻谷、种麦子、种胡豆、种油菜。不论种哪样庄稼，年年都获丰收。但粮食再好，收入总赶不上经济作物。

后来有户人试种蔬菜，一年下来，一亩田盘点收入上千元，让有些人羡慕。

但种蔬菜也是个累人的活，一年四季，从早忙到黑，天天都有干不完的事情流不尽的汗水。挖地、播种、除草、施肥、打药、浇水、采摘、售卖，样样都不轻松，说起来脑壳都疼，仔细想想，认真盘算，眼红的人最后还是打了退堂鼓，继续种田。

过了十年，对面三小队的田，被人租去发展副业种葡萄。而田主，既可以收租金，还能在葡萄园打工，家门口挣双份钱，收入不比种菜差，我们堡子这边的人又开始艳羡起来。他们也希望葡萄园主扩大规模，发发善心，把他们的地也租去。但种葡萄的人实力不够，不敢答应他们的渴求。

有一个秋天，刚收割完稻子，路上突然来了一辆高级小车，停在这块田边。车上下来两个戴墨镜跨公文包的中年男人，在田边指指点点，叽叽咕咕，转悠许久。然后开始问东问西，跟村民攀谈，打听这块田的主人。他们说想租这块土地，建园艺场种树木。租期长久，签订十年合同，年前预付租金，忙时请村民做工。村民们正愁眉苦脸，财神菩萨就上门，心头欢喜不尽。一拍即合，很快跟他们签订租赁协议和劳务合同。

过了几天，来了几个人和一台挖掘机。把水沟架上桥梁，在田里挖出土路，建上两间简易砖房。又过半月，陆陆续续，东风车拉来百多棵或碗口大或脸盆粗的叶榕树和黄桷树。树木的枝条和顶端早被修枝剪短，根部包裹着泥土，不知是从哪里挖过来的绿化树。这些绿化树从车上卸下，稀稀疏疏地种在这片田里，请了两个外地人管护。

开始管护人和村民每天都在忙碌，给树木施肥、浇水、除草，冬天给盖草席，开春后把草席揭掉。剪光了枝叶的绿化树，很快长出嫩芽，全部成活。后来绿化树每年卖出几棵，也不见再补充新树进来。树木越卖越少，田里越来越稀，老板却从不来过问，仿佛这田跟他风马牛不相及。老板不管，园丁也懒得除草，随它们自由自在地疯长。最后连那两个园丁也不见踪影，只剩下野花野草，和那几十棵萎靡不振的绿化树，在良田里，早晨迎霜晚送夕阳，有点凄凉。

村民一头雾水，闹不明白，这片田到底是种树还是种草？看得堡子里的人个个心头纳闷，脸露狐疑。大家开始议论，这个老板到底出了啥问题？有人猜是在洗钱，也有人说老板在外地投资，估计挫败铩羽，管不了这里。

田里虽然野草肆意，老板却一直不管，但租金却从不拖欠。付租金的时间相当准时，就像头顶迁徙的大雁。每年秋深时，就有人开着小车，沉甸甸提着皮包，一分不少地把钱送来。

看见良田荒芜，土地的主人皱眉心疼，本想在田里种点粮食栽几块蔬菜，但年年都收到租金，又打消了私心杂念，继续恪守合同。有次我回堡子，听人说起，询问原因。有个人一本正经地说：人家不欠租金，我们也不会动用租出去的土地，做事先做人，这是诸葛堡子的规矩！

茅草就这么一直疯长着，堡子里的鹅和牛在荒田里朵颐着，租金也雷打不动按时支付着，树木也由村民按照不成文规矩义务看守着，这种奇怪但不失和谐的状态，默默地维持到土地被政府征用的那天。

工作组来统计丈量赔偿农田损失的时候，种树的老板也没有出现，只是来了两个年轻人，懒洋洋地和工作组到现场清点树木、丈量房屋。

老板是何方神圣？为何租田种树漫不经心？至今还是个谜。

王家怪事

一

我在外地读书，有一年过春节的时候，下堡子有家老两口提着糖果糕点来给上堂屋的王婆拜年。

老两口走后，母亲指着他俩的背影对我说："他们家姑娘可能和你是同学，也考取外地的学校，去年突然失踪了。"

下堡子姓王的小学同学太多，十多年没有交集，失踪的姑娘，母亲又说的是乳名，我也记不清到底是谁了。也许是下堡子的人经常吃鱼的缘故，印象中，下堡子的娃娃个个聪明，尤其班上几个女生更是出色，禀赋高，数学题算得快。这位失踪姑娘，到底是谁？我很想问王婆，最后又忍住。问清又有啥用？难道还能帮寻？

我问母亲：那家姑娘已成人，咋会失踪呢？母亲说：女娃读了一学期，放假后一直没回家，也没有书信，父母急死，到她学校找。学校回复，说她买了回家的火车票。事情严重报告派出所，立案查找两个月没有结果。推测姑娘多半已遭人贩子毒手被拐卖了。父母头发一夜愁白，伤心欲绝。

后来堡子里的家长一再嘱咐到外地读书的儿女，千万不跟陌生人说话！母亲也嘱咐我：不要在外面乱吃乱喝陌生人的东西。我劝母亲放心，我是个男丁，人贩子不会打我的主意。我还思忖带点三脚猫功夫，正愁无处施展，倘若遇见正好为民除害。

听到这个不幸的消息，我站在天井边设身处地，心潮起伏。子女是父母的心头肉，姑娘养大成人，不知花费多少心血，就这么无声无息地被人骗走，该是多大的痛楚？！想到这里，我就禁不住为这家人惋惜，诅咒人贩子遭千刀万剐、遭雷劈。

过了七八年，有天失踪的王家姑娘突然回来了，手上抱着一个眉清目秀的奶娃。她真是被人拐卖到外省，已经为人妇为人母。那几年，有些地方光棍成群，本地媳妇难讨，干脆花钱买外省被拐卖的姑娘。公安部门严打拐卖，各地成立专案组联合破案。高压下，王家姑娘失踪的案子也得以告破，姑娘被解救出来。但岁月如梭，七八个春秋已过，姑娘已经变成了媳妇，成了两个孩子的母亲，何去何从，派出所征求本人意见。

久别重逢，王姑娘泪眼婆娑回到父母身边，一家人抱头喜极而泣。叙完离愁之苦，听过姑娘被骗经过，父母终于冷静下来，愁云再次布满。姑娘不再是单身，膝下已经有了两个跟班，一个在夫家上小学，一个在这里吃奶。姑娘的心，父母放一半，娃娃放一半。姑娘很难！

天气渐凉，大燕南归，王家姑娘望着房屋后面波光粼粼的湖水，遥想远方上学的女儿，发呆半天，垂泪半宿。

姑娘的心思，父母心如明镜。时间过去两月，王家父母忍不住，终于开口劝："娃呀，你跟我们住，还是回你外省男人家，随你心意，我们不会拦你，何去何从都是命。你也不要挂念我们，这里有你哥哥。"

手心手背都是肉，王姑娘矛盾重重，放下孩子，抱着父母，放声大哭。最终，第二天还是登上了回外省小家的火车。之后和父母的联系靠鸿雁传书。

再后来，听说她男人那地方穷得很，也无挣钱门路，干脆举家外出，搬来我们县城打工。王家人终于全家团聚，免了相思之苦。

二

王姑娘失踪后一年，哥哥王大也娶亲成了家。小两口对父母孝顺干活也卖力，天天起早摸黑，捕鱼种田。辛苦一年他们家积攒了一百多块钱，到城里买了辆飞鸽牌自行车。那时自行车有个别称叫"洋马"。有了洋马，王大来去自如。进城卖海鲜，出行快又方便，早上出去，中午就回来，洋马成了他的最爱。每次用完车他都要用清水冲洗几遍，用布条擦拭几回，打整得一尘不染，光洁如新。

洋马骑了一年，有天王大卖鱼后到人民商场买日用品，把车锁在商场的大门外。十分钟光景出来，车不翼而飞。王大气恨交加，懊悔自责，骂贼娃子不长眼，不劫富反劫贫，害他家辛苦一年，一夜又回到解放前；悔自己不长脑袋，节省停车交费的五分钱。他站在门口五味杂陈，含泪捶胸，万分懊悔。

路人劝他："折财免灾，赶紧报案。"这案子无头无绪，民警也感到为难，短期内无法破案。安慰其几句，让他留下联系地址，看看以后是否有消息。

王大唉声叹气回到家中，茶饭不思，夜不能寐，脑袋里整天充斥着的都是洋马的影。晚上睡不着又爬起来喝闷酒，边喝酒边骂小偷，骂了小偷也不能消愁，又起来醉酒。抽刀断水水更流，借酒消愁愁更愁。白酒喝了几斤，时间过了一周，王大萎靡起来消瘦下去。媳妇心痛，好言相劝："妹妹已经失踪，你不要再给父母添堵。一辆自行车算啥嘛？钱财乃身外之物！只要身体好，比啥都重要。有你青山在，还怕没柴烧？旧的不去新的不来。男子汉拿得起放得下。赶快起来，该干啥干啥。"

媳妇的良言喊醒了王大。他终于少了几分自责不再消沉，打起精神从床上爬起来。吃过晚饭后，拿上斗笠、渔网、鱼叉，摇橹下海。

这晚湖面风平浪静，月光皎洁，一览无余。上半夜收效甚微，只网了几斤鲫鱼和半盆大虾。累了半夜，王大困乏了，躺在船头小憩。

迷迷糊糊中，王大听见湖里有扑通扑通的响声，船身也开始剧烈摇晃起来。他睁开眼睛看见船旋五米外的水面，有两条大鱼正在嬉戏，卷起碗大的水花。

王大惊喜，轻轻拿起鱼叉，力贯手臂对准其中的一条大鱼奋力投掷过去。鱼叉不偏不倚刺中鱼的脑袋。大鱼突遭重创腾空而起，如一枚重磅炸弹重重砸回水面，砸得水花四溅船体摇晃。另一条大鱼受惊，一个猛子扎向湖底逃之夭夭。王大回过神来，赶紧拉住鱼叉尾巴上的尼龙线。大鱼被刺当然不肯乖乖就范，和他搞起拔河比赛，一会儿潜入海底，一会儿冒出水面，沉下去又浮上来，反复几次。大鱼没有三国名将夏侯渊拔箭吞眼之狠，也没有海参吐脏和爬壁虎断尾自救之术，鱼叉尖上还安着倒钩羊角，越挣扎扎得越深。斗了几个回合，大鱼终于安静下来。王大不敢麻痹，怀疑鱼是诈死，迅速把它拖到船帮边检查。原来是一条将近两米的大花鲢，咕噜噜吐着气泡，气若游丝。

王大擦干汗水，摇船靠岸。把船绳绑在柳树上，脚下生风跑回家，声震屋瓦，把门拍打。

天亮后，几百个村民跑来围观罕见的大花鲢。大家议论纷纷：有人说，传说邛海有大鱼，果真不假；有人说王大走了狗屎运；也有人夸赞王大的飞叉了得。说得王大满面春风，喜气洋洋。

顾不上吃早饭，大家七手八脚帮忙将大鱼拉上岸，抬上架子车。

一米多长的花鲢摆在城边农贸市场的空地上，颇惹人眼球。围观的人水泄不通，争先恐后。王大也不着急卖鱼，等众人饱眼福看稀奇，还不厌其烦给大家讲大鱼的来龙去脉。等到太阳升起的时候，他才卷起袖子挥动砍刀，把大鱼分成小块分别出售。

大花鲢卖完，卖了二百多元。两口子心花怒放，叽叽咕咕一通商量，然后兴冲冲走进人民商场，买了辆永久牌的自行车。

第四辑

土味生活

冬雪上梁

居住宽房大屋，这是许多人梦寐以求的事情。尤其是以前的农村，更是彰显财富、关乎脸面和以后儿女们男婚女嫁门当户对的问题。哪怕全家节衣缩食，也要在宅基地上，建起几间像模像样土木结构的大瓦房。这种想法早就植入骨髓，在血液里奔腾。

经过数年的积累，手中攒够了房款，紧锣密鼓，有条不紊地开始升地基，买木料，切土砖。待来年冬天，完成夙愿。

一条河流从我们堡子蜿蜒穿过。我们堡子地势低洼，害怕雨季，所以建房户总是想方设法把地基高高升起。堡子里无法再取土，但河水是大自然最好的搬运工！聪明人自有办法。他们先把屋基地挖出一个大坑，垫高半边屋基，然后再挖引水渠和出水渠，把河水引流到坑中，形成一个回水塘。暴雨过后，浑浊的河水源源不断把远方的泥土带来，淤积在塘中。关上进口，挖出淤积的泥土升地基。不到两个雨季，地基就升高数米。再拉来石碾抬来石夯，捶实压紧。

买来长短不一、大小不等适合建房的新鲜松木料，放在河水中浸泡。半月后树皮泡软捞出，用镰刀或斧头刮去表皮，露出白乎乎的身体。阴干后请木匠师傅画墨弹线、刀砍斧劈、挖孔凿槽，做成卯榫结构的木牌架。

晾干的土砖提前用架子车拉来，堆码在屋基地的周围，等待上梁后砌墙。

南方的雪来得金贵。一年难得光顾一回，来了也不稠密，白天堆积不起，落地就化。早上起来，屋瓦槽里铺白白的一层，也就算是对渴望下雪人的慰藉。这样的小雪无雪仗可打，无雪人可捏，总是让大人看得不够过瘾，娃娃玩得难以尽兴。诸葛堡子的大人和娃娃，渴望领略玉树琼花，多年都在期盼一场大雪。

漫天大雪终于不期而至。这是一九八四年的一个冬日，风雪交加，几十年不遇。

大人们说瑞雪兆丰年，娃娃们也欢喜，但一队祖婆婆家却很焦虑。

这天她家建房。雪花从下午就飘落下来，宛如老天爷打翻盐罐，大把大把落在草堆，落在瓦片，落在团团簇簇的竹枝上。夜幕降临，整个堡子白茫茫一片。木匠、土匠、小工、帮忙的亲戚，近百号人围坐在老屋子堂屋和天井边的柴火堆旁，喝酒御寒，抽烟解闷。娃娃们欢呼雀跃，在雪地里玩耍。打够了雪仗，又溜到厨房探头探脑，瞅瞅灶头上蒸笼里热气腾腾的红糕，是否已经香甜绵软。

上梁的日子和时辰已经选定，不能更改。祖婆婆愁容满面，不时从屋内出来手搭凉棚，看天，嘴里念叨："天老爷发发善心。"

子夜已经来临，雪花仍在无声无息地下落，朔风仍在呜呜地吹着，上梁的大红公鸡也无精打采。竹园里突然传来啪啪啪的响声，就像放炮仗。茂密的竹枝和竹叶兜不住厚厚的积雪，胳膊粗的慈竹被不由自主压弯身子，最后支撑不住拦腰折断。竹枝上的麻雀早已冻僵，失去了振翅高飞的能力和仓皇呼叫的声音，一个个犹如闷声下坠的石头，噗噗噗地砸进雪地，白乎乎的地面转眼多出数十个小洞。

下半夜，肆意的风雪开始变小。祖婆婆脸上的愁云终于散去，紧张的脸色放松下来。几百瓦的白炽灯泡明晃晃地照着场地，三根结实粗大数丈长的麻绳早就迫不及待。拉梁的男人们排成三排，开始拉扯两层楼高的木牌架。他们喊着"一二三，一二三"的号子，一起发力，牌坊样的一个木牌架很快被拉立起来。木匠上前，给排架的两边钉上撑杆。一串鞭炮平地里突然炸响，腾起白烟。硝烟散尽，雪地里洒满耀眼的红碎纸。半小时后，又一个排架被拉起，又响起一串炮仗的响声。木匠师傅爬上排架高处，用麻绳把几根连接的中梁和上梁吊到排架的榫口，用木槌重重地敲打，两个排架在深沉的响声中串联起来了。

第三串炮仗也炸响了，三个排架都连接妥当。此时，一个完全不用钉子，全靠卯榫结合的正三间木排架，稳稳当当地矗立在屋基地上。上百个帮忙人弯下腰，抱着排架的柱子，慢慢把它移动到指定的位置。

最后一根海碗口粗圆圆直直的大梁，也顺利地安放在排架的正中央。

雪地里再次响起震天价的炮响，然后就听见梁上的公鸡，发出一声清亮的高唱。

过年印迹

每年看见上堂屋的蔡爷收拾家什，我就晓得离过年不远了，那些饱食终日的大家伙也活到尽头了。

蔡爷是我们堡子的屠户。立冬后，他就开始在天井边霍霍霍地磨刀、磨剪子。他的刀有四五把，杀猪刀、砍骨刀、割肉刀、牛耳尖刀，大大小小，各式各样。每一样刀具，他都磨得光亮鉴人，在长满腿毛的小腿上轻试刀锋。

有钱没钱，杀猪过年。磨刀后三五天，就会有人上门邀请他去宰杀年猪。开始每天一头，很快忙不过来，杀猪需要等候。

蔡爷杀猪的烫猪桶，从立冬抬出，到腊月二十八才收工。烫猪桶是用松木板镶制的，一米多高，外面用三道粗篾条箍牢，可装十多桶水。杀猪的早上，主人家摸黑就要起床生火烧水。烫猪桶很大，要装五六锅水，等沸水备好，蔡爷和他的徒弟已经茶喝三开，烟瘾过足。

蔡爷每次杀猪前，都要在杀猪凳前搞个简单的仪式：烧几张黄纸，念两句腹语。然后在大木盆中撒一把盐，滴几滴菜油，把盆端到杀猪凳前。徒弟拿着绳子，和主人把待宰的肥猪从猪圈中拉出。也许猪儿明白自己即将寿终正寝，一路哼哼叽叽，不愿迈向断头台。但死亡的绳索紧勒猪脖，有力的大手提着尾巴，再壮的肥猪也斗不过人力。几双大手扳倒猪脚，把它按上木凳。蔡爷左手揪猪耳朵，左肘按猪脖颈，右手操起尺许长的杀猪刀，大喊一声：按住了！徒弟回应一声：按住了！刹那间，锋利的刀尖顺着肥猪的咽喉扑哧一声抵达猪心，猪儿一声呼天抢地，声音渐渐衰弱下去。蔡爷拔刀，猪血噗噗射向接血盆，盆中汩汩泛着白沫冒着热气。猪断气，木盆中的血也已装满。众人松开双手，蔡爷用刀在盆中搅动几下，喊：把盆端走。

滚烫的热水倒进木桶，腾起阵阵水雾，蔡爷说要给猪"洗澡"。沸水一烫，毛刮子擦擦一刮，再黑的猪儿瞬间露出白森森的身子。蔡爷烫猪，先烫脑袋和背脊，他要拔鬃毛。唰唰几下，指缝间就捏着些许猪鬃毛。拔回的猪鬃毛，整整齐齐晾晒在我家老屋的猪圈瓦上，等晾干后拿到收购站卖钱。一年攒的猪鬃，可以换回一扎钞票。蔡爷烫猪备有拳头大的石头，是用来打整猪脑袋、猪耳朵和猪脚的工具。捶捶打打，藏在凹处的猪毛就被石头敲打干净。尽管城里已经兴起粘毛的松香，但蔡爷似乎还是怀旧，喜欢石头。

小孩子最喜欢看蔡爷表演吹猪。刮毛之前，蔡爷用小刀在猪脚上割一小口，用一根细钢筋做成的挺杖从小口捅进去撑皮，捅遍猪的身体。顺着通道，鼓着腮帮往里吹气。渐渐的，猪身滚圆起来，宛如一个毛皮口袋，蔡爷说吹胀的猪毛好刮。看见吹猪，我联想，人们说的吹牛皮就是这样来的吧？不过，从来没有看见谁能吹起牛皮。

肥猪打整干净，接下来就是开膛破肚。乘着热气，蔡爷拿着小碗，把猪心脏中的回血舀给主人家，用来拌糯米蒸血粑。然后就是割猪头、卸四蹄、下火腿、砍肉块，风生水起，按部就班。徒弟们还在翻洗猪内脏，热腾腾的蒜苗回锅肉就已端上了饭桌，堡子里的炊烟才刚刚升起。年味不能独享，香飘飘的回锅肉，赶紧给左邻右舍送一大碗。

"千门万户瞳瞳日，总把新桃换旧符。"过年贴春联是必不可少的项目。临近腊月，每个周末我都要进城，城里的西街云集有写春联的地摊，我喜欢去看。写春联者上至耄耋老人，下到幼学之年，只要毛笔字好看，就可以去设摊。写春联的都是民间书法草根，居民和农民都有，平时在家操练，过年出来挣钱。他们自谦算不上书法家，似乎书法家是不屑街头卖艺的。一支毛笔，一瓶墨水，一叠红纸，一张桌子一把裁纸的小刀，再加一本春联大全，就是他们全部的挣钱装备。摊子上的春联，楷书、行书、隶书摆满，街头墨香浸人，仿佛在搞书法比赛。写春联的几乎都是男丁，但有年奇葩冒出一位中年妇女。她的春联字迹酣畅，大气端庄。她写几副春联，嘴上就叼一支香烟。吞云吐雾间，丝毫不影响笔走灵蛇，令人啧啧称奇。那时的春联价格不贵，一副五角钱。字体差点的，摊子前稍显清淡，但一个月下来，也能挣几百元，补贴家用不成问题；写得漂亮的，桌前人头攒动，生意红火，春节前可以挣上千元，让人艳羡。舍不得多花钱的也可以到新华书店买一大张红纸，带回家请村中的先生写上几副。内容大多是五谷丰登、招财进宝、六畜兴旺、家和万事兴等吉祥如意的用词，一副贴大门，一副贴厨房，一副贴猪圈。猩红的纸张配着乌黑的大字，过年的韵味瞬间四散弥漫，家门口霎时变得祥和温暖。看见别人写春联，我也跟着凑热闹。买来纸、笔、墨，鬼话桃符四五天，浪费了好多红纸。贴对子是用米汤或糨糊，先刷门头，把春联沿着门枋慢慢展贴下来。父亲每年总是让我来贴，并且反复强调：一定要贴伸展。他的嘱托代表着对来年的期盼。大人说贴春联是封门，一旦贴了春联就不允邻居来串门，害怕好运被偷。小孩子当然管不了那么多，照样撒腿往伙伴家中跑，比较谁家的年画最精美，谁家的腊肉最好吃。识字的大人，只能站在门口，慢慢品咂自家春节的味道。

年画最多的是门神，家家户户的大门上都贴着。凶神恶煞的钟馗举着扇子，踩着小鬼；威武雄壮的尉迟恭和秦琼，手持鞭、铜，膀大腰圆。堂屋大多贴风景画、仕女图、伟人画。仕女图最多的是我国古代的四大美女，伟人画是毛主席、周总理和朱总司令。美女衣袂飘飘，婀娜多姿；伟人目光如炬，和蔼慈祥。为了买到好看的年画，我每年至少要进两次县城，逛遍所有的书店。一旦买回的年画精美，就会得到家人的赞许。

天空放晴，吃过早饭，大人们到竹园砍些竹枝绑上竹竿，开始打扫楼板和屋瓦上的灰尘和蛛网，俗称扫阳春。扫完灰尘，清洗家具，洗涤床上用品。擦拭桌子、板凳、碗柜、箱子及坛坛罐罐实在麻烦，干脆统统抬到水沟边。用谷草蘸上白碱，里里外外洗涤一遍，再用瓜瓢或瓷盆舀水冲干净，又抬回家门口的院坝上晒干。我们大屋子有天井，过年前还要担河水洗涤。天井很大，清洗一次需要担十多次水。以前是父亲担，我上初中后，工作交我完成。床罩用了一年，早已积灰，发黄发黑，需要烧水蒸煮才能漂白。年前这天的忙碌，往往从日升持续到日落。大人带队，小孩也不余力，迎春的劳动，虽累犹喜。过年前洗头洗澡也是必需的进程。那时农村没有澡堂，洗澡水要端到茅厕。搞完个人卫生，最后才是集体打扫村中的公共垃圾。枯枝烂叶挑到田中做肥，或是集中焚烧。白烟升起，迎来祥和的气息。

大人忙挣钱，小孩忙过年。娃娃盼过年，盼的是压岁钱。父亲是泥水匠，每到年二十七八，总会有盖房的主人送来一沓工钱。父亲拿着磨破手掌的收获，随手抽出几张，笑呵呵发给我们五姊妹。我的压岁钱，一部分乐滋滋买鞭炮，一部分进城买小人书。我家的压岁钱，从五角一直发到十元。说起压岁钱，媳妇总是艳羡我，她是城里人，但最多也仅得过两元。

放鞭炮当然是过年的重头戏。除夕前几天，我早早买来三串鞭炮，一串子夜辞旧，一串良辰迎新，一串拆散零星燃放。为了防止鞭炮不响，买回来一定要在阳光下暴晒。临近子时，我就拿竹竿挑鞭炮站在门边。听见外面噼噼啪啪突然响起，手忙脚乱擦燃火柴，加入辞旧的大军，门口瞬间惊天动地。有回放了早晨迎新的炮仗，不过瘾，索性提着父亲做工的手锤，遍地砸哑炮。一锤子下去，爆响一声，吵了大屋子其他人的懒觉。初一早上，大门外的沟边围拢许多人，晒太阳，吃汤圆，往水里丢炮仗。不是水花四溅，就是引线噗噗响，水里冒起一圈一圈的白烟泡。

初一不出门，初二上坟，初三初四走亲戚。初五下午，村头宽大的地上矗立起高大的三角形秋千架，粗大的麻绳在秋千架下晃晃悠悠，吸引着年轻人上去表演。胆大的在上面摆弄姿势，任意翻飞，胆小的在地上大呼小叫，鼓掌喝彩。听到夸赞，表演者愈发来劲，蹬脚动腰，越荡越高，换来更多的叫好。

看见庄家堡子的高跷队跳秧歌，我们堡子的娃娃也心痒，忍不住砍树枝做高跷。砍来的树枝结疤处不平整，脚踩上去东倒西歪，摔得人仰马翻。后来有人发现表演队高跷的脚蹬不是天生，大家才恍然大悟。赶紧找来一段木墩绑在上面，蹦蹦跳跳，你追我赶，玩得不亦乐乎。

不知母亲从哪里学来的手艺，每到冬天，总会做几十斤米糕和泡果犒劳家人。美食做好，拿一些送人，余下的装满满两大木箱，从冬月一直吃到夏天。米糕可以干吃，也可泡水。松软的米糕带着香甜，顺着喉道爽滑下去，别有一番滋味。

泡果形如指头，商店叫沙琪玛。沙琪玛这名字实在不易理解，也许来自草原。我们诸葛堡子还是喜欢把它形象地叫作泡果。制作米糕要经过泡米、汽蒸、晾晒、爆炒和上糖四个工序。泡果就更复杂了，泡好的糯米除了粉磨，蒸好的糯粑还要倒进舂窝中捣溶。捣糯米粑是个累人的活，面冷变硬，捣粑必须趁热，必须不停地捣杵，糯粑越捣黏度越大越费劲。捣粑人哈热气，甩膀子，咬牙齿，数十下后就精疲力竭，需要车轮换人。捣好的糯团移到堆有谷糠的篾筛中，趁热牵引，牵成薄薄的面饼，上面再撒一层谷糠或豆面。面饼固定，冷却后剪成宽条晾晒。晒上一天，再用剪刀改细继续晾干，待热沙爆炒。抓一把糯米条丢在锅中，热沙子覆盖上面，锅中很快就噗噗噗发出轻微的爆声，一条条白生生的"老母虫"翻沙而出，锅里顷刻鲜活起来。

裹泡果的糖水用糯米和红糖按比例熬制。熬糖水需耗数小时，中途还要加麦芽粉，加麦芽粉后的糖水黏度更佳。检测糖水是否合适，需要用锅铲，舀起一勺，倒掉后观察剩余的糖水，是否在边沿结成不落的"红旗"。

熬制糖水，颇费时间。熬成往往是半夜，大人已经哈欠连天，更别说小孩。母亲刚学做泡果的那晚，我在梦中被母亲拍醒，她说师傅来了。我揉着眼睛起来，看见一位大娘正在撸袖子，舀糖水拌泡果，拌匀后捧进模具木板框，用压条赶平压实，然后拿起菜刀嚓嚓嚓，切成薄块装箱子。

泡果做好，母亲每年都要向亲朋好友赠送一些。用牛皮纸包裹，提着竹篮笑盈盈送去，乐呵呵回来。

再往后，上学前和放学后，装糕点的木箱，就是我和姐妹们最喜欢检查的地方。

坝坝电影

电视还没有普及的时候，我们堡子里的人最喜欢的事情，莫过于看坝坝电影，热闹程度堪比过年。

放坝坝电影前，需提前在坝坝边上选个地方，立两根高木桩，绷投影幕布。遇到宽坝坝，木头立在场地中央，人们分别从两边看。反字不好认，识字的人不喜欢看背面，对文盲和小孩却没有影响。

放电影的那天，刚吃过午饭，小孩就迫不及待，兴冲冲扛着长板凳到坝坝抢占最佳位置。为争位置，难免吵嘴打架。偶尔也有后来者捡好位。坝坝里的板凳已经摆满，正当站好位者兴高采烈，站差位者唉声叹气时，电影放映员来了。他左看看，右瞧瞧，用手一指，嘴里冒出一句："这边不行，换个方向。"坝坝里瞬间沸腾，好坏逆转。三十年河东，需三十年才河西，为何半天工夫就更改流向？这下捡好位者笑得合不拢嘴，丢好位的噘起嘴巴。办喜酒的电影专场另当别论，黄金位置，迟早归主人家，板上钉钉不会变。众人只是蹭着看，位置差点也知足，不讲二话。

放映员的职业令人羡慕，是乡上的正式编制，是传播文化的操盘手，放啥电影全由他拍板。放映员的工作虽让人眼红却不好担任。人上一百形形色色，男人、男孩喜欢战争片，大爷、太婆乐戏剧片，妇女爱看言情片和生活片，儿童想动画片，众口难调，难为了放映员。合心仪的，夸他本事大；不合胃口的，在背后骂孬火药。不过也有脑袋瓜灵的，总会轮流"上菜"：一四七放战斗片，三六九放生活片，二五八放戏剧片；或者一晚放两部，既有战斗片，又有生活片，老少兼顾，考虑周全。这样的放映员，相当受村民拥护。

装电影片子的铁箱子刚运到，小孩就蜂拥围拢打探片名，然后撒开脚丫到处散播，心中荡漾起莫名的快活。但有时不知是放映员装错，还是故意装怪，"酱油瓶里装醋"。盒子外明明写着《南征北战》，放出来的却是《乔老爷上轿》，惹的有人骂娘，有人埋怨，有人嘻哈大笑。

小孩子不光看电影，更向往放电影的坝坝，看重玩耍和零食。坝坝边上卖甘蔗、梨子、柿花、地瓜、瓜子、花生和核桃等，琳琅满目，应有尽有。热天还有冰棍、凉粉伺候。平时吝啬的家长，遇到放电影，往往也开绿灯，让孩子解馋。娃娃们吃着零食，欢天喜地。

电影好看，场外也精彩。男孩喜欢玩弹子、赌烟盒、划甘蔗，女孩喜欢抓香包、跳橡皮筋。

男孩捡来花花绿绿的烟盒折成等腰三角形，用来玩游戏。初学者手掌扇风拍地，烟盒全部翻面就赢。高级玩家将一尺长的烟盒码在手腕，小臂突然往天上一抖，一招"金龙探爪"，抓向怀里，抓住不落地的就算自己。谁先谁后用"剪刀、石头、布"决出。

划甘蔗的游戏也很考技术。大家凑钱买甘蔗，比赛刀工。划甘蔗要排顺序，一人出一只手，从甘蔗的一头依次往上握，握至尽头，谁的手在上谁先划。划甘蔗用的是水果刀，一手掌甘蔗，一手持小刀。刀刃轻放甘蔗的顶上正中间，找到平衡点，突然发力往下拉。拉开多少，割走多少，余下的留给下一个。最炫目的刀光一闪，整根甘蔗一分两半，喝彩不断。大家没机会动刀，却无怨言。通常这种情况，赢家也会慷慨起来，分些给大伙儿。吝啬的舍不得分，多半会招来娃娃们的鄙视：大家吃，大家香，一个人吃了烂牙腔。

我爱看小人书，几年下来买了一箱，队上的另一位玩伴也攒有不少。每逢放电影，我们就合伙把书拿至晒场，铺上塑料布摆地摊，五分钱看一本。收到的租金又拿去买书，买了书又出租，循环往复，书越来越多，四大古典名著、《杨家将》《兴唐转》《说岳转》《五鼠闹东京》《偷拳》《义和拳》《西厢记》《小二黑结婚》《奇袭》……各种小人书一大堆。回头想来，如果说我现在还有点经济头脑，应该是那时打下的基础。

娃娃们最喜欢去省建二公司看电影。那单位是修建铁路的，电影隔天就有。途中要经果园。路过时，胆大的上树偷，胆小的地上捡，每次总能弄几个果子吃。好的偷不到，熟透落地摔成几瓣的，也捡起往嘴里塞。运气最好时，是路过果园遇上刮大风。梨子、桃子、杏子，砰砰砰往下落。这时看园人的脸色反倒和善下来，主动招呼：随便捡，随便吃。我们队上有个大男孩，制作了一挺小钢炮，有次用削尖的拇指般粗的木头做子弹，拿火药做动力，一炮轰下四五个梨，惊动了守园人。一大群小孩被看园狗追得屁滚尿流，往灌木丛中藏。好几个的衣服被刺挂烂，手上、脸上戳起窟窿，狼狈回家。

去二公司的公路边有个销毁残币纸钞的窑子。每次路过，我们都要钻进去瞧瞧。翻来翻去，希望在灰烬中找到漏网之"鱼"，可发发小财的希望总是破灭。

全乡不管哪村准备放电影，消息都会不胫而走，不到下午三点，方圆几公里就传遍。偶尔情报不准，不是小道消息，就是有人故意散布虚假，第二天有人问看啥片，去的人哈哈一笑：英雄白跑路。

看坝坝电影有时也让人烦恼。

最糟糕的是突然停电，坝子里黑灯瞎火，人多嘈杂，小孩在哭，大人在闹。尤其盛夏初秋，天气炎热，想到外面去吹风歇凉，但场上人密密麻麻，挤进挤出实在麻烦，除了上厕所，大多数人只能原地待着。这时，蚊子嗡嗡叫，专往脚下叮。啪啪啪，打蚊子的声音此起彼伏，扇扇子的声音咣咣作响。有钱的买蚊香抵挡，没钱的被叮得左脚疙瘩，右脚包包，不停跺脚，好生烦躁。

有时电影放至中途，天公不作美，真是大煞风景。露天看电影，当然只有淋雨的份儿。下大雨，草草收场；下小雨，放映继续。带了雨伞的人把伞撑得老高，后面的人踮起脚尖，扭着脖子，看得相当酸苦。没带雨具的等把电影看完，早就浑身湿透，回去在泥泞田埂路上，深一脚浅一脚，衣服刚被身体捂干，再来一阵大雨，个个变成落汤鸡。

遇到"跑片"也很伤神。几个村同一天晚上放同一部电影。每部电影一般四盘胶片，先放电影的村，放完一盘，就赶紧送到另一村，那村等不及，跑着人来取，所以顾名思义叫跑片。跑片都是精彩的新片，中间等的时间长，情节不连贯，吊胃口，不能让人一气呵成，弄得隔靴搔痒很是不爽。有时看电影要长途跋涉几公里，中途打退堂鼓心不甘，硬着头皮熬着看完跑片电影，回家后差不多是下半夜。上床刚刚睡着，鸡又开始打鸣。出早工的哨子已经响起，不想起来又怕误工坏事，让人头痛不已。

后来，我在城里的广场也看过几场坝坝电影，但热闹场景，根本不能与从前相提并论。

风生水起的晒场

从前，晒场是一个村庄最热闹的场所，承载着农村人的集体生活。

那时水泥金贵，我们堡子建晒场，用石灰、黏土和小石子混合成的三合土代替。

建三合土的晒场要用木棒槌敲打。打晒场的那月，数十人一排，坐在小板凳上，手拿木棒槌噼噼啪啪倒退着砸。众人和拍槌打，晒场上就回声嘹亮。噼啪、噼啪声中，乳白色的泥浆飞溅上脸，个个宛如唱戏的麻子，星星点点。三合土槌紧，面上的白泥浆用铁掌子镗平。几天后，三合土晾干，就可以交付使用。

割麦子收胡豆的那阵，晒场上总是非常热闹。

天刚放亮，男人们打着哈欠踩着露水，三三两两扛着两头又弯又尖的木扦担来到麦田。用草绳捆绑妇女们头天下午割倒的麦穗，插上扦担，晃晃悠悠挑到晒场。妇女们麻利地解去草绳，铺散开麦垛，任凭麦穗被骄阳晒干晒脆。吃过午饭，女人们又不约而同来到晒场，挥舞起木条连盖。连盖呼呼呼旋转起来，似流星赶月，又似战马奔腾。麦芒飘扬，麦粒四溅，晒场上风生水起。

一旦石碾在晒场上骨碌碌滚动，娃娃们就心痒手痒，笃笃笃地跑来。嘻嘻哈哈，咧着嘴巴，毛手毛脚把石碾西拽东拉。石碾启动费劲，转起来却省力，越跑越快，追着脚丫，吓得小孩哇哇直叫，慌乱丢了拉绳，拔腿就跑。

后来生产队有了电动脱粒机，虎口张开，"不多不多"吼叫着，一夜吃尽堆成山的麦垛，粮食归了仓，晒场边便造出一座蓬松的小山。麦秆山是小孩的乐园！或钻到麦秆里玩捉迷藏，或把中间掏空当卧房，或躺在里面数星星望月亮，睡到天气透凉才离开晒场。也有胆大的，爬上围墙，背向麦草，鹞子空翻，搞杂技表演。

五月，天空滚过惊雷，雨水开始淅淅沥沥。遭雨淋的碎谷草开始发热发酵，长出白酶，冒出密密麻麻白花花的小草菌。草菌可食，虽袖珍，但一抓就是一把，一会儿就装满一盆，加点油盐烧汤，味道尤其鲜美。

粮食收上坎，贮藏前须尽快晒干。收粮之时，往往也是烈日炎炎之日，暑气蒸腾，伏热肆意，晒粮人汗流浃背。有经验的，荫凉处备一盆绿豆汤，或者放一壶荷叶茶。推着木耙，场上走几圈就跑回场边，端盆子，抱茶壶，扬脖子，咕咚咕咚，水牛样猛喝几口。

看见满场的粮食，麻雀成群结队飞来，跟人争抢。守场人挥舞缠红布条的竹竿，高声吓唬。偷嘴的鸟儿胆大包天，根本不听招呼。人在这边赶，麻雀往那边飞。人吼天吼地，气喘吁吁，麻雀旁若无人，惬意朵颐，气得看场人吹胡子瞪眼睛。

看见麻雀成团打块，有位村民买来火药枪。一声爆响，硝烟腾起，地上翻滚着不知死活的东西。幸运的唰的一声，冲向天空，仓皇逃命。打翻的麻雀，被枪手和其家人的肠胃埋葬。而村民吃粮时，却吃到铁沙，牙齿咬得钢响，有人牙被摁落，也有人把摁落了的牙齿拿去找打鸟人算账。

眼尖的麻雀发现了粮仓的通风窗，顺着密道，悄悄钻进去盛宴饕餮，根本不理仓库管理员的虚张声势。粮山松软，管理员一脚下去，陷到大腿，拔脚都困难，更别说追打。窗户关闭不通风担心粮食霉烂，开窗又怕麻雀偷，管理员苦恼，买来鞭炮驱赶。

大门关闭，总有开启的时候。隔上一两月，粮食又须担出晾晒。晒粮的早上，四周围墙、电线、树枝、竹林上伺机已久的麻雀们又开始蠢蠢欲动了。狡猾的老鸟白天没有吃够，收粮前还要来加夜餐。它们低空飞行，擦着大门框飞进粮仓，或站在粮山顶，或躲在房梁上，载歌载舞，肆无忌惮，挑战管理员的耳膜。

麻雀的高调激怒了管理员。人，毕竟是高等动物，只要冷静，总有办法对付低等动物的。

尼龙网不但能网鱼，还能网麻雀。管理员打开纱窗，到墙外用尼龙网兜罩住窗口。助手在仓库内点燃鞭炮，响声惊天动地，麻雀惊慌失措，密密麻麻撞向窗口，一网捕获几十只。尝到甜头，管理员隔三岔五如法炮制，也不再心疼买鞭炮的钱。

种田人靠天吃饭，养成看天的习惯。

西天一旦乌云笼罩，队长就在堡子的路上叮叮咚咚跑起来，鼓腮帮，吹口哨。哨声就是命令，收粮重过用餐，哪怕正吃山珍海味，大人小孩立马丢下碗筷，拿上扫把、撮箕、推板，挑着箩箢，火速赶往晒场。推，扫，撮，挑，晒场上人头攒动，热火朝天。几万斤粮食三下五除二，雨水降临前，被手脚麻利的村民风卷残云抢进仓中，免遭了雨淋。

西边如果红霞漫天，村中的男人就悠然自得，不慌不忙，喝酒的喝酒，吃肉的吃肉。吃饱喝足，晃晃悠悠挑着箩箢来到晒场，聚拢一堆，抽烟聊天打扑克，慢等太阳落山，粮食阴冷。男人们聊天，大多讲聊斋开玩笑。讲笑话的眉飞色舞，听故事的津津有味。

最佳段子手是一位满头鹤发的老头，他是中华人民共和国成立前有家地主的儿子。老头读过许多书，满肚子故事。只要一张嘴，身边围拢一堆人。他偏爱讲演义或者外国文学（比如《百万英镑》）。印象最深的是他讲《三侠五义》。他讲"骑墙派八臂哪吒邓车被仇家追得东躲西藏，北侠欧阳春看见邓车的仇家追来……"这段时，用手捏着鼻子压着嗓子，学书中北侠故意捉弄邓车时的样子，瓮声瓮气喊道："邓大哥邓大哥，树上藏不得哦……邓大哥邓大哥，桥下藏不得哦！"逗得众人哈哈大笑。

男人们不只吹牛，有时候还扭扁担。两个赤裸着上身的男人，凝神静气，分别握住扁担的一头。中间站个裁判，大喊一声："开始。"腮帮鼓紧，眼睛瞪圆，两双胳膊开始较劲。扭扁担既比腕力，也靠腰劲，并非膀大腰圆就能取胜。个小的偶尔也会胜大个。一旦出乎意料，场上就会掌声如潮。

一九八三年农村搞土地承包制，晒场也按家庭分划到户。根据人口多寡，大小不一，一块块用油漆画线隔开。哪家的粮食想越雷池一步，须提前轻言细语，向左邻右舍商量。否则，一不小心惹火烧身，或者粮食过界，被场主光明正大"俘虏"，让人哭笑不得。

队上从前养猪，过年前在晒场宰杀，按照人头分配。猪毛刚烫干净，还未开膛破肚，村民们早已排成长龙，等待提肉回家打牙祭（饥饿年代的用词：祭祀牙齿，改善伙食）。那时物资匮乏，油水太少，人们喜肥不喜瘦。分到瘦肉的人割下一块，四处求人，以瘦换肥。

有一年生产队杀一头老掉牙的角猪（种猪）。屠户的刀子刚捅进猪脖子，角猪突然猪性大发，大声嚎叫起来，踢开按压它的人，挣扎着站起身。脖子上插着屠刀的角猪气势汹汹，张着大嘴，举着獠牙，满晒场寻人乱咬，吓得众人东躲西藏。一记大铁锤冲上去，重重砸向发飙角猪的脑门，它才訇然倒地。杀猪的那天，我也在晒场围观，我在惊惧中看到一个成语：垂死挣扎！

下晒场也杀过老牛。杀牛是很残忍的事情，不忍直视。也许老牛知道自己大限来临，当它被捆住四脚时，眼睛里突然溢出浑浊的泪水。老牛像一堵山墙被重重推倒。有人拿一件破衣服盖住它的眼睛，屠户的利刃快速割断它的脖颈。

牛从成年被套上铧犁，就一直供人驱使，为土地默默耕耘。粮食丰收后，很少有人想起，还有牛的功劳，最多在它拉不动铧犁时，才感慨说上一句：看来，你的确老了！牛老了，干不动了，被人杀掉。骨头埋进土地，鲜血送给苍蝇，肉和内脏交给人类的肚皮。牛皮也不浪费，剥下钉在晒场的后门。晾干后，一条一条地剪开，分给社员做成皮带，拴在腰间。牛彻头彻尾，为人贡献一生。即便死后，还在发挥余热。正所谓：牛去了，魂还在！

有天下午，我们一群娃娃在晒场玩耍，突然听见天空传来轰轰轰的巨大响声。声音由远及近，树枝晃动，大地颤抖。我们以为是地震，吓得脸色惨白，蹲在地上战战兢兢。突然，有人兴奋高喊起来：火箭，火箭。一抬眼，果然，蓝天上，一艘火箭宛如火龙正在吐火喷烟，向高空迅速爬升。爬着爬着，尾巴上突然脱落一截，又喷出巨大焰火，继续刺向苍穹。一两分钟后，火箭消失了身影，大地也恢复了平静。之后听说，这是我国第一次发射长征三号火箭。为了防止坏人破坏，每根电线杆下都有民兵守护。卫星首发成功，我们也加入庆祝的队伍，在晒场上欢呼雀跃。

晒场不仅晒粮，杀猪杀牛，练兵开会，放电影，也耍杂技。有次，下堡子有家给老人祝寿，请来外地的一个杂技团在晒场表演。许多村民饶有兴致去围观。晒场上风生水起：走钢丝、独轮车、嘴吐火、枪刺喉、胸碎石……精彩纷呈，热闹至极。

我们堡子在城市化进程中被拆除了，晒场也消失了，但留给我的记忆，总是那么风生水起又缤纷四溢，我很怀念它。

土地庙

小时，我们堡子里有个老人说：人有三种，住在三层不同空间，彼此不相往来。最高的住在天上，身长一丈，一步八尺，叫鸭杆人；中间的住在地面，也就是我们，稻草人；最矮的住在地下，身高两尺，叫草墩人。

天上，我们当然不能去，但土地却可以开挖。真想挥起锄头深挖地下，瞧瞧是否地下真有矮人。老人见我们将信将疑，似乎要去验证，忍俊不禁，我们才恍悟，他是在吹牛！

地下没有草墩人，但地上却有土地庙。

土地庙，以前的农村常见，一般位于村口的路边。

土地庙的兴起，据说始于明朝。开国皇帝朱元璋来自农村，放牛娃一个，典型草根出生。也许是对土地的情结太深，登基后，他鼓励民间大肆修建土地庙，对司掌土地之神推崇备至。

土地庙，我们堡子一小队的河坎边就有一个。庙小不显眼，小时我途经河坎无数次，从来没有发现它。那次发现，纯属偶然。

那天，我从鱼塘边路过，看见祖婆婆正蹲在鱼塘尽头的一堵矮墙下烧黄纸。祖婆婆是我家亲戚，她的举动让我好奇。我踱过去看。

土墙高不过一米。墙顶覆盖青瓦，两头向上翘着。墙前有个灶头似的土台，上面坐着两个泥胎，分别是一个老头和一个太婆。他们头顶扎鬏，花白胡须，慈眉善目。漆红脸，穿绿衣，拄拐棍。脚下的土台摆着一个油碟。这是一个小小的庙宇！突然想起母亲给我说了多次的土地庙，竟然藏在这里！

祖婆婆边烧纸，边念念有词：风调雨顺，五谷丰登。

她说给土地烧点纸钱。我不敢多问，晓得她在搞祭祀，害怕一旦问错，祈祷就不灵了。

　　江山社稷！社稷，社是土，稷是谷，土是农村的命根，庄稼是村庄的灵魂。社又是土地的总管，掌管着谷物的生长和衰盛。土地公职位如此重要，按理该住高楼大厦，居宽房大屋，享人间鼎盛烟火，但，恰恰相反，我看到的土地公和土地婆的住所却简陋寒酸，也鲜有人祭祀。想不明白，回去问母亲。

　　原来，以前的土地庙倒塌了。我看到的这个土地庙是祖婆婆让堂伯重建的。从前的土地庙，据说，马帮路过可以歇脚，乞丐流落可以寄宿，几个人进去，遮风避雨不成问题，比这个高大多了。重建的这个，是私人自发行为，经济有限，修得简易，也是没办法的事情。但有个庙子，规模再小，也总比没有好，婚丧嫁娶、生儿育女、稼穑耕耘、修房造屋，老辈人去祈愿，也有个跪拜的场所。

　　说起土地庙和山神庙，我想起许多小说家和戏曲家喜欢把精彩故事安排在那里。譬如：《水浒传》里有一回写林冲得罪高太尉，被发配到沧州草料场。夜晚天降大雪，外出打酒御寒，发现茅屋倒塌，不得已住到山神庙，阴差阳错躲过歹人的大火暗算，最终报仇雪恨，逼上梁山。又有家喻户晓的京剧《铡美案》。可怜人秦香莲，带着一双儿女，到京城寻赶考的丈夫陈世美。陈世美中状元当驸马，忘恩负义隐瞒发妻。犯罪欺君怕事情败露，丧心病狂安排手下韩琦对发妻一路追杀。韩琦追至土地庙，秦香莲苦苦哀泣。韩琦搞清真相，犹豫起来。杀人怕背良心债，不杀人又交不了差，前思后想，最后引颈自裁，杀身成仁，让人万千感慨。还有二月河的小说《雍正皇帝》。有段写雍正的十四弟"大将军王"允禵，被押解回京。一天夜宿土地庙，动了恻隐之心，自己都泥菩萨过江自身难保，反而救活了一个差点被饿死的姑娘乔引悌。

　　这些荡气回肠的故事，作者为啥情有独钟，要把地点安排在土地庙中？

　　推敲起来，多半还是想表达：土地神引人正义和广施良善吧。

　　再回头说说：土地公和土地庙为何如此袖珍矮小？

　　土地庙修得简易矮小，可能是限于以前农村的穷迫。土地庙是草根文化，没有官方资助，全靠民间，寒酸也就顺理成章了。

　　也有人说土地的身矮，跟《西游记》有很大关系，我深以为然。吴承恩先生把土地公、土地婆塑造得太过矮小，宛如草墩，一股青烟冒出，拄着拐棍，颤颤巍巍，孙悟空猴急，动不动还骂老迈的土地来迟，让伸出孤拐来敲打敲打。土地公和土地婆的形象如此猥琐，哪里还有啥高大上的地位？袖珍的身材，住矮小的庙宇，也就理所当然了。

放秧水

四月下旬，收了胡豆割了麦，栽秧放水。

我们堡子的用水来自南门河。南门河是季节性河流。雨季时河水汹涌，裹挟石头冲击河床，发出轰隆隆的巨大声响；干季时水流只能浅浅铺一层，分到我们堡子的水也就少得可怜。

种庄稼讲季节，所谓芒种不种来无用。种得太晚，遇上梅雨，谷子收不回，无太阳晒不干，辛苦种下的谷子多半变质霉烂，主人可能就要"遭殃"饿饭。为此，在没有建水库前，经常发生上下游争水的矛盾。上百号男人挥舞着锄头钉耙，红眉毛绿眼睛，阵势吓人。

靠争斗毕竟不能解决问题。政府出面安排，放水按时间表轮流。

规矩出来，争水的情况有所好转。但下游堡子的头道秧田还在眼巴巴等水插秧，上游个别心狠之人又开始偷放二道，让下游难忍。故每次轮到下游放水时，队上召集所有的男工，从几公里外的引水口到堡子口，沿河日夜巡逻把守。发现渠口被偷挖开，赶紧铲沟坎上的草皮堵塞。遇上大豁口，打桩加门板。放水的晚上，灯笼、火把、电筒沿河摇晃，人影憧憧，土狗吠吠，夜色凝重。

老实的村民半小时沿河巡逻一圈。偷奸耍滑的带一张防潮油布，困倦时铺在河坎上呼噜大睡，这样的搭档让人厌恶。有次一位梦周公的懒人被查岗的队长发现，被狠狠一脚踢醒，还扣了一半工分。

堡子里的老一辈男人大多抽兰花烟。兰花烟除了廉价经济，黑亮亮的烟油还能驱蚊除虫。放秧水的时节，也是河坎和田间的蚊虫猖獗之时，用兰花烟油涂抹裸露的皮肤，可以阻挡蚊虫的骚扰。碰见上下田的熟人，友善打个招呼，然后坐下吹牛，品尝对方递上的烟丝。田埂如果潮湿，锄头顺着放，屁股坐在锄头把上，美滋滋点上一锅，"巴兹巴兹"抽起来。抽到好烟赞许几句，抽到味差的说劲大。大人们抽烟的姿势总是不紧不慢，从容不迫，抽起烟来似乎特别享受。有次我拿起父亲的烟锅，试抽两口，咳咳咳，剧烈咳嗽。味道太怪，我实在无福消受。

有天听一位村民吹牛。他说在河坎巡逻放水时，突然看见一条黑不溜秋的小蛇从眼前窸窸窣窣爬过。黑蛇所过之处，茅草枯死，野花凋谢，他害怕，不敢去追。堡子里有人跟他开玩笑，说黑蛇稀罕，四方各有一条，是灵丹妙药，一旦逮住，他家就糠箩篼跳进米箩篼，脱贫致富了。说得他猛拍脑袋，懊悔不已。

一九八三年生产队搞土地承包责任制，分田靠抓阄。我家运气不好，分到距离堡子口最远的河坎边，担粪收粮费劳力，家人有怨气。但父亲一点不介意，说凡事有利弊。我家的田属二类，连片好管理，又靠近河坎，放秧水早又方便，先种先收，地势高也不怕水淹。这些旱涝保收的优势，其他人家无法比。父亲的开导让家人释怀，转而喜欢上靠近河坎的二类田。

我喜欢我家的田，其实还有点小秘密。

我家自留地和房前屋后均无果树，河坎上却长着几丛黄泡和刺泡。栽秧的时候，黄泡和刺泡开始成熟，散发着甜香。黄泡酸甜，刺泡乌黑，虽然结果不多，果子袖珍，但味道不错，是那时我们能吃到的最好野果。摘光了河坎上看得见的刺泡，一次我在河里洗澡，又发现河床里，隐蔽的地方还或红或黄地结着许多。意外的惊喜，我谁都不告诉，悄悄地留着。

河坎上不光有黄泡和乌泡，还有几丛刺梨。刺梨和稻谷一起成熟，荸荠般大，黄灿灿地在枝头摇曳，同样勾引我的味蕾。酸酸甜甜的果肉，过路的大人仿佛商量过，一个都不去摘。我后来猜想，也许是故意留给像我这样馋嘴的小孩。

六月六地瓜熟，七月半地瓜烂。我家大田靠近河坎，地瓜自然不少，果香飘来，吸引我去寻觅。我们说的地瓜，是长在河坎边巴地藤上的一种野果，成熟时浓郁四溢，异香扑鼻。地瓜大小如刺梨，土红颜色，稀疏藏在巴地藤蔓间。端午过后，雨水丰沛，地瓜也渐次成熟。成熟的地瓜须及时采摘，否则很快腐烂，实在可惜。

放秧水的时候，我除了四处摘野果，还喜欢和父亲盘坐于田埂眺望四野，放飞心情。

　　田间的风微凉清冽，绕过身体，吹响河坎上几年前父亲和我栽下的白桦林。

　　拦上河板，挖开田口，清凌凌的河水汩汩流进焦干的土地。泥土吮吸着，吐出气泡；河水漫漶着，向远处滚去。两个时辰，水天一色。

　　夕阳沉下西山，换作满满的圆月，棉花般的云彩静静挂在天边。田野变得清亮、空旷、恬静。青蛙开始呱呱叫唤，柳树上的夏蝉也开启了奏鸣。远处的梨园影影绰绰，传来高高低低的吠声。

甘蔗熟了

甘蔗熟了，我家自留地散发着甜香。

我家的甘蔗地四四方方的一块，足足半亩，地里栽满甘蔗。青绿色的甘蔗皮，两三米高的身子，挺立在田间，河风吹来，甘蔗叶发出哗啦啦的响声。

我在城里读书，每周放学，我不是先进家门，而是直奔自留地。不管三七二十一，钻进甘蔗田，掰断一根，张嘴大嚼。肚皮吃饱，牙齿咬酸，我才算解馋，心满意足回家吃饭。回学校的时候，我又去砍一根带上，权当水果。

一九八三年的时候，热播电视剧《霍元甲》，看得大人和娃娃个个热血沸腾，心潮澎湃，每晚不落。电视剧好看，但电视机却很稀缺，堡子里只有几家条件殷实的人才有，大多数人只能去蹭着看。别人家看久了，感觉不便，我家也想买一台。

"种甘蔗吧，攒够了钱就买。"有年春天，母亲突然有了主意，想到了我家河坎边上的那块阔大的自留地。

全家出动。一起挖地、开沟、打底肥。父亲从祖婆婆家要来甘蔗尖，砍成短截，横埋在土里。

春风吹，甘蔗芽破土而出，长出利剑样的叶子。甘蔗见风长，灌一次水，甘蔗苗就拔高一截。三个月后就有一人多高，散发出甜甜的气味。自留地离家太远，害怕宵小的嘴巴。我们找来细长的金竹和篾条，插在四周，再用草绳编结绑牢，给甘蔗筑起防护的篱笆。

进入深秋，甘蔗由绿变黄，露出老黄鳝般的颜色。甘蔗成熟了，该卖钱了。

母亲从祖婆婆家借来架子车。每个星期六下午，我们就去甘蔗地砍甘蔗。砍断根部，斩断顶尖，捆成十多根一捆，用草绳绑牢，装到车上拉回家中。

翌日天亮，我和四妹、五妹就带上饭团、馒头，在晨曦薄雾中，拉着装满甘蔗的架子车，向销售地出发。

我们卖甘蔗的地点不固定。最近的地方离家也有几公里，要么在城边，要么在镇上，要么到泸山脚下的公园门口。上坡时我在前面拉，四妹、五妹在后面推，我们汗水淋漓；下坡时，四妹、五妹坐上车，我垫脚翘着走，架子车一上一下，宛如跷跷板。

甘蔗销售得很慢，一个人也就买一两根，一车甘蔗卖完，往往是日落黄昏，夜幕降临。不过，偶尔也会碰到贵人，卖得就很顺利。

有次我们拉上一车，走了十多公里到山垭口。刚停下车，就碰到一位开大货车的司机路过。他一个急刹车把车停下，跳下驾驶台，二话不说，价格也不还，买了四五捆甘蔗丢上车厢板。大叔的义举，让我们饱含泪水。

为了看电视，我们不舍得花卖甘蔗的钱，最多买只老冰棍消暑，或者买个大饼充饥。不过，口渴时，我们就吃甘蔗。甜甜的汁水下肚，我们也就感觉不到饥肠辘辘。

有次车上的甘蔗还剩二十多根，路过四公里半的新村，我们把车拐进去卖。一路拉车，一路吆喝。除了卖甘蔗，我们还想看看蒋介石的行宫是啥模样。西昌是中华人民共和国成立前国民党残兵最后盘踞大陆的地方。那时蒋介石在邛海边住过一段时间，解放后那个村子也就改名为新村。我们在村里转了几条巷子，始终没有发现行宫的影子。遗憾回家后，父亲给我们解释，新村很大，绵延几公里，蒋介石的行宫，其实在泸山脚下，我们走错了地方。

天已经快黑了，我们才卖完甘蔗，拉着空车回到堡子口。而母亲，早已在路边翘首等候。家中的饭菜已热过几回，她也已念过几遍："娃娃们为何还不回来？"

甘蔗卖完，我们用甘蔗的甜和身体浸出的盐，换回了一台十二英寸的长虹黑白电视机。

电视机喜气洋洋，摆放在我家老屋住房的八仙桌上，一家人端着饭碗喜滋滋观看，上堂屋的木爷和王婆也来围观。一台小小的电视，带给大家十分的幸福。尤其是天凉时候，边看电视，边围着地上的篝火，煨油茶烤红薯烤洋芋，暖意上涌，其乐融融。

甘蔗不仅能换电视机，还能换自行车。我的金鸡牌坐骑就是靠它而来。

我在城里读书，要走七八公里的路。来回实在不便，住校又花钱，母亲咬咬牙，用卖甘蔗的钱给我买了辆骑读的自行车。冬天时，鸡刚叫唤，我就起床，出门望星星顶寒凉，到校时，天才放亮。我也经常用这车帮父母驮粮食到城里售卖，有时也载母亲进城买菜。这辆自行车，我骑了五年，直到考取学校到外地读书时，母亲才把它处理给上堂屋的勇华当洋马，卖了五十块钱。勇华用它驮米做生意，车在他屁股下面，又叮叮当当，使用了几年。

　　而今，每当看见街上叫卖甘蔗，不由自主，我就会回想：从前我家自留地上，散发着的那片甜香。

抓松茅

我们堡子位于田坝，燃料主要是谷草和麦秆。草不够，年前年后农闲时，每家都要上山几次，抓几担松茅回去补充燃料。

我们说的松茅是松树的叶子，也就是松针，宛如牛毛样的东西。松茅有油性，点火就燃，用松茅烧火做饭，大人小孩都喜欢。

每年秋深时，松树枝上就黄绿相间起来。松叶变老，金黄灿灿，秋风吹来，纷纷扬扬，树多的地方厚厚铺一层。

松茅好烧，但担回累人。百十斤的担子或背夹子，挑着背着，先走两三公里的崎岖山路，再走六七公里的田埂路，需要相当的劳力和韧劲。

抓松茅，堡子里有两三个巾帼也用大篮子。力气小的男人担不过她们，上山，不敢与之同路。担回的担子一旦比那几个女强人小，被其他人瞧见，要被讥笑，面子受不了。

抓松茅要择天气。最好先晴几天，再遇上阴天或多云。这样的天气上山，道路干爽，松茅又干又轻，人也不觉炎热。没有收音机、电视机播天气预报的时候，农村人出远门须观天，头晚上看，早上出发前也要看。看云彩的变幻，看天边有无红霞。感觉天色不好，有雪雨的迹象，就会终止行动，更改时日。

上山有时会遇到豹子或豺狗，抓松茅时一般不独行，需要家人或脾气相投的朋友结伴。一路说说笑笑，唠唠家常，也减少长路的寂寥。一起抓松茅的人也不能太多，两三个就好，多了可能僧多粥少。

早起的鸟儿有食吃。去晚了，近处的松茅被人先抓走，就得走更远的路，费力不少，故抓松茅的人就如打鸣的公鸡，一个比一个起得早。上山时带砍刀、麻绳、竹扒、水壶，担篮子，三四点出发，披星戴月。有时到目的地，天色依然昏沉。坐下吃早饭，喝茶水，方便，抽烟。四周逐渐明亮了，开始舞动竹扒。抓松茅时竹扒舞动，尘土飞扬，须戴口罩。遇到山坡，有经验的人往往从高处往下抓，利用重力裹挟，省力。木柴或松疙瘩比松茅更熬火更耐烧，抓松茅的人往往要捡一些，还要砍几块松明。

上山抓松茅，常常会遇松鼠。灰扑扑的精灵翘着毛茸茸的尾巴，在松枝上跳来跳去，亮晶晶的小眼睛，打望着咣咣作响的竹扒和侵入领地的农人。它们摇头晃脑，冥思苦想，宛如有些聚精会神的哲人，正在思考艰深的问题。抓松茅的人一般不会打松鼠的主意。松鼠反应敏捷，人是追不上的。

运气好时碰到野鸡，逮住就是一笔意外的收获。

野鸡的逃跑有点掩耳盗铃的味道。见人追来，扬起斑斓的尾巴，蹦跳着细长的脚杆，惊渣渣叫唤。遇到荆棘茅丛，一头钻进，也不管屁股是否还露在外面，可谓护头不护腔，被追赶的人活生生一把逮住。翎羽拔下给小孩观赏，骨肉被五脏佛埋葬。

抓松茅时，遇到鸡枞、牛肝菌、黄丝菌、鸡油菌、见手青等这些可食的菌子，也是令人愉悦的事情，算是山林对辛苦人的赏赐。

山腰有几排篱笆。枝丫间团团簇簇结着红豆大的红色小野果，果子酸酸涩涩的，小孩很喜欢。据说红军长征断炊时，摘它果腹才抵挡住饥饿，红军不知道野果名，干脆叫它红米饭。大人抓松茅下山时，往往会折几枝，插在篮子上带回家。娃娃拿到红米饭，高兴得合不拢嘴，一把接过，摘下忙不迭往嘴里送。得意的还会举着一大串，从堡子口到堡子尾来回显摆。大方的分一小枝出去，吝啬的只让伙伴尝两个。

母亲年轻时，也常和父亲一起上山抓松茅。劳力下降，后来担不动了，在家照顾我们几姊妹。大姐长大后，也和父亲上山抓过几次，累得汗流浃背。父亲抓松茅的这天早上，母亲总是半夜就起床，给父亲准备早饭和茶水。父亲的早饭很简单，大多时候是两个饭团，偶尔会蒸馒头。饭团用刚煮过芯的米饭捏成磨子状，丢进灶膛把外壳烧黄烧硬，掏出后放进挎包带上山。

父亲上山抓松茅，遇到星期天，我和姐妹们就要去山边给父亲送饭，这天我们放假才有时间。通常我们给父亲准备的午饭是大饼或糖粑。糖粑用和好的汤圆面在铁锅里烙熟，浇上红糖汁，铲起装在搪瓷盅里。之前父亲和我们约好时辰，所以我们送饭都是中午十二点出发，两点左右在山脚等他。父亲吃过糖粑，喝下我们送去的茶水，体力大增，脚步矫健，打空手我们也跟不上他轻快的步伐，需要小跑才能与之同行。

父亲的篮子如果捎带了松枝，姐姐和我也会帮父亲分轻一下担子，解下柴火，我们扛着。我上初中后，送饭的任务就由我和四妹完成。我们不仅给父亲送饭，有时也顺水人情，帮上堂屋王婆的儿子王表叔送吃的。

劳动力多又有架子车的人家不用人担，一次去四五个人，一车拉八九百斤，让没有车的人羡慕。车子拉到山脚交给附近住家看管，下山后大大方方送一捆柴火或五角钱，看管人也就满足。

看着一大车松茅，一次有家拉车人欢喜不尽，在柏油路上放飞心情，架子车像跷跷板，一上一下，像搞杂技表演。演得尽兴，忽视了公路上的危险。转弯处一辆卡车突然出现，喇叭滴滴答答响起，吓得架子车失去控制，一头扎进河沟。肇事的卡车继续往前呼啸开过，司机却没有停车的意思，开到前面才探出窗外，瞥了一眼人仰马翻的架子车，嘴里还幸灾乐祸蹦出一句："这下安逸！"当这家乐极生悲的人回到堡子时，已经是公鸡上架，月挂三竿。架子车上的松茅还在吧嗒吧嗒淌着郁闷的泪水。

有钱人不用费力上山，花个十元八元，自有职业抓松茅的山民送上门来。满满一大车，足够烧半年。不过，早先能够出钱买松茅的人家毕竟屈指可数，不是以前的殷实财主，就是有人在城里上班。

分田到户后，大家的经济状况得到改善，普通人家大多也不再劳神吃苦，烧松茅也靠购买。再后来，蜂窝煤大量上市，成为主要燃料。我们堡子上山抓松茅的人，日渐稀少了。

灶头记

烧柴火的年代，家家户户都有灶头。

初期我家的房屋窄小，没有专门的厨房，灶头只能建在住房门后。

灶头没有烟囱，楼板和墙壁常年烟熏火烤，屋子显得黢黑黯淡。炒菜时放辣椒，呛味就满屋乱窜，搞得煮饭人咳嗽难受。草把丢进灶膛，火苗子呼呼外冒，热量利用不高。草把如果添晚，火焰很快就熄灭。舍不得用金贵的火柴，只能拿吹火筒鼓起腮帮呼呼吹。灶膛受风，霎时草灰飞舞扑向眼睛，泪水直流。手掌一揉，顿时变出一张大花脸，十足的烟火人间。

这样的灶头，小时候，姐姐和我都害怕做饭，多次埋怨。埋怨归埋怨，没有烟囱的灶头，每天还是雷打不动地使用。

上小学时，有晚我和大人到外堡子看电影，放的是《画皮》。第二天中午独自煮饭时，发现偌大的四合院大屋子光我一人。我开始胡思乱想，脑袋里突然闪出《画皮》的吓人画面：妖精晚上去卧房找后生，被道士挂在门上的宝剑发出的剑气阻拦，愤怒张嘴，往门上喷血……想起这段，我就忐忑起来，浑身起鸡皮疙瘩。甑子里的饭还没有蒸熟，也管不了那么多了，匆匆忙忙一下塞三个草把进灶膛，然后拔腿就跑。跑到外面的大路等大人。当我尾随大人返回厨房时，灶膛的火已经熄灭了。全家吃了顿夹生饭，挨了父母的骂。

父亲是土匠，早就酝酿把灶头改成省柴灶，但苦于住房太小，计划迟迟落空。

我们家隔壁是生产队的公共食堂，供知青使用。锻炼的知青离乡返城后，食堂随即闲置下来。有天，父亲胸有成竹地说，这个食堂，队上肯定要处理。其他人家绝对不会老远来买，卖给我家应该是木板钉钉、顺理成章的事情。

到时，我会施展手艺，给我们家建一个好用的灶头。

过了半年，父亲的话果然应验。队长主动找来，动员我家盘下隔壁的厨房和门楼。队上要价不贵，也就二百元。父亲没有丝毫犹豫，也没有讨价，拿出积攒了两年的工钱，和生产队签下买房的契约。

买下房屋，父亲迫不及待改造家园。

封闭了住房门，把住房和新买的厨房打通，进出从厨房。第二天，父亲又拆除了住房和公共食堂的老式灶头，在厨房的最里边建起一个有烟囱的新式两眼灶。

两眼灶，外地有人喊牛尾灶。牛头外灶煮饭，牛尾里灶烧水或煮猪食。一把火烧两口锅，相当省柴。新灶的特别，主要在于烟囱下端调节火势的机关，上面安了一块铁闸板。里灶须用火时，拉开闸板，外面灶膛里多余的火苗顺风往里跑。灶膛架着炉桥，铲灰也方便，火钳一拨弄，火灰自动下落。需要大火时，关上火门，不管烧草把、烧木柴还是烧蜂窝煤，火势都很旺，火苗扯得呼呼响。新式灶头好用还节约柴火，父亲满意，家人也欣喜。

有了好灶，我也喜欢做饭。每个星期天，兴致盎然，烙粑粑，摊锅贴，一大家子吃得有滋有味。

我家的两眼灶建好后，参观者络绎不绝。众人啧啧羡慕一番后，纷纷请父亲出马。很快，堡子里的两眼省柴灶开始风靡起来。有钱的人家，还把灶台贴上瓷砖，显得更加美观。

老秀才家别出心裁。他家给灶膛装上铁胆，安起水龙头。饭煮好，铁胆里的水也自动烧开。接了开水，不用的热水还用来洗脚洗脸。他家这个小发明，一举两用，让村里人羡慕。

再往后，有年国家鼓励环保，宣传建沼气池，使用沼气环保灶。房前屋后有坝子的人纷纷听从号召，破土动工，比如堂兄家也建了一个。建好沼气池，大人娃娃莫事时就到处寻牛粪找枝叶，丢进池子产沼气。沼气池突然增多，牛粪和枯枝烂叶变得洛阳纸贵。堡子口堡子尾、梨园、竹园、河坎，到处被打扫得干干净净。沼气燃烧虽环保，火焰却不阴不阳，只能供单眼灶使用。遇上人多，做饭如长麻吊线，半天做不出。煮饭的满肚子怨气，吃饭的心头不满。沼气灶不是想象得那么美好。

沼气灶的使用，像刮过一阵风，时兴半年后夭折了。回过头来，又重启尘封已久、火大又好用的两眼灶。

义结金兰

"这一拜，忠肝义胆。"听见《三国演义》电视剧播放刘备、关羽、张飞桃园三结义的配乐，我就不由自主，回忆起以前我们堡子里结拜姊妹兄弟的事情。

母亲是独生女，却有五个结拜姊妹。她们几姊妹，都是小时候的玩伴，情投意合的发小，其中三个文盲，两个上过一两年的小学。

我小时好奇，结拜兄弟姊妹大多是书上的事情，不知为何母亲她们也要歃血为盟？难道是学当年红军长征路过凉山时的刘伯承和彝族头领小叶丹结盟？我后来猜想，也许她们当时经常遭人欺负，才抱团起来，共同对付霸凌；也有可能，她们喜欢戏剧，受那些荡气回肠的故事感染，学古人义结金兰。

母亲她们结拜的几姊妹，几十年情谊不断，始终如茶浓酽。不论哪家红白喜事，都会参加；家庭发生矛盾，帮助调解；农忙相互帮忙；农闲邀约玩耍；见面时，互称几姐几妹，热乎劲儿赛过亲生。

母亲她们结拜的大姐当过生产队队长，年过花甲后患了癌症，治疗无效不幸去世。母亲排行老二，不到古稀之年也生病离世。埋葬母亲的那天，健在的三个嬢嬢都蹒跚着脚步，上山去送她。她们在母亲的墓前给她烧纸、念叨、祝福，看得我眼潮心酸。

有一个嬢嬢住在下堡子的湖边，她家有木船和轮胎船。每年七八月摘菱角的季节，母亲都会带我和姐妹去她家一次，只要船不下湖捕鱼，她都会慷慨借给我们。如果木船不便，就扛轮胎船出来。有了下湖摘菱角的船只，每次我们都满载而归，摘满满一大盆。

母亲进城，有时带着我，到另外一位在城里做生意的嬢嬢家坐坐，唠唠家常。二姐进城，妹妹自然不会怠慢，做一桌子好菜给母亲和我打牙祭。过年我家杀年猪，母亲也给嬢嬢家拿几块好肉，做好米糕和泡果，也给送一盒。

下湖摘菱角，嬢嬢家有船；进城逛街，嬢嬢家请吃饭；逢年过节，相互走动。这些福利让我感到由衷喜欢。后来，住在下堡子湖边的嬢嬢家拆迁时，我父母已经离世，姐妹和我都不在老家，房屋闲置，我们把房借给嬢嬢住。

堡子里的小孩多，经常聚一起玩儿。我志同道合的有五六个，其中有一个是超超。他爷爷和父亲是城里人，他在城里上学。周一到周六住城里，周天下午回堡子。闲暇时，他爷爷便带他去城里的茶馆听评书，回来后饶有兴致地给我们讲。他讲的故事有《说岳传》《杨家将》《兴唐传》。几十年过去，我仍然清晰记得，有几次他在下晒场门口给我们讲《小商河》。他说："岳飞大将杨再兴骑马侦查，战马深陷小商河淤泥中不能动弹，金国元帅金兀术大喜过望，一声令下，万箭齐发，杨再兴瞬间被射成刺猬。"听到这里，我们几个面面相觑，扼腕叹息，差点为英雄的陨落哭上一场。他听一段回来给我们讲一段，学讲评书人的腔调绘声绘色，听得我们如痴如醉。

队上有几个大男孩经常欺负我们。打仗亲兄弟，上阵父子兵，受母亲她们结拜姊妹的影响，在一个月光皎皎的晚上，我们六个小孩聚集在生产队的晒场上，跪在地上歃血为盟，结拜弟兄。我们学《兴唐传》里面的秦叔宝、程咬金、单雄信等英雄好汉在贾家楼拜天拜地，焚香发誓。

超超在城里跟武术队的大男孩练习棍法和打长拳，回来后练给我们看，惹得我们心痒，也找来棍棒跟他依葫芦画瓢。超超请人配了一服治疗跌打损伤的练功药——洗手丹，里面有十几味中药，比如川乌、草乌、杜仲、落地金钱，好像还有石榴皮。我们凑钱买了一斤白酒泡着。一个月后，洗手丹变得殷红透亮，练功后倒药酒洗手，保护筋骨。

星期天超超回来后，晚上我们就邀约在晒场的柱子上打沙包、拉韧带、砍砖瓦。后来看了武打电影《少林寺》和《霍元甲》，我们又练习武术基本功，练鲤鱼打挺、练乌龙绞柱、练旋风腿，还用棉布缝制沙袋绑在小腿上，跑步跳跃，挥拳踢腿，手上戴松紧护腕，俨然武林人士打扮。寒暑假时，我们更是天天操练，惊动了大人。但家长没有明显阻止，我们继续折腾。我们练武的事情，当然也躲不过那些大男孩的耳朵和眼睛。他们再也不敢对我们吆五喝六了，路过时，反倒表现得毕恭毕敬。

超超不但带我们练武，还教我们养蚕。他家里就养了几簸箕。有次我跟他要了一张布满黑黑蚕卵的报纸，拿回家中装到簸箕里放到楼板上。十多天后，小蚕子破卵而出，在簸箕里涌动，慌得我赶紧跑到寨子外的河边摘桑叶，天天伺候那些小东西。养了一个多月，蚕子就成熟吐丝结茧了，我收获了几十个。后来觉得养蚕费事，也就不再养了。

那个时候的年轻人，交流感情，鼓励志气，还喜欢送明信片。我们结拜的老大蔡华最先考取学校，有次给我邮寄了张过来，记得明信片上工工整整写着两句唐诗：有花堪折直须折，莫待无花空折枝。

我们结拜的几个弟兄，有四个考上学校跳出农门，剩下的两个继续留在农村，栽桑养蚕，弄地侍田。有个还当上小队长和村文书，娶妻生子，儿女双全，小日子反倒让我这个跳出农门的城里人羡慕。

我们几个玩伴所谓的歃血为盟，只是过眼烟云和热血冲动。长大后各奔西东，几乎没有啥联系，感情不能与母亲那辈相提并论，让人遗憾。回想起来，恍如一场好梦，似曾做过。

父亲发火

"黄荆条子出好人"，这句话父亲不太赞成，故小时候父亲从不打我。即便我做错事情，最多也只是责骂几句，或者把我禁锢起来。时光荏苒，父亲骂我的两件事情，至今我还清晰记得。

农村人爱养鹅，但在物资匮乏、饥肠辘辘的年代，却不敢养多。鹅从一个小不点长大，要花几个月。养鹅的工作不重，只是天天给它吃草喂糠，早上赶出，下午邀回。大人要出门劳作，故养鹅这个轻松的工作，往往由小孩完成。

一条小沟从我们堡子中间蜿蜒穿过。鹅喜欢戏水，家家户户的鹅放出来，在水沟边自由散漫。几百只鹅聚集一起，在水沟里找食，在水沟里打玩，大多亲密无间，像堡子里的小孩。不过，偶尔也闹矛盾。有公鹅为抢配偶，突然翻脸，相互打斗，打得水花四溅。强壮的耀武扬威，声嘶力喊；羸弱的"我我我"急促叫唤，张开翅膀，迈着急促的碎步逃离，跑到远处转过身来，闷闷地站着。

鹅长得大同小异，相差无几，不同的只是羽毛的颜色、头上的疙瘩和高矮大小。

有一年，我家喂了两只，由我看管。为了便于识别，我把两只鹅脖子上的羽毛剪去一些，染上红墨水。

有天下午，夕阳落坡，我在沟边的鹅群里仅找到一只。母亲和我在堡子里、水沟边、草堆间，旮旯角落来来回回寻了几遍，始终寻不到鹅的踪影。河水不大，鹅不可能被冲走，我们有点郁闷。扎着马尾辫、穿着碎花衣服和塑料凉鞋的四妹站在坝子上，眨眨眼睛说，她看见有家人赶了三只鹅回去，其中有只鹅脖子染了红。我窃喜，和母亲上门去问，那家小姑娘却矢口否认，母亲说要看鹅的脖子。她娘带着我们去她家鹅圈查看，里面果然有一只公鹅，脖子上染了红。她娘有点犹豫，小姑娘却扬起脖子，理直气壮，固执地说，她家的鹅也用红墨水染过，鹅毛染红墨水，不是我的专利。我和母亲面面相觑，悻悻返回。

姐妹们已经坐在高高的桌子上吃饭，父亲却没有动筷。母亲坐上桌子，我也去甑子舀饭，刚扒上一口，平常慈祥的父亲突然恼怒，把筷子往八仙桌上重重一拍，铁青着脸色，指着我大喊一声："丢了鹅，不准吃饭！"父亲的高喊，宛如一个霹雳，炸在我头顶，吓得我战战兢兢。丢了鹅，事情严重，母亲和姐妹们都不敢言语，只是默默吃饭。我噙着泪水，怯怯地扒拉两口，筷子不敢伸向菜盘。

我家的猪圈是我和父亲一起修建的。父亲是土匠，当然不能浪费手艺。有年，父亲从我堂伯家借来架子车，带着我从几公里外的南门河拉回或大或小的鹅卵石。我们辛苦了一周，用混凝土改造了原来铺木板的猪圈。猪圈下边是粪坑，四周塘糊着水泥，上边拱着混凝土，猪儿的屎尿从孔中自行落下，圈中显得干燥整洁。

猪圈前边的砖墙有一米多高。前面开着两个口，一个是进出口，一个是倒食的槽孔。进口很少开启，一年只用两次，放小猪儿进去喂养时一次，猪儿养肥宰杀或变卖时再一次。平时，父亲就用角钢和钢筋插在水泥柱上拦住口子，再用铁丝五花大绑，给盗贼制造偷盗的难度。另外一个开口在墙的下部，是倒猪食的槽口，正对里面的石槽。人不用翻墙，猪食从孔往槽倾倒，十分方便。

上初二的这年，我家养了两头猪儿，一头黑猪一头白猪。黑猪胃口好，食量也大；白猪食量差，体型小。

我已是半大的男孩，必须要参加家务劳动，母亲安排我喂猪，每天提一两桶猪食去喂它们。

竞争是动物界和植物界与生俱来的天性，猪儿也不例外。

也许是白猪吃食抢不过黑猪，心生怨气，每天都要撒野干坏事，在猪食槽里放肆，拉屎拉尿，倒黑猪胃口。白猪的恶作剧害得我天天费力翻墙，进去打扫食槽，担河水冲洗。石槽太重，槽中的屎尿水只能一瓢一瓢往外舀，十分费劲，累得我汗水淋漓，忍不住大骂。我骂猪儿不知好歹，猪圈如此之宽，为何偏偏喜欢拉在饭碗？喂一次猪食我就要打扫一次，打扫一次我就骂白猪一次。连续骂了一周，猪儿仍然不听招呼，仍然我行我素。终于有一天，我忍无可忍了，顺手抄起猪圈里的一根扁担，重重砸向肇事猪儿的背脊。可恶的家伙嗷嗷叫了一声，快速躲开，对着我吼叫两声，眼里充满恨意。猪儿对主人不恭，我更加生气，翻进猪圈，捡起扁担，对着猪儿的背脊又啪啪开打，就像古代的衙役对犯人执法。放下扁担，看见猪儿的背脊赫然冒着血珠，我后悔了，但想不出补救的办法。又想，这头白猪真可恶，的确该打，犯不着怜惜，也就不再自责。

打猪儿的事情，我谁都没有告诉，佯装未曾发生，依然每天若无其事，提着猪食去喂猪。那只被打的猪儿看见我进猪圈，埋着脑袋不敢过来，瑟瑟发抖。我无动于衷，不管它吃还是不吃。我想，等我走后，它饿慌了自然就会吃食。

几天后母亲看见猪儿不对劲，胃口不好，身上还有血痂，问我原因。我不敢隐瞒，如实交代前因后果。这回我犯的错不轻，父亲却依然没有打我，只是青着脸，盯着我轻轻问了一句："如果，我也拿扁担打你，你痛不痛？"

那头被打的猪儿，后来长得萎缩，喂了一年，只有黑猪的一半。母亲决定把它卖掉，不再浪费猪食。

遗　念

　　昨天清理柜子，找出一个石头做的生肖挂链，那是父亲当年给我儿子买的祝福。

　　儿子出生那晚，大雨如注，父亲给他取了个乳名：雨生。我想起台湾早逝的歌手张雨生，感觉有点不吉利，不敢用父亲给取的名字。儿子刚满月，父亲就回了老家，不料刚过三月，他就不幸病故，让我的心撕心裂肺地痛。

　　摸着这个挂链，我忆起小时候的一些事情。

　　有次我上楼翻箱倒柜找吃食，发现箩筐里有把精致的茶壶。茶壶端庄圆润，红铜打制，壶盖上拴着铜链，十分可爱。我那时特喜欢买小人书，但手头拮据。有天突然想到藏在箩筐中的茶壶，想起铜贵，也没问它的来历，悄悄拿到城里的废品收购站卖钱。为了不让收购员怀疑，我在路上故意把茶壶往石头上磕碰，让茶壶的肚皮凹陷，显出破相。

　　不知为何，几天后父亲突然发现了铜壶失踪，父亲把目光锁定在我身上，逮住我追问，我不敢隐瞒。父亲怒气冲冲，说那是姨婆给他的遗念，我竟然敢造次！我犯迷糊了，从未听父亲讲过，我还有个驾鹤西去的姨婆呀。我想我闯了大祸，但父亲没有打我，只是把我劈头盖脸臭骂一通。然后，心急火燎跑到废品收购站。收购员一脸无辜，谁知道茶壶是遗物？他说东西还没有卖，让父亲自己在废品堆里寻。父亲在堆积如山的破铜烂铁中翻找了半天，终于找到砸变形的铜壶，赎回家洗净后泡茶。但铜壶已被我砸出了漏水的砂眼，失去了使用价值，没用几次就被收捡起来，搁置在碗柜上。后来，茶壶不翼而飞。

　　农村办席，时兴九大碗，八仙桌面子大，正好派上用场。上有高堂，下有儿子媳妇、孙子孙女，一大家人围在八仙桌上吃饭，显得祥和热闹。人多座位不够坐，小孩就站着或挂角，或者往碗里夹些菜，去旁边吃。小时吃饭，常听父母讲：小孩不能坐上八位。不听招呼的要挨骂。所谓上八位，就是面对门口的那根板凳，那是长辈或客人的尊贵专座。左右两边的凳子，客人多时，小孩也不能随便去坐，也有讲究。搞不清楚时，懂事的先在旁边候着，等大人安排。

起先我家的饭桌有点破旧，桌面也小，多摆几个菜就显得局促。有天父亲说他去背张大的来。数日后，父亲果然用扁担和麻绳去远处挑回一张八仙桌和四根高板凳。他说是小堰沟张家堡子已故姨婆的，已经空置了几年。

这张八仙桌又高又大，桌面漆着土漆，洗净后光亮鉴人。

古人教育小孩：坐有坐相，站有站相，吃有吃相。也许有这个讲究，八仙桌和凳子就做得厚重高大，小孩坐在凳子上，须昂首挺胸才能看见桌上的饭菜。古人有古人的吃法，我家有我家的吃法。我家姊妹都还小，高桌子高凳子吃饭实在不便，父亲用锯子把八仙桌的腿脚锯去一截。

请客设宴时，我家这张八仙桌必定摆到大屋子的堂屋上。八仙桌一摆，宴席的气氛顿时阔气起来，邻居见了也喜欢，需要时也来借。

我家人多，厨房又小，八仙桌太大占地方，有点碍事。父亲请来一个木匠爷爷，他是我家的亲戚。木匠爷爷忙碌两天，另外做了张折叠的圆桌。父亲拿出压箱子的两个银元，安在支架交错处。小圆桌吃饭时安上，饭后收拢。圆桌使用久了，支架折叠处赫然印出银元的印痕。银元哪里来的呢？是已故姨婆的。她终老没有结婚，在城里做生意，攒下一些家产。姨婆病逝前，隔壁有个姓唐的婆婆照顾她。姨婆弥留前，把积攒的银元全部留给唐婆婆。后来唐婆婆生活一旦困难，就交给我父亲一些银元到银行换钱。换的次数多了，父亲悄悄留下两个做纪念。

圆桌做好，八仙桌被换下，搁置在里间墙角。房屋有点潮湿，桌腿下垫块砖头，用来堆码粮食。后来又用于安置电视。祭祀祖先时当神案，摆供品，放菜肴。父亲是无神论者，每次看见祭祀，总会笑吟吟对母亲念叨："生前一碗汤，胜过百年过后千炷香，即便爬烟囱，丢野外，又有何妨？"

每年过年扫阳春时，八仙桌还要被抬到天井边清洗，擦拭得一尘不染。抬桌子时，感觉很沉重，我猜是名贵的木材，比如紫檀或酸枝。父亲摇头，说紫檀、酸枝不会开裂，这桌迸裂，已经说明一切。

父亲过世，母亲也走了，姐妹们也都出嫁，我老家的房屋长期闲置。我们堡子拆迁前一年，我回去看过一次。八仙桌还在，凄风苦雨丢在墙角。城市的房屋不适合摆八仙桌，我建议家住农村的四妹搬去用。四妹看不上这张八仙桌。说她家也有，并且是红漆，成色更好。我家老屋无人居住，掉瓦烂椽，雨水直泻，遗弃在墙角的那张八仙桌遭雨淋烂，让人惋惜。

楼上还有个精美的黑漆盒。漆盒系铜扣铜锁，正面镶嵌着一块白玉、两朵荷花和一只翠鸟，里面铺着红色绒布，估计以前是装细软的盒子。母亲说，这个盒子也是姨婆给父亲的遗念。父亲拿这个漆盒装房契和积攒的工钱，后来也装其他一些重要的证件，比如土地承包责任书之类。这个漆盒，隔上一阵，我们几姊妹就要打开来看，数数到底攒了多少钱，看看父亲是否又在里面放上让大家欣喜的东西。这个让我们念念不忘的盒子，后来在房屋拆迁前，也不知去向。

床头柜上摆着一个小巧的绿色坛子，只有巴掌大点。是父亲买给大姐的玩具。大姐小时在坛子里泡过泡菜，坛子太小，花费若干工夫，泡菜却吃不到几口。后来镍币多起来，我们家拿它当存钱罐，不用的分币纷纷往里丢。再后来，大姐二姐五妹先后出嫁，有天父亲母亲准备到我家住，连钱带罐拿来我家。

这个小坛子，至今还在，镍币、铜币、钢镚装满。

坛子，不仅装钱币，还装着从前我们一大家人虽苦犹甜的记忆。

鸡　罩

　　鸡生性好动，又喜欢打斗，鸡和狗关在一起必然闹矛盾。鸡睡得早，狗儿却相反，稍稍风吹草动，狗儿就汪汪叫唤，不管鸡儿睡得正酣；公鸡早起打鸣，或者母鸡早晨下蛋，"咯咯哒、咯咯哒"叫唤报喜，吵闹上了夜班的狗儿瞌睡。鸡和狗，你看不惯我，我也看不惯你，它们是前世的冤家，今生的对手，关在一起，早晚打架，搞得鸡飞狗跳。

　　为了避免鸡和狗斗，也为了方便抓鸡，鸡罩就诞生了。

　　鸡罩，以前的农村每家都有。鸡罩制作简单，一把刀，几节竹筒，几十根竹棍，不需篾匠，看几眼就能编制。鸡罩上口小，下口大，又透气，罩鸡刚好。水缸大的地盘让鸡转动受限，收了野性。鸡罩缝隙小，鸡脑袋伸不出，只能原地乖乖站着，偶尔打几个转身，活动下筋骨。其他时候，鸡罩中的鸡们只能若有所思，呆呆地打望四周，天长日久，鸡眼睛就不灵光了，就木呆呆的样子了。如何形容发呆的人？有人联想到呆鸡，于是造出一个成语：呆若木鸡。

　　鸡罩不仅罩鸡，诸葛堡子里的男人还喜欢拿到河沟或湖里罩鱼。

　　鸡罩罩鱼，水清时有的放矢，水浊时碰运气，有时半天罩不到一条，有时一罩下去活蹦乱跳。

　　使用鸡罩简单，抓着罩口往水面戳，一直戳到水底，鸡罩入水时发出欻欻的声响，带着沉沉的韵律。罩鱼简单，抓鱼时却很难。清水时还可以看见鱼之位置，浑水时就只有乱摸，摸出一个"浑水摸鱼"的成语。摸来摸去，终于摸着鱼的脑袋，从罩口提出油然欢喜。摸着鱼尾巴，鱼一挣扎，又扑通掉进罩中或落在外边逃之夭夭，恨得两眼放光钢牙错响。摸来摸去，有时也会摸出一条水蛇，吓得魂飞魄散，惊叫一声，丢得老远。

霸道的渔具

捕鱼的工具有多种，比如：钩、叉、网、兜、钓。我见过最霸气的，莫过于鲤鲫笼和鳟。

我们堡子里的人爱说一句俚语"你整我的鲤鲫笼"，意思是捉弄人。鲤鲫笼，顾名思义，就是捕鲤鱼和鲫鱼的笼子。鲤鲫笼由篾条编制，由大笼和小笼组成。小笼往大笼有进口，中间一条通道，先宽后窄，呈喇叭状。鲤鲫笼的通道是鱼儿的不归路。通道尽头的篾条异常尖锐，就像高速路面汇道的箭头标记，鱼只要钻进就无法后退。里面一旦传出噼噼啪啪的拍水声，笼中就有了收获。鲤鲫笼一般安放在小沟的渠口，顶上盖满草皮，两边用泥土封堵，隐没在水中。过路的鱼虾、黄鳝、泥鳅，不论大小，但凡钻入，就是自投罗网。一个笼中有时会倒出十多斤活蹦乱跳的鱼虾，有时也会倒出恐怖的水蛇。

上堡子尾巴以上的河沟很少有鱼，我搞不明白，问父亲。父亲分析，说邛海的鱼上溯时，遇到水沟边的棒槌拍打声，吓退了。

下堡子却秧田纵横交错，田间野生鱼多，最适合安鲤鲫笼。

鲤鲫笼捕鱼要靠流水。但挖人田埂，放跑秧田水，无疑是破坏行为，一旦被田主发现，少不了挨骂，甚至被打。因此安鲤鲫笼的人像做贼，夜出早归，悄悄来回，晚上下笼，天不亮收工。有些田主不放心秧水，晚上还要溜到田埂巡查。发现渠口的竹笼，自然是正大光明天经地义地收缴，再大骂几句，挖泥土填堵渠口。有人收缴，竹笼也就损失得快。但安鲤鲫笼的人不厌其烦，收获大于成本，不肯轻易放弃，还是依然编制，投资不断。

有次有家人在田里刚施过化肥，田埂晚上被安鲤鲫笼的人挖开，肥水流到外人田。田主气得脸青面黑。他没有取笼子，也没有回家去睡，整夜蹲守田间，发誓捉拿肇事的"罪魁"。

天快亮时，安笼子的人踌躇满志地来了。这家伙以为自己是螳螂捕蝉，没有想到背后还有只耐心的"黄雀"。他低着脑袋，刚移开笼子上的草皮和泥巴，突然后背一疼，刚转过身来，嘴巴又遭一下。愤怒的锄头打断了他的两颗门牙，飞进田中，带着鲜红的血迹。有人说，他肇事在先，咎由自取，怨不得别人。这事传开，从此再没人敢到他人秧田中安笼捕鱼。

鱳，有网有杆有拉绳，宽大挺拔，能拦住几米宽的河面，堪称渔具里的巨无霸。

有年涨水的一天，我们大屋子的木爷上街卖刷把，父亲向他借鱳，想去捕几条鱼给我们一家打牙祭。父亲扛着借来的鱳，我端着小板凳，跟在父亲屁股后面，向下堡子走去。

我们来到回水湾处的一棵大柳树下，父亲停下了脚步。我对这棵柳树，十分熟悉。我就是在这段河沟学会游泳的，还在密密的柳树根须下摸过虾子逮过鱼。柳树根须没在水下，沟边长满水草。小虾小鱼喜欢附着水草和柳须，手悄悄摸过去，突然一抓，就是一大把。

这棵柳树的叶子相当奇怪。叶子茂盛生长的季节，上面经常会黏附着一层白扑扑的东西。开始我以为是鸟屎虫粪，虽然闻不到一丝臭味，但还是敬而远之。有次玩伴马小三告诉我，说是柳叶糖，我说他骗人。他不服气，摘下一片放进口中吮吸，我这才打消疑虑。我也摘了一片品尝，当真甘甜似蜜，夹杂着柳叶的青青气息。只是柳叶的糖分略显单薄，要数十片才能过瘾。

柳叶长糖的怪象让我费解，堡子里的娃娃也都茫然。后来我参加工作后查了资料，说是光合作用的结果。叶片里面生成的糖分堆积，运输通道阻塞，透析出来，黏黏的覆在叶面。

叶片上的白灰是糖，是谁最早发现的？我猜想：某年一天，一群像我们这样的懵懂娃娃，在河里扑腾洗澡，上岸后折柳枝编圆盘帽，戴在头顶遮阳。一个娃娃折枝的时候，震下一颗白色的"鸟屎"，落在树下另外一个仰头看树的娃娃脸上。这个娃娃伸出手指揩脸，闻到一股甜味。不由自主，他把指头伸进嘴中，成了鲁迅说的第一个吃螃蟹的人，意外发现柳叶糖。

我还在看柳叶，父亲把鱳竿插进河里，慢慢放开拉绳，宽大的鱳网没入水底，像一把巨型撮箕拦住河床。

父亲掏出铜锅木杆烟锅，卷一锅兰花烟，巴兹巴兹抽起来。隔几分钟拉一下绳，拉了几次没有收获。又拿竹竿到上游拍打水面，再次拉起鳟网，除了枯枝败叶，没有活物。

我有点沉不住气了，笨笨地问父亲："难道河中没鱼，小鱼小虾也逮不起？"父亲笑笑，解释道："鳟网眼大，网大鱼的，小鱼小虾早溜了。"

我又问父亲，鳟网为啥不把眼做小？这样不是大小通吃？父亲说抓大放小，才有来年。父亲的解释，我听得半明半白，似懂非懂。

半小时过去，还是一无所获。我没了兴趣，站起身去摘柳叶糖吃。父亲抬头看了看天，说可能要下暴雨。我问他咋晓得？

父亲呵呵一笑，说出一句顺口溜："云往东一场空，云往南落满潭，云往西披蓑衣，云往北下不得。"父亲指着天上的云彩说："你看云彩都往西边走，越来越厚。"

我端起小板凳，父亲却说不忙，下雨前鱼最活跃，机会快到。

仿佛是印证父亲的话所言不虚。话音刚落，鳟网突然被重重撞了一下，父亲迅速拉起鳟绳。网兜深处，一条足足两尺长的大红鲤鱼正在活蹦乱跳，啪啪打水。我欢喜起来，高声喊道："快捞，快捞。"爹用网兜捞起鲤鱼，折下柳枝穿过鲤鱼的腮帮，交给我抱着。我就像一个得胜归来的士兵，兴高采烈抱着硕大的红鲤穿过我们堡子，引来许多看稀奇的眼睛和羡慕的声音。

儿时的清明

阳春三月，我们堡子周边的田埂就会冒出一种毛茸茸的野菜。野菜贴地生长，顶端开出数朵小黄花，散发着微微清香。清明前，母亲每年都会带着我和姐妹们去掐黄花，切碎揉进汤圆面烙馍馍。黄花馍馍清香爽口，一吃就是几个。馍馍烙好，扫墓时带一些上山，祭祀祖先。

我们堡子把清明前的扫墓叫上坟。上坟的日子一般不选清明节这天，而是要提前：春分后开始，至清明节前结束。提前的说法，是不甘人后，怕祖先着急。信仰要虔诚，拖拖沓沓的，让地下的祖先久等，说不过去。虽然春分后半月内皆可上坟，但大多数人还是尽量把上坟的日子选在星期天，这天学生放假才有时间。祭祀祖先，上坟的仪式，是前人做给后人看，耳濡目染，代代相传，上坟缺了娃娃，意义就显得不大。

上坟的头天要准备坟标，坟标是上坟不可缺少的标记。给地下的先人报信和请客的坟标是用彩纸条和竹签制作的。花花绿绿的彩纸从城里买来，来回折叠，两边剪断成纸花，缠在竹签上。坟标很好看，每年我家都会自制几十只。制坟标时，我们也爱用彩纸做风车。上坟的路上，小手举着自制风车，呼呼呼地转，愉快极了。

我们堡子的祖坟在几公里外的山坡。上坟途中，要经过一个花果山。花果山是座小山包，状如馒头，四周陡峭，桃树、梨树长满。还没有上学前，大人说起花果山，我就联想到孙悟空，我也想吃桃！那座山不大，也就十多亩，是公社附近生产队的果园。清明前，桃花红，梨花白，春风吹来，梨花带雨，桃花落红，落在路过的行人头顶，有种奇妙的意境。

花果山附近有个堡子，叫黑泥井。黑泥井既是堡子名称，也是一口水井。井口附近的泥黑，井水却很甜。井浅，只有一米多深。水底下有两个泉眼，井水长年不断，旺旺地满。井水清凉甘洌，汩汩日夜外流。每年上坟路过时，我们爱在井边小憩，俯下身子畅快喝几口。归来时，又在井边乘凉饮水。离去时打一桶回家泡茶。黑泥井水泡出的茶格外香，父亲总是赞不绝口。

父亲担着装满祭祀盘盏的箩筐，母亲背着纸钱香蜡，我们几姊妹拿着五颜六色的坟标，穿行在周边胡豆开花的田埂。两边的麦苗葳蕤生长，黄灿灿的油菜花金光耀眼，蝴蝶和蜜蜂在头顶嗡嗡盘旋，场景极富诗意，宛如进入了油画世界！

黑泥井再往山边走，经过一个长长的村庄，一条小沟从村中蜿蜒穿过。

有次沿着沟边，走到一个石桥，母亲指了指远处的几间房屋，说我的姨婆从前就住在后面。姨婆早就故去，没有其他后人。清明节来临，我们除了给奶奶上坟，同样也要向她拜祭。十分奇怪，每次路过这里，父亲却从不带我们去看姨婆的故居。他也不解释原因，挑着箩筐在前面疾步而行，有种逃离的意味。

我跟母亲落在后面。母亲说姨婆的房屋已经倒塌，我往房屋的方向眺望。想了想，残垣断壁的确也没有意思，也就不再央求去看。

后来稍大点，陆续听父亲说过一些关于姨婆的事情，终于理解了他不带我去看姨婆老屋的原因。父亲未成年就成了孤儿，姨婆是他当时在世的唯一血脉近亲，父亲不带我们去看姨婆的故居，是不愿睹物思亲，平添伤感。

爬上两个陡坡，找到坟头。全家动手除杂草拔荆棘。母亲端菜出来献祭。父亲给坟头添土。我们几姊妹四处找坟头插坟标，帮睡在地下的祖先邀客请友。香蜡点上，菜肴摆满，坟山上显得庄重肃穆，虔诚十足。

阳春三月，天气已经炎热。坟山没有树木可以遮荫。山坡上虽有条偃沟，但附近住着山民，牛羊散放，随意拉屎拉尿，偃沟的水是不能喝的。黑泥井离坟山还是有点距离，上山也不可能多带水，过不了一个时辰，烈日当顶，口渴难耐。故每年扫墓献祭到中途，我和父亲就要四处找水。我们拿着白塑料桶，挎着军用水壶，沿着偃沟往上游走。走了一两里路，在一块大岩壁下发现一个泉眼，口大如拳，冒出的水有点甜。我咕隆咕隆喝了几口，再灌满水壶和塑料桶，然后用泉水洗头洗脸。有次觉得不过瘾，干脆纵身跳进水潭洗澡，衣服也没有脱。

那片坟山向阳，无乔木遮荫，又有牛羊自然施肥，黄泡肆意生长，这里一团，那里一丛，黄灿灿的，长满山坡。酸酸甜甜可口的黄泡，附近村庄的小孩却没有去摘。也许是山上的孩子,对野果司空见惯,根本不稀罕。上坟的这天,这些成团结串美味的野果,却喂饱了我们这些远道而来小孩的肚皮。小孩四处摘果,各家的大人们也不闲着。他们席地而坐。男人相互品尝对方的兰花烟,摆龙门阵,谈论收成,眺望邛海。女人则拉家常,说一些远远近近的话题,山坡上热闹得很。

每年上坟,母亲总是不厌其烦,要做八样好菜祭祀祖先。父亲也不余遗力,挑着碗筷,把下午饭安排在山脚下靠河边的桑树下。父亲说祖先在山坡上看着后人在阴凉下吃喝,衣食无忧,心里自然也乐。父亲是无神论者,却说出这样的话来,我有点不以为然。转头又想,这是美好的祈愿,也就不再反驳。我们端出凉粉凉面和馍馍,吃祭祀后的油炸鱼肉和炒蒜薹闷豌豆,父亲喝起粮食酒。

可口的佳肴先祭祀祖先,然后吃进后人的肚皮,是件意味深长的事情。

山下水沟边的那两棵桑树,长得高大茂盛,遮盖了沟面,阴凉一片。树上的桑果或红或紫,或酸或甜,累累长满。吃过美味菜肴、馍馍大饼、黄泡、桑果,再望一眼山坡上的坟茔,上坟的程序也就完成。

我喜欢小时候的上坟,是件让人十分惬意的事情。没有伤悲,只是仪式的传承。既拜祭了祖宗,又不负春光远足踏青,路上还有看不够的风景摘不完的野果,一举三得。

鬼天气

天空晴日朗朗，飘过几朵云彩，突然就莫名其妙哗哗哗下起太阳雨来，像这样阴晴不定的天气，我们堡子叫鬼天气。

太阳雨下的时间不长，雨量也不大，最多淋湿行人衣裳，让人埋怨几句。遇上落冰雹，大人们就要揪心害怕了。

我们把冰雹又叫雪弹子。雪弹子来袭往往不打招呼，就像突然打喷嚏，鼻子一痒，张口就来。不期而至的雪弹子，带着疾风，噼噼啪啪砸向屋瓦，弹至地上，不到几分钟，白乎乎硬邦邦往地面铺一层，恍如煮熟的小汤圆。

看见冰雹突降，小孩稀奇着迷，欢呼着去捡。大人却愁眉不展，念叨起来：完了完了。他们说的"完了"是指庄稼。

有年清明节前，下午突然天色晦暗，很快噼里啪啦落下跳棋般大的冰雹。老太爷仿佛在堡子的上空画了一条界线。堡子以下的庄稼、蔬菜和果树被打得千疮百孔，支离破碎，骨断筋裂；而堡子上面的庄稼却秋毫不犯，安然无恙，没见几颗雪弹子袭击。这场冰雹下得蹊跷至极！

我家的责任田在堡子最上边，也幸免于难。

下堡子遭灾，庄稼绝收，政府及时派工作组进村调查，挨家挨户统计受灾损失。动作麻利呀，第二天政府就出台了免征公粮的通知，让灾民的心中得到些许慰藉。

下堡子不仅遭冰雹打，有时还被水淹。以前邛海出水口不通畅，雨季时湖水倒灌，漫至上堡子脚下，水深得可以划船。秧田被淹，稻苗没在水下，主人眼中泛着泪花。我们堡子的诸葛小学校也是水深齐腰，课桌漂浮无法上课。雨过天晴洪水退却，秧田的主人，不论男女老幼拿水桶端瓷盆，迫不及待跳进田里往外舀水。记得我也去帮一个玩伴舀过一回，他家的田就在学校旁边，田里进水二尺深。不可思议，在湿漉漉的水田里舀水，竟然汗流浃背。庄稼遭殃，牵涉能否吃饭的问题，不卖力抢救不行！

入秋后，海风肆虐，从几里外的邛海一直吹到堡子的周边。尤其是下午，刮得黄叶乱飞，鬼哭狼嚎。有次我正在田间干活，被吹得东倒西歪，站不稳脚跟，头上的草帽没有绑紧，"嗖"的一声飞向天空，飞速旋转，就像飞碟在空中表演。

损失一顶草帽，无关紧要，至少还欣赏了难得一见的奇观。但有个男人有次不但丢了草帽，还吃了哑亏，闹了郁闷。那天他用大竹篮担草时，遇到大风来袭，他逆风而行，阻力大，行走难。挑担人咬牙切齿，踉踉跄跄，跟海风在窄窄的田埂上斗争了几个来回。晃过来晃过去，最终抵御不住海风的缠斗，篮子连人一起被吹翻，倒向半干半湿的泥田，辘辘样翻滚了几圈，鼻子嘴巴糊满泥，狼狈至极。

我在堡子生活的时候，不光看见过啼笑皆非的太阳雨、促狭的风、可恶的冰雹，还看见过震撼人心的火烧天。我要说的是火烧天，不是火烧云。天空没有云！

那天应该是在一九八五年的五月间。所有的土地都放满了秧水，耕牛也已经来伺候过了，泥土被泥耙压进水里，堡子周边水天一色。

阳光炙热，天空万里无云，那天我跟父亲在大田筑田埂。下午收工，我们走到梨园附近时，发现蔚蓝的天空变了颜色。开始发白，很快发红。越来越红，就像熟透的柿子散发出的光泽，又像红绸包裹着天幕。天空没有一丝云彩，全都是红彤彤一片，让人震撼，又让人害怕，几十年过去，至今仍刻骨铭心。我当时担心是不是要发生灾难，比如地震？但父亲却安慰我不用害怕，那是火烧天。

火烧云彩，霞光万丈，早晨或傍晚，并不稀罕，但如此彤红的火烧天，天空仿佛满满镶嵌着红玛瑙，如梦似幻我还是第一次所见，我真的被震撼了。

阳光为何把天空烧得如此通红呢？我后来研究，也许是那段时间，宽阔的坝子都在集中放秧水，中午炙热的阳光让水汽蒸腾，上升到空中，形成了一把巨大的湿漉漉"保护伞"，阳光穿过"伞面"时发生了光谱分解，只剩下红光穿透出来。

我家的那亩海田

芦荡飞雪、月映长滩、落日洒金、缤纷花海……邛海湿地公园三期烟雨鹭洲十八景人气爆棚。但谁能想到，几年前的这里，我家还曾有一亩海田。

六七十年代，土地少，粮食单产也不高，难以养活剧增的人口。聪慧的村民把眼光盯向邛海围湖造田。春天筑好围堤，夏天引来洪水，远方裹挟来的淤泥沉积下来，一寸寸变厚，日积月累，湖面变水田。

海田靠近邛海，地势低，易水淹，管理也就很粗放。播下种子，撒一遍肥料，除一遍草，也就不再管它了。任其雨露恩泽，自然生长，收一斤算一斤。

涨水的季节，水田摇身一变，变成鱼塘。海田种粮食产量低，田间却游弋着稻花鱼。洪水退去后，来不及撤退的鲫鱼、鲤鱼、白条鱼、乌棒鱼成群结队地被堵在稻田里，隐蔽在禾苗下。不用渔具，徒手就能捕捉，一捉就是一盆。稻花鱼自然生长，肉嫩鲜美，算是对种田人不易的补偿。

海田少劳动量也就小，稻谷归仓时，不用请外人。金秋十月，稻谷金黄，每年收割时，我们就从堂伯家借来架子车，拉上稻斗，全家出动。母亲、大姐、二姐割稻，四妹、五妹捡把，父亲和我打谷。风卷残云，不到半天，几百斤稻谷就收拾殆尽，装进塑料口袋。时间尚早，余下的半天，另有安排。去邛海的浅水边，摘一盆菱角、掐几捆菱角藤、捞一些蚌回去，尝鲜和改善生活。夕阳落坡，海风吹来，拉着粮车，载着海鲜，心满意足打道回家了。

海田的附近是张家摆，一个小村落，占地一两千平方，高高耸立在田中央。张家摆，非常奇怪的名字。原来，张家摆靠近邛海，地势低，每年雨季，洪水淹没四周，变成十足的一个小岛，居民出行只能驾船摇橹，也就是所谓的摆渡。

张家摆住有七八户人，全部姓张，祖宗同源。

有几次，我从张家摆路过，发现住户在挥汗如雨，大担小担把泥沙担进屋。

奇怪呀，担沙进屋干啥呢？我好奇想爬上陡坡去看个究竟。走上坡顶，看见坡上的柳树上拴着两条恶狠狠的看门狗。狗儿吐着猩红的舌头，我打了退堂鼓。

回去后，我问父亲那些村民挖沙的缘由。父亲说，主人家最初修房时，地基没有升够，洪水年年涨，被迫年年升地面。附近不好取土，只能拦水聚沙。年复一年，屋内河沙越垫越高，有两户人的一楼几乎不能用了。

父亲又说，升地面用的泥沙是洪水带来的，红红的泥沙垫在堂屋内，软绵绵的感觉，脚踩在上面，舒适感不错。我这才想起，上小学时，一位同学带我到他家去过，踩沙的感觉，的确如父亲所说。

海田易水淹不出种，挖鱼塘搞养殖却正好，海田在主人手里是鸡肋，在养殖户眼里却是香馍馍。改革开放，八十年代后期，下堡子涌出了许多养鱼专业户。其中三家想租我家海田附近的那片田，租期二十年，按年支付，先付租金再使用。他们搞竞争，有家把租金出到每亩一千元。天上掉馅饼，坐收高租，还不费工不费时。我们有海田的人眉开眼笑了，当即成交。

白云苍狗，斗转星移。没有人想到，我们那片海田，收租二十年后，政府打造湿地公园，要求退田还海。二〇一〇年，随着邛海湿地第三期启动，我们堡子的海田被征用了。

短短两年，三千余亩的烟雨鹭洲就打造完成。园内空气清新，绿植茂盛，马拉松赛道从园内穿过。五湖四海的选手奔跑在繁花似锦、清波荡漾、海风微微的赛道上，边看风景边比赛，舒心无比。

或红或黄的狗尾巴草随风摇曳，粉白嫩红的格桑花争奇斗艳，白乎乎的芦花开满湖边。成群结队的野鸭子在高笋田中探头探脑，嘎嘎叫唤。游人三三两两，喜笑颜开，在园内流连忘返，漫步在"星岛远眺"，徜徉于"拱桥赏月"……

蒹葭苍苍，在水一方。我家的海田，宛在湿地公园的中央。

换　工

　　所谓换工，就是农村家庭相互帮忙做农活，不用货币结算，而是隔日用劳力归还。

　　春播夏割，秋收冬藏，农活集中，一家人忙不过来，需要相互帮忙。栽秧、种麦、种胡豆、点苞谷、打谷子、挖红薯、砍甘蔗，这些都是农活的重点。但凡劳动量大的农活，亲朋好友间都要吆喝一声。帮忙的自带工具，一大早就赶来。

　　村民间的换工通常讲究对等。男工换男工，女工换女工，强劳力换强劳力，弱劳力换弱劳力。

　　换工不仅限于精壮年，耄耋老人和小孩也可参加，只是不太正式而已。晚饭后，拿扫把到晒场扫粮食，也算是换工。帮忙时不用问谁是粮主，只管默默打扫，主人家自然看在眼里记在心头。轮到自家收粮时，那家人也会不请自来。天气突变，帮忙人就更多。晒场上的粮食没有遭雨淋，主人家的心里也暖烘烘的，流露着感激的神情。小孩除了到晒场扫粮，还可捡稻靶，两个娃娃供应大人甩打，不成问题。我家的小孩帮你家，你家小孩到时也来帮我，约定俗成，蔚然成风。

　　我念初中时，有天母亲发给我一把扫把，让我到晒场上帮人收粮。上高中后，我的个子长了一头，力气也大了不少，帮人也就不再用扫把，而是像堡子里的男人用箩筐。沉甸甸的粮食担子担上我的肩膀，行走在堡子的道路上，得到主人的赞许和村民的表扬，心里美滋滋的。

　　青豆好吃，剥豆却麻烦。青大豆可做豆豉，或拿到城里售卖。但剥豆需靠手工，量大费工夫，剥至深夜眼皮打架人困马乏，故邻里之间就经常帮忙。青豆成熟时，蚊子也长骨了，讨厌的蚊子不失时机嗡嗡嗡叫喊着赶来，借助黄昏夜幕的掩护，肆意发起进攻，袭击剥豆人的手脚和脸。往往这时，舍不得花钱买蚊香的主人，一定会在坝子中间或堂屋里燃起一堆陈艾籧火，时不时丢几把空豆枝压在火堆上面，场地上就烟雾弥漫，散发出浓郁的药香。陈艾烟雾既打压了蚊子，又让人提神，可谓一举两得。

母亲年轻时做事风风火火，后来患上类风湿，手指弯曲如鹰爪，有些农活做不得，成了弱劳力。土地承包到户后，强劳力的人家不愿与她换工。我大姐、二姐中学毕业后，先后回家务农。姐姐们撸起袖子，像上了发条的闹钟，停不下劳动。她俩手脚麻利，栽秧割麦一把好手，同样宽的距离，往往把其他人甩下一长截。姐姐们出色的表现，赢得众人喝彩，争相来换工。

村民之间换工，通常不需要供应伙食，只须准备茶水放置于地头，再摆两包香烟供男工抽吸。到饭点时，主人家喊休息，再约定个复工的时辰，各人就回家吃饭。若换工人饭后早到，各人坐在田埂上，悠闲抽烟、喝茶，慢慢等候其他人到来。姗姗来迟的主人，必定要自责几句，念叨自己的拖沓，夸赞换工人的品德。换工人也会自谦几句，然后，又投入热火朝天的劳作。

村民换工不供应伙食，种麦子中途休息时，有些人家却要准备点小吃，给做工人打打尖，补充能量。我母亲通常准备的是油茶。油茶是用糯米炒熟后研磨的糯米粉。制作虽简单，在那时却是一道不错的小吃。抓一把炒黄的熟面，加点猪油，撒上一勺白糖或盐巴，沸水一冲，香气四溢，唇齿留香。

亲戚之间的换工不叫"换工"，叫帮忙。虽叫帮忙，实则还是换工，换工的喊法生分，帮忙才显亲热。亲戚间换工，不计较劳力强弱和多寡，亲戚多的多来人，少的少来人，只要力所能及，就是心意情分。

但有些村民嫌麻烦，一般不请亲戚帮忙，特别是家庭拮据的更不愿开口。亲戚上门，不可能如平常粗茶淡饭，鱼肉类的荤菜总要端几道出来，对于贫寒的家庭，颇有压力。账算不过来，索性堆成山的活路留着自家慢慢干。我曾见过几户人家，既没有亲戚帮忙，也不和村民换工。栽种和收割，磨磨叽叽，宛如在打一场难啃的战役，一旦展开，旷日持久。

还有一种帮忙，其实也是换工，不得不提。婚红丧白，几十上百桌摆宴席，场面阔大，事情繁杂，做饭洗菜，借桌椅板凳，收拾碗筷，统统离不开人。自家和亲戚忙不过来，请乡亲和邻居帮忙，自然是首选。

农村的换工，我想，只要包产到户存在，这种最经济、最科学的互助形式，就会延续下去，就会绿叶常青。

"文明进步"匾

匾是指题字挂在门或墙上部的横牌，起着祝愿、颂扬、警示的作用。

老牌匾，我几年前也有一块，四妹送的。

四妹知道我喜欢古董，多次说要送我一块老匾，我不以为然，未放在心上，她家有啥匾？

那天她又重提此事，说老家的堡子要拆迁了，匾放在家里，妹夫嫌占地方，不是她拦住，三十元就处理给破烂王了，让我赶快去看。

四妹在城里做小生意，脱不开身。我邀上二姐夫，自己到她家堂屋寻。翻遍堂屋，未见牌匾的踪影，又到其他屋中搜索，也无下落。我想，也许四妹夫已经把它卖了。姐夫给四妹打电话，我在她家院子边寻找。墙边有堆河沙，靠墙脚放着两块蒙尘的长木板。走近一看，板上有字，若隐若现。

姐夫和我把木板抬放到水泥地上，把两块木板镶在一起。我用笤帚扫去灰尘，姐夫端来清水，用毛巾把木板擦拭干净。转眼，灰尘满面的木板露出庐山真面目。一块光亮鉴人，著土漆，刷金粉，题"文明进步"的老牌匾赫然映入我们的眼帘。

这匾长两米，厚两寸，由两块松木板镶合而成。两板上窄下宽，正面刷着光亮骏黑的土漆，木板正中阴刻着斗大的四个大字"文明进步"。这匾，描过金粉，字体端庄，大气雄浑。时间久远，金粉已经失色，但黄灿泛着坨红。

右首刻着：

恭维
大慈範王二老伯母修建华居誌庆

中部下方刻着：

晚愚

佘某某刘某某赖某某陈某某赵某某赵某某

仝赠

（注："晚愚"是晚辈的谦称。"仝（tóng）赠"等同"同赠"。）

左边刻着：

中华民国三年甲寅岁仲冬吉旦立

这匾起手和落款均用楷书写就，阴刻而成。

匾是四妹夫拆除老屋拆出来的。据说是妹夫的老父亲解放后修建房屋时缺楼板，向村上某家人要来的。

从匾的内容看，是王家的六个晚辈送给二伯母的，是对二伯母建房的祝贺。匾制作迄今已逾百年，左边有点刮擦掉漆，略显斑驳。材质是普通的松木，题字人也不出名。这匾初看寻常，无啥价值，但细推敲，还是耐人寻味。既然叫"文明进步"，肯定有段鲜为人知的历史。比如：它是如何从门楼上被摘下？又是如何被丢弃一边？牌匾的背后必定隐藏着些许故事。妹夫的老父亲已逝多年，我们无法打听这匾的来龙去脉，只能胡乱猜测：牌匾既然解放前就被摘下，那家人应该早就家道败落，二米长的牌匾，放在家里既占空间又没有实际意义，干脆送人。

研究了一会儿，我们发现此匾有三处难解之谜。

时间不明。我们能判定这匾立于一九一四年的农历十一月，至于是哪天不得而知。"中华民国三年甲寅岁仲冬吉旦立。"中华民国成立于一九一二年，民国三年甲寅岁应该是一九一四年。"仲冬"指农历的十一月，也就是进入冬天的第二个月。"吉旦"一指每月的初一，也泛指吉祥的日子。这里的"吉旦"到底是指阴历十一月的初一，还是十一月某天一个吉祥日？让人费解。

背景难解。这匾题名"文明进步"。老伯母修建新房，为何称"文明"，又呼"进步"？修房造屋乃人之常情，无可非议，难道民国之前，西昌农村还住山洞栖窝棚？据我所知，两千多年前的秦代，这里就已经设置了郡县，人们早就住进了土木结构的房屋，告别结草为庐和风餐露宿，不至于两千年后修房造屋还叫文明进步。再说晚辈们祝贺长辈修房，为何不送个"蓬莱阁""雅庭居""翠祥苑"之类的牌匾，偏偏送个风马牛不相及的"文明进步"匾？这是第二个难解。

奇怪"恭维"。百度恭维是中性词，意思是出于讨好对方的目的而去称赞和颂扬，但用在日常生活却是贬义，等同于阿谀奉承。不管是中性词出于讨好还是贬义词奉承，用在这里显得不伦不类。牌匾不用恭贺，而用恭维，难道是笔误？想来也不太可能，送匾庄重肃穆，断然不是草率儿戏，书法笔误可以重写，即便刻好也可以重来，大不了再耗一块木板，多费些工时，绝不会为了节省几个小钱去敷衍长辈。难道在民国时，"恭维"等同于"恭贺"？这是这匾的第三个谜点。

我用手机拍照，二姐夫帮我把牌匾抬进堂屋，靠在墙脚。回到住地，我把照片打开，反复琢磨"大慈範王二老伯母修建华居"。匾是王家的后辈们送给二伯母的，而不是送给二伯父的，何以如此？"大慈範"的意思就是大慈大悲含辛茹苦，如此看来，送匾之前，二伯父可能已经仙逝。揣摩半天我似乎有点明白这块文明进步匾的真意了，要试着给它遐想一下背后的故事了。

晚清时，我们堡子里有一户王姓子嗣排行老二。王老二结婚生子，但家道贫寒且早年辞世，留下孤儿寡母蜗居一间小屋。这位寡母含辛茹苦抚养孩儿，开源节流，挣下钱财若干。女人守寡多年，儿子也渐渐长大，老人想建新居居住。但在腐朽的封建专制下，我们当地"嫁汉嫁汉，穿衣吃饭"的思想严重，守寡的王二老伯母不敢造次建房，仍继续栖息小屋。

一九一一年十二月辛亥革命爆发，一声霹雳，满清王朝倒塌，次月中华民国建立，妇女翻身解放与男人平等。这位寡母喜笑颜开，拿出多年积攒的钱财，买木头，砌土砖，请匠人，紧锣密鼓修建华居。如何纪念这件事情才有意义呢？老夫人冥思苦想，终于想出一个办法。她让姓余的、姓刘的、姓赖的、姓陈的和姓赵的几个晚辈，共同送她一块牌匾，用以纪念三年前那场革命带来的结果：社会进步，世界文明。

于是乎，余某某、刘某某、赖某某、陈某某、赵某某等几位晚辈应老伯母之托，一起出钱请人制匾，或者亲自动手书法篆刻，在一九一四年的仲冬十一月吉旦某天，敲锣打鼓，抬着牌匾，十分"恭维"地把"文明进步"匾高高挂上王二老伯母的华居门楼。

这牌匾跟我的确有缘。"大慈範王二老伯母修建华居誌庆"这串文字竟然有"建华"二字，跟我的名字一字不差。看来，大千世界，冥冥之中自有注定，注定要由我来给它编写由来和安排去向。

这匾宽大，城市的房间安放不下，我准备把它送到博物馆供世人瞻仰，让更多人对它的来历进行猜想。

乡　音

乡音，是烙在我们喉咙里的家乡情结，是血液里不朽的胎记，是他乡异地鉴定老乡的身份证。不管万水千山，他乡异地，只要一听到乡音，就倍感亲切。

离开故乡几十年了，我南来北往，交流所需，不得不说普通话，但乡音至今未改，尤其遇到家乡人，脱口还是一口浓浓的家乡话。

我们堡子的人念堡子为"pū"子，不读"bǔ"子。

我们堡子的人讲话，把"我"连读成"怄呀"，"你"喊"黏呀"，一开口就有种感慨的味道，非常奇怪。我后来分析，"怄呀"和"黏呀"可能是"我家"和"你家"的变调。广东人把"我"说成"阿"，既然我们堡子祖上可能来自广东，这就对上了。

我们堡子的方言，把"吃"叫"犒"，让人感觉狼吞虎咽，把"打"叫"拷"，"稀"叫"思"，"机"叫"兹"，"没有"叫"扭"，"骑"念"瓷"，"螃蟹"念"盘海"，听起来颇有趣。比如张三遇上李四，问他："黏呀犒扭？"李四答："怄呀哈扭犒。"李四反问张三："黏呀犒啥子？"张三说："啊呀犒盘海思饭。"李四说："黏呀犒得安逸哦。先会儿瓷车，绊了一跤，手兹摔坏球，把电话借我拷下。"两人的方言对话翻译成普通话：张三问："你家吃饭没有？"李四答："我家还没有吃。"李四反问张三："你家吃啥呢？"张三答："我家吃螃蟹稀饭。"李四说："你家吃得好。刚才我骑车摔了一跤，手机摔坏了，把你的电话借我打下。"

我们堡子里的方言急促，越靠近湖边的人，变调味越浓。比如说"买袋盐巴"，把"盐"念四声，听起来有种吃亏上当、十分不满的感觉。为啥会是这样的发声？有人说是鱼腔。记得小时吃鱼，母亲经常教我，吞咽鱼肉时喉管须尽量缩小，慢慢吞咽，用舌头和牙齿探索鱼肉是否夹杂鱼刺。一旦发现异常，立马张开喉咙，咳嗽几声吐出。这种吃鱼的方法，的确安全得多，是来自先人的经验。我们堡子靠近湖边，鱼鲜虾美，经常吃海鲜，先人们早就掌握了吃鱼防刺的窍门。天长日久，喉咙的结构就不同于其他地方的人了，抑扬顿挫的腔调就强烈了。

去年我在火车上偶遇一群候鸟老人，他们来自重庆，去攀枝花避寒过冬。旅途中我给他们介绍当地的风土人情。开始我用普通话，但讲得不太标准，也有点费劲，索性讲方言。有个老人静静听了一会儿，说我不是当地人，我的发音，他似曾相识，跟外省有个地方十分相像。到底跟哪里相像？他也记不清了。

回家后我查了查资料，说我老家的话属于西南官话，在四川一百多个县里最为特殊，去声独树一帜，爆破音短而急，界定为安徽话。史料记载，外来大量人口迁徙四川，最早于秦朝，而我西昌老家当地设县最早也始于秦朝，判定我们堡子的先人从安徽迁徙而来，似乎也说得过去。但老人们又信誓旦旦，说祖上是明清时湖广填四川从湖广迁徙而来。安徽属于北方，湖广属于南方，我老家的话到底属于北方话，还是南方？这个笔墨官司，看来是打不清了。历史的真相，也许将永久掩埋在时间的长河中了。

讲方言的人有种奇怪的逻辑：本地话最好听。我们堡子的人就爱说：外地人说话撇得狠。大概意思是说怪腔怪调的，难懂得很。

说到乡音，我突然想起四川有个方言叫"相因"，我们堡子也爱用这个词。"相因"意思等同"便宜"。我上网查了"相因"，百度解释是古人小说里的用法，比如《古今小说·陈御史巧勘金钗钿》："梁尚宾听说，心中不忿，又见价钱相因，有些出息，放他不下。"

网上的解释，说来说去，只是说古人引用，至于古人为啥把"便宜"叫"相因"，还是语焉不详。推敲起来，"相因"很难与"便宜"关联。

《古今小说》的作者冯梦龙是苏州人，既然他不是四川人，对四川方言的引用，可能存在以讹传讹。"便宜"的四川方言，也许是"乡音"而非"相因"。我的推测果然在有天得到一位老者的证实。他给我讲了一个故事。

从前有个四川人在他乡异地做生意，有天遇上一位买家，一口浓浓的家乡话。老乡见老乡，两眼泪汪汪，自然少不了嘘寒问暖，相互问候。交易的结果，东西便宜不少。买家回到家乡，邻居问他买的东西贵不贵，他一声感慨：乡音哦！意思是：遇到了亲热的老乡，给了很大优惠。众人不明白他说"乡音"之意。他把来龙去脉一讲，大家不由得感慨。于是，"乡音"这个用词，从此在四川，也就代指"便宜"了。

恍然如梦（后记）

一九九〇年我跳出农门，考取省盐校。父亲叹了一气，说我步他后尘，也是会计。父亲的叹气，分明是对历史的惊悸。但时代在进步，社会在发展，历史的悲剧不会重演。我没有犹豫，还是走上了会计的道路。

毕业时，学生科长通知我被分到攀枝花，问我愿不愿意去，要去英雄的钢铁城市工作，我当然满意啦，踌躇满志回到家中。在家起初几天很愉悦，几天后又惶恐起来，我还没有做好背井离乡独自打天下的准备。离开堡子前，每天愁云满面，夜晚胡思乱想，天天做噩梦。

有晚，梦见独自在江边散步。脚掌踩在软软的河沙上，发出沙沙的轻响。脚步突然越来越快，凌空飞奔起来，脚掌轻飘飘地踩向黑幽幽的江面。眼看就要落进水里，我却无能为力，刹不住车。我惶恐起来，挣扎，嘶喊。忙乱间，一个鹅卵石突然飞来，砸在我的脚背上，把我哎哟一声砸醒。原来，是我的喊叫惊醒了父亲。父亲睡在另外一头，他蹬了我一腿，把我从梦中弄醒。我坐起身，发觉汗水淋漓。

父亲从柜子里拿出一瓶二锅头，旋开瓶盖递给我，鼓励我喝一口。我愣怔望着父亲，不明白父亲的意思。我是不喝酒的呀！父亲看了我一眼，笑笑说道，喝一口，你就不做噩梦了。我突然想起有句话叫"酒壮怂人胆"。不犹豫了，我一把接过酒瓶，咕咚咕咚连喝两口。奇怪呀，那酒竟然不刺鼻不烧喉，我和父亲盘腿而坐。你一口我一口，咕噜咕噜喝干了那瓶酒。第二天，我就带上行李箱去远方开疆拓土。

路途迢迢，交通不便，参加工作后，我一年半载才回一趟老家探望父母。有次我陪父亲去田间挑谷草，父亲突然对我说，他挑不动担子了。父亲的意思，我当然明白，默默看了他几眼，觉得父亲还有力气，我暂时也没有条件给他养老，我狠下心来面无表情一声不吭，把眼光移向远山。

过了几年，父亲就不幸病逝，让我后悔不已。唉，"子欲养而亲不待"，这句古训，当时我太年轻读不懂。等读懂的时候，太阳已经落下西山，所有的自责为时已晚。

父亲是个好客之人：亲友或村民上门，必定献上盖碗花茶，共同品尝茶叶的醇香。他也喜欢腌渍猪肝，那是佐酒的佳菜，与来客分享。父亲喜欢帮忙，不论哪家有红白事，他都要去参加；父亲也是个豁达人，从未和乡亲红过脸，故人缘极佳。父亲去世后，堡子里的许多男人都去给他抬棺砌墓，把他埋在东边的花果山上，飞机播种的云南松旁。秋风吹，我看见松针在飞。

岁月不居，时光流逝。之后，两个妹妹也都成年出嫁，有了单独家庭。

二〇〇八年，母亲也走了。她喊着我的乳名，离开居住了一辈子的老屋。

再往后，又过了八年，我们堡子就如凋零的花朵，在城镇化的进程中被摘除。留在我脑海中的，就剩下文中这些亲身经历或者道听途说，挥之不去的流金记忆。